魅丽文化 桃夭工作室

君素 / 著

她的妄想

江苏凤凰文艺出版社
JIANGSU PHOENIX LITERATURE AND ART PUBLISHING

图书在版编目（CIP）数据

她的妄想 / 君素著. —南京：江苏凤凰文艺出版社, 2021.3
ISBN 978-7-5594-5181-1

Ⅰ.①她… Ⅱ.①君… Ⅲ.①长篇小说－中国－当代
Ⅳ.①I247.5

中国版本图书馆CIP数据核字(2020)第178177号

她的妄想

君素 著

责任编辑	张　倩
特约编辑	刘思月　戴　铮
封面设计	刘芳英
出版发行	江苏凤凰文艺出版社
	南京市中央路165号，邮编：210009
网　　址	http://www.jswenyi.com
印　　刷	湖南雅嘉彩色印刷有限公司
开　　本	880mm × 1230mm 1/32
印　　张	9.5
字　　数	200千字
版　　次	2021年3月第1版
印　　次	2021年3月第1次印刷
书　　号	ISBN 978-7-5594-5181-1
定　　价	42.80元

目录

CONTENTS

目录

CONTENTS

一 不是冤家不碰头

我感觉我应该活不过二十五岁的生日了。

就在今天早上，一个风和日丽、春光灿烂的周五，好不容易没有任何通告，我可以在公寓里睡到自然醒，玩游戏玩到手抽筋的大好日子，我的经纪人，一位重达一百五十斤的选手——胖哥，愣是挑着时候给我带来了一个巨大的噩耗。

我现在的状态是，左手速效救心丸，右手太太静心口服液，满脑子都是命重要还是事业重要这个千古难题。

胖哥坐在茶几对面，给了我好一会儿消化噩耗的时间，抽出一张面巾擦了擦鬓角的汗，才语重心长地对我说：“其实，这是一个好消息。”

我呆滞地望向胖哥。

约莫是我的脸色惨白，胖哥下意识地抖了抖，挪着屁股后退了半寸，清嗓子道：“《定渊》这部剧不管怎么说是早就签了的，不可能反悔，而且这部剧作为你的第一部大女主剧，口碑和反响都相当重要。”

道理我都懂，可我还没过二十五岁生日啊！在我该好好享受人生的时候你突然放了一把断头铡在我面前，让我这个弱小的宝宝怎么接受！我泫然欲泣地盯着胖哥。胖哥咽了口口水，梗着脖子又说：“开机时间本来就拖了大半年，这男主要是再定不下来，你的热度都快没了，以后再想接好本子，更是难上加难。你不是一天到晚都在念，要当一个好演员吗？好演员是不应该在意那么多外在因素的。”

我依旧眼神空洞地盯着胖哥。

胖哥继续循循善诱：“何况，这回人家是带资进剧组，人气又摆在那儿，退一万步说，就算他从来没演过戏，可现在这市场，流量主宰一切。有他作陪，资金充足，听我的，这部戏绝对会爆，请你抓住这个机会，好吗？”胖哥握紧小拳拳，给我做了个标准的打气姿势。

不是我非要夸张，我现在体内的一股热气已经自行打通了任督二脉，只要给我一个爆发点，我能自燃三天三夜。

沉默半天，我看看手中的速效救心丸，在吃了可能会药物中毒、不吃可能会脑部中风这两个选项之间徘徊许久，最终还是选择了不吃。我将手里的东西放在茶几上，瘫痪似的仰躺回沙发中，双目放空地觑着天花板，气若游丝地问：“他是怎么想的？”

“啊？谁？”

“男主……”

“哦，这个嘛……”胖哥摸摸鼻头，这个动作充分说明了他打算接着忽悠我，“大概是准备转型吧。”

“转型也用不着挑咱们这种小成本剧组啊？以他现在的人气，想演什么大制作没有？就算他要上大荧幕搞个影帝玩玩，我觉得他的粉丝都会花重金给他买回来。”我还没忘记，这位“男主”去年过生日时，他的粉丝给他买下的纽约、北京、上海、旧金山四座城市的中心地段广告屏二十四小时全覆盖式安利，整整持续了一个星期。砸钱之豪气，挥金之嚣张，简直走在了饭圈文化的前沿，丧心病狂程度令人叹为观止。一想到这儿，我就有些酸溜溜的：“他完全可以挑一部男主剧，是哪里想不开，非要来蹚咱们这个浑水，还自己带资进组。”

“嗐，瞎说什么呢，咱们这个制作班底，多么的精良，可是连爆了两个仙侠剧！”

是的，没错，被黑到爆的剧。

“而且咱们女主演技赛高，颜值逆天，一看就是入围明年百草电视节的后备力量！”

呵呵，你再吹。

“再说了，他从没涉足过影视圈，要不是他带资进组，制片人还不一定要他呢。”

你说这话就不怕被他粉丝骂啊？

胖哥也觉得自个儿自信过头了，压低了声音说：“这话就你知我知，你可千万别给我爆出去。”

欺善怕恶！我轻蔑地翻了个白眼。

胖哥眼见我讨论的兴致着实不高，从手提包里拿出剧本，往茶几上一丢，起身说：“这事儿已经定了，你纠结也没用，以后他要进影视圈，你俩是低头不见抬头见，就算过去有什么不和，你也给我烂在心里。不是我吓你，你那千儿八百万的粉丝，还不够他家一个零头的，但凡你敢对着他黑一下脸，我打包票，以后你会糊得贴到锅底去。”

我：“……”

“好好准备吧，下个星期就要进组了。”

我一言不发地目送胖哥出门，“哐”的一声带上了厚重的防盗门，剩我一人独坐客厅，无语泪千行。

现在，让我来仔细理一理思路。

我，林浣，一个三线女演员，出道四年，挣扎着从女四女三爬到了女二的位置，演过三部电影以及一部宫廷剧，在我二十五岁原本应该冲太岁的年份，居然有位导演看中了我的美貌与演技……好吧，美貌不算，毕竟现在一打开搜索引擎搜索我的名字，一半的标题都是“林浣古装动人，现代装为何能秒成路人”以及“林浣凭什么吃娱乐圈这口饭”诸如此类的抨击内容。老实讲，我觉得我长得还行，虽然算不上倾国倾城，可小家碧玉这种修饰词还是撑得住的。怪现在娱乐圈整容脸太多，埋没了我这种纯天然无添加的自然派。诚然，我也不是靠脸吃饭的，我自认靠的是演技。接到《定渊》这个戏之初，我还以为我事业的春天来了，过年上庙时那位算命人跟我说的今年我要走霉运妥妥是骗人，结果，天理昭昭，古人的智慧诚不欺我，冲太岁就是冲太岁，谁也别想跑，这不，我的冤家当真就驾着太岁来撞我了。

说起我的冤家，也就是《定渊》最后定下的这位男主，带资进组的人，姓简名黎。这货年少成名，十五岁组团出道，组合的名字叫 FT，取的是 Fighting Team 的意思。组合一共四个人，简黎是团里的舞蹈担当和 rap 担当。他跳起舞的样子，那简直是神鬼惊叹、举世无双、撩人于无形、杀人于弹指……好的，我跑题了，总而言之，简黎长得好，舞也跳得好，外加还是赛车手，酷得人晕眩，帅得人劈叉，圈死无数迷妹粉丝，占据娱乐圈顶流长达五六年，地位之稳固，无人可撼动。

要问我为什么这么了解简黎的背景？

咯……请叫我雷……不是，请叫我黎粉。

没错，简黎是我的“爱豆”，他现今榜单的数据中，有一份是我辛勤熬夜出的力。

不管怎么说，简黎肯加盟《定渊》，我应该欢喜的，并由心底怀疑制片人是不是给简黎下了药，才迫使简黎踩进了这个大坑。等剧开播之后，我再抱紧简黎的大腿，炒一波 CP，分分钟就能黑红到一线去，多么完美的结局。可我心底那是相当沉重，仿佛清明节要去上坟之前的沉重……

归根结底，这份沉重缘于我和简黎的一点点小过节。

早年，FT组合其实和我是一个公司的，我和简黎还有点交情，就是他能喊我一声姐，我能叫他一句“好弟弟”的江湖情义。那时候，他没摆什么大咖的架子，我也没有小透明的自觉，我和他偶尔在公司休息室碰上，我还会狗腿地给他冲一杯速溶咖啡，拉着他天南海北地闲聊两句。眼看着友谊的小船正在雄赳赳气昂昂地扬帆前进，可事情的转折毫无预兆地出现在了我脆弱的生命里……

犹记那年年底公司开庆功宴，我被一杯白酒灌得晕晕乎乎，具体我做了些什么，我已经不记得了，就只知道，当我再醒来时，是在一个酒店的房间。我第一时间检查了我的情况——

衣服，OK。

床单，OK。

很好。我正欣慰于我的贞操还在，冷不防就听见卧室外面有人在小声说话。我指天发誓，我那时候并不是要偷听，而是出于对真相的探究，才打开了一条门缝，观察外边的情况。然后，我一眼过去，就看见了穿着浴袍、拿着毛巾擦湿头发的简黎。

我中肯地说，简黎非常性感，嗯……

那微敞的领口……

那诱人的锁骨……

以及那滚动的喉结……

我不自觉地双腿发软、腹部发热，在这种诚实的生理反应中，我想到了一个严峻的问题——

简黎为什么会在这儿？以及简黎的经纪人、公司经纪部的一姐——左虹，为什么也在这儿？我紧张地夹紧了双腿，凝神看去，完全顾不得大腿根部和腰上诡异的痛感，就听左虹强势地说：“你是不是疯了，知道自己在做什么吗？”

“知道。”简黎意简言赅，一边波澜不兴地盯着左虹，一边把手里的毛巾任性地扔在沙发上。那样子，酷爆了！

我小心肝儿一阵狂颤，用手充当呼吸机，四处寻找新鲜空气。

左虹又说：“你到底想干什么？”

“负责，公开。”

“负什么责！娱乐圈里这种事情少见吗？怎么到了你这儿就要负责、公开了？！你让我怎么办啊？！你考虑过我的感受吗？！我们都一起多少年了！好不容易走到现在，你就这样逼我？！”

“啪嗒——”我依稀听见了自己心碎的声音。我望了望简黎，再望向红着眼眶的左虹，再望向凌乱的沙发。隐约地，我看见沙发上有一点没清理干净的血迹。我受了多年性教育的脑回路登时告诉我，我应该撞破了“爱豆”与经纪人欢爱，且“爱豆”想公开，可经纪人怕背黑锅的现场直播。

我那时的心情，怎么说呢，很复杂，很惆怅。要是简黎喜欢我，别说他要公开，就算他要摘星星，我都愿意当一块圆润的垫脚石。不过，这些都不是重点，重点是，我是谁？我从哪里来？我为什么会在这里偷听八卦？

我屏住呼吸，力图在这混乱的情况中找到一个突破点，就在我苦思冥想扼杀脑细胞的当头，卧室里的手机居然响了。我一个飞扑扑到床头，想把手机铃声捂死在怀里。很显然，这种被酒精影响了的弱智行为徒劳无功。微风轻拂，房门随之敞开，客厅里的两个人不约而同地看向了我。

左虹仿佛看到了阶级敌人，那眼神，分分钟要把我处决。简黎则相对温和，没什么太明显的情绪。

我在刺耳的铃声中尴尬地冲他俩咧咧嘴，然后将肚子底下的手机拿出，正想接电话，却发现来电的名字我貌似不认识……我沉默着，翻来覆去地打量着这手机。简黎悄无声息地走进来，云淡风轻地冲我伸手道："我的。"

"啊？"我一惊，立刻像丢烫手山芋一样把手机扔给了他。简黎皱皱眉头，直接挂断电话，又睨了我片刻，问："怎么不多睡会儿？"

我："……"

这个问题，好像是在怪我没有睡得像个死猪一样，突然醒来打断了他和经纪人难得的相聚……

我有罪，我悔过。

我咽了口口水，小心翼翼地看了眼门口的左虹，打着哈哈道："生……生物钟，自然醒。"

简黎没接话，左虹也没吭声。我一边承受着我这个年纪不该承受的尴尬，一边发动我看了八年《名侦探柯南》的脑回路，想通了一些关键。

我猜，事情应该是这样的，昨晚我喝高了，简黎出于品德的高尚、人性的善良，为避免我被某些油腻高层揩油，将我带来了酒店避难。然而，他喝得也不少，血气方刚，年轻气盛，经纪人跟来照顾他时，他俩干柴遇上烈火，在沙发上打响了新年的第一炮……

原以为我这个醉鬼应该睡得"一佛出世二佛升天"，却没料到，两人早起就公不公开恋爱的事起了争执，我也没挑个好时候，居然这时候醒了……

为什么我会推测和简黎发生关系的是他的经纪人，而不是同在屋内的我呢？这里面有两大原因。

其一，我衣服整齐，浑身清爽，除了腰有点酸、腿有点痛，没有任何初夜之后的疼痛撕裂感。再加上简黎是我的"爱豆"，我要真和他发生了点什么，我怕恨不得载入史册永生铭记，怎么可能没有半点印象！

其二，我和简黎的关系一直不冷不热，还没到能够酒后乱性的程度。而他的经纪人和他熟识了将近六年，他俩日久生情才比较符合逻辑。

想到这儿，我心如刀割，痛入骨髓。但为了不让他俩把我这个唯一的目击者杀人埋尸，我还要竭力掩饰自己的难受，抬起头挤出一个麻木而不失礼貌的微笑：“那……那什么，我昨晚喝多了。”

“我知道。”简黎声线平淡。

“我一喝多就会睡着，一睡着我就什么都不知道了。”

简黎抿了抿唇，刚刚舒展开的眉头又拧成了一条线。

我忙着给自己开脱：“所以，无论昨晚房间里发生了什么事，我都没听见，也不记得，真的。”

“不记得？”

“嗯，不记得。你们不用担心。”

“……”简黎不说话了。

我为了保命，还在不遗余力地宽慰他：“再说了，虹姐说得对，这种事，娱乐圈里很常见的，我也不是第一次遇上，你们千万别放在心上。”

“不是第一次遇上？”简黎的语气无端端地冷冽下来，如同寒冬腊月的劲风，呼啦啦扇在我脸上。

我无暇思考他的重点为何这么奇怪，是不是小学语文没学好，只做了个封口的动作，拍胸口保证：“我绝对不会传出去！”

简黎：“……”

简黎沉默片刻，朝我走近些许，似乎想伸手拽我。我说时迟那时快，完全忽略了酒精的后遗症，一个风骚的走位就退开半步。简黎只手捞空，霎时僵在原地。我仰起头，好巧不巧，撞进了他那双黑白分明的眼，此时有首背景音乐在我脑中响起——

你退半步的动作认真的吗？小小的动作伤害还那么大……

我哽了哽，打住思想的岔子，甩甩头怯怯地问："我可以走了吗？"

简黎敛下眼皮。

左虹冷笑出声："请吧。"

得了女主人许可，我快步绕过简黎，抓起自己的包拔腿就溜，把所有的疑难杂症留给了他们这一对见不得光的苦命鸳鸯。

现在回忆起这件事，我从酒店离开后至少有两三个月，都处在怀疑人生无心工作的消极状态里，得亏胖哥人好，没有放弃我，还替我接了新戏。我自觉不能被无望的单恋打倒，索性掩埋了往事赶去贵州拍戏了。

然而，没过多久，网上曝出了简黎和左虹的绯闻，并且有小道消息盛传我是爆料者。我人在家中坐，锅从天上来，其间是非曲直一言以蔽之——全是血泪。总之，这件事的结尾，以简黎成立了工作室，更换了经纪人而告终。我也自此进入了简黎的黑名单，他再不拿正眼瞧我……

我心酸地把剧本盖在自己脸上，忍不住涕泪横流。违约是不可能的，我怕把肾摘掉都赔不起违约金。正确的做法，应该是远离简黎，谨言慎行。左右都是死胡同，我也只能闷头往前冲了。

转眼到了死亡出发日。

在胖哥的督促下，我和助理小晴拉着行李箱，抱着壮士一去不复返的心态赶赴前线……啊不，是剧组。

下了飞机，坐车去酒店的途中，我还恍恍惚惚地想起了这两年关于简黎的种种。

自打他成立了工作室，我俩就极少碰头，我也是从旁的渠道得知，简黎似乎是因为和公司产生了矛盾，在合约未满之时，自愿赔了一大笔天价赔偿金，才脱身出来独立门户。这之后，他的曝光率下降，接的代言和活动越来越少。他的微博以前是一周一更，这两年变成了一月一更，要不是每年雷打不动的 FT 年底演唱会摆在那儿，粉丝可能会以为这位“爱豆”是要退隐了。

问：粉上一位不爱营业的“爱豆”是什么心情？

答：宠，往天上宠，打下江山送给他！

我们黎粉，就是这种酷炫狂霸跩的存在。

诚然，依简黎即使不营业也有着顶级影响力的地位，他的资源肯定是不会差的。唯一的解释，就是他自己疏于营业，甘当一个寂寞的美男子。关于这点，我也听到一些消息，说是简黎脾气一天比一天臭，除了 FT 那三名成员，他基本不愿和人交际，即使见了人也是冷漠疏离，导致许多品牌方和综艺节目想请他而不敢请。对此，我只想说，即将和他拍戏的我压力真的很大，会不会这位大佬哪天心血来潮，直接把我弄死在剧组里？

有了这个念头，我顿时冷汗如雨下。小晴以为我是热得慌，把车内的风口通通对准了我，吹得我鼻涕横流。

到了酒店，生活制片领着我和小晴去房间放行李，这位油光水滑的大哥还亲切地对我说：“简黎的房间就在你隔壁哟，方便你们以后对戏。”

听了这话的我，更加生不如死……

我在房间里乱窜一通，寻找能够防身的东西。由于害怕简黎入室杀人，我甚至还思考了一下跳窗的可能性。

小晴看着我在窗前发呆，笑嘻嘻地凑到我跟前，说：“浣姐，这个房间的视野不错呀！果然当了女主角，待遇就是不一样。以前你都住一楼二楼，现在住到顶楼啦！”

我眼神空洞地瞅瞅小晴……

有哪句说哪句，这个顶楼，我不是很想住！

小晴约莫没理解到我目光中的深意，还认定我是开心得失了神。摆放好带来的东西，小晴又给处于死机状态的我喷了防晒喷雾，再选了一顶鸭舌帽搭配我今天的服装，然后拉着我吃过饭，匆匆赶去片场参加开机仪式。

彼时，刚过下午一点。

六月的横店，太阳生猛，气温直逼三十摄氏度大关，一下车，阵阵热浪扑面，烤得人几近窒息。供桌已经摆放好，主创人员基本到位，现场人头攒动，媒体和粉丝层层叠叠，围得水泄不通。小晴拿出遮阳伞挡在我头顶，几个安保大哥开了路，我们才穿过人群，来到了供桌前。和导演、制片等人一一打过招呼，我和小晴乖巧地站到了角落，等着大咖霸气登场。

应援的粉丝大多是黎粉，只有几个被挤到了边角的小姑娘弱小无助地拿着有我名字的灯牌。我见天气太热，让小晴去给小姑娘们买点水喝，自己拿着伞神游太空。没过一会儿，一个热情的声音从不远处传来："林浣！"

我抬眼一瞅，本剧的男二——顾明卓闪亮上线。顾明卓和我合作过一部剧，演的还是我的"竹马"，和我比较熟悉。他像一阵龙卷风似的，瞬间刮到我面前，也不顾大众的目光和媒体的镜头，张开手臂就给我来了个象征友谊的熊抱："浣浣，我可想死你了！"

我被顾明卓搂得快要当场死亡，张牙舞爪地推了他好几下，他才勉强松开我，露着小虎牙冲我笑。

讲道理，顾明卓本人其实比我大几个月，可他偏偏长了张讨人喜欢的脸，看起来又嫩又天真，加上出道以来塑造的无心机人设深入人心，是以哪怕他当众抱我，媒体和旁人也会笑赞一句：你们感情真好。

我就不同了……

犹记得上一回在某个颁奖礼上，我主动和我前一部电影的男主角打了个招呼，就被营销号写成了想抱大腿上位，主动引诱等等。

所以说，当个女演员真的是相当难……

我这边还在感慨，顾明卓拿手在我眼皮底下晃了晃，撇着嘴说："想什么呢？见了我也不给点反应，你这走神的毛病什么时候才能治好啊？"

我翻出一个犀利的白眼，压低嗓音说："离我远点，万一咱俩传出绯闻怎么办？"

"我不介意啊，让绯闻什么的来得更猛烈些吧！"

"我介意。"我强调，"跟你捆绑炒作会降低我咖位的。"

顾明卓："……"

顾明卓咬牙切齿："林浣！你没有良心！当初跟人家花前月下的时候，一口一个小卓卓，现在要和别的男演员演对手戏了，你就翻脸无情！是我错付了一腔情义！是我错许了一颗真心！"

"小卓卓……"我打了个干呕，"能不能不这么恶心？注意一下你一米八的硬汉气质好吗？"

"不好，在你面前，我永远都是你的小可爱哟。"顾明卓臭不要脸地对着我比了个心。

我头皮一麻，赶紧摇着头退避三舍。

顾明卓再次靠过来，钻到我的伞下和我肩并肩，抱着手说："人好多啊，我从来没见过哪个剧组有今天这阵仗的，顶流就是顶流，和我等凡人果然不是一个档次。"

闻言，我再挪开半步，力图和他保持距离："和你不是一个档次，我可是女主角呢，谢谢。"

"瞧把你嘚瑟的。来，你看看我这张自带保鲜的脸，你再看看我这肥瘦均匀的大长腿，你敢说我将来不会大红大紫？"

“肥瘦均匀……”我回味了一番这形容，然后眼神复杂地看向顾明卓，“小学的语文课代表是你吗？”

“啊？”顾明卓一呆，“不是啊！”

我点点头：“我就说，以你这智商，进不了小学的门槛。”

顾明卓：“……”

“还大红大紫，是谁给了你这份勇气？”

“林浣！”顾明卓一咬牙，扑过来揪住了我两边脸颊。

我没料到他真有这狗胆在光天化日之下对我进行肉体攻击，急忙拿伞去戳他的头：“松开，你给我松开！老娘扑了粉的，你这大逆不道的逆子！”

“林浣！我和你拼了！”

“这么多人在呢！以后咱俩还要不要在娱乐圈混了？！”

眼看我和顾明卓的塑料友谊走向了分岔路，媒体朋友们对着我俩拍了几张，不知出于什么诡异的心态，居然还在笑呵呵地说：“梅香CP感情当真不错，粉丝们火眼金睛。”

梅香CP，是我和顾明卓上一部电视剧的情侣代号。

我满脸写着拒绝，正要反击，突然，人群一阵骚动，尖叫声如潮水侵袭，冲上天穹，震撼大地。耳中充斥着歇斯底里的“哥哥我爱你”“简黎我们永远支持你”等爱的宣言，让我的灵魂为之战栗。黎粉们自发让出了一条路，压轴的男主角终于站在了万人瞩目的中心。

他身披暖阳，脚踏无数芳心，快步走近。他穿着一件印花的白T恤，外面套了件简单的蓝色衬衣，修身的长裤将他的双腿衬得又长又直。和顾明卓的肥瘦均匀相比，这才是真正的腿精本精。

这个人，只要站在别人目所能及的地方，其余的所有事物都成了模糊的背景，天与地之间，只有他，如无尽银河般灿烂耀眼。

简黎，时隔两年，我再一次与他正面相遇。

我的心脏仿佛要爆炸了一样，疯狂且剧烈地跳动着，在那席卷每一个细胞的喜悦里，又有丝丝的酸楚，如同落入湖中的石子儿，泛开了圈圈涟漪。我的目光紧紧粘在简黎身上，看着他和别人握手打招呼，我却止步不前，不敢上去和他说一句“好久不见”。

过了许久，我怅然若失地收回视线，怏怏地低下了头。顾明卓像是也被现场的热烈氛围震住了，盯着简黎打量了半天，才蹦出一句：“看来，人红不是没道理的，这长相，这身材，我输得心服口服。浣浣，你说……”顾明卓看向我，这一看，冷不防就噎住了。

由于简黎的突然出现，让我俩同时呈现了短暂的神游天外的状态，以致这货的爪子现在还停留在我的脸上。顾明卓弯下腰来瞅我的表情，我带着浓浓的鼻音说：“放手。”

顾明卓被吓了一跳，忙不迭松开，手忙脚乱地道：“哎呀，怎么就哭鼻子了，我捏痛你了？浣浣……哎浣浣……祖宗，我的小祖宗，你可千万别哭出来啊，这大庭广众的，让媒体拍去，咱俩就真的跳进黄河都洗不清了。”

我没好气地瞥了他一眼，用力擦了下鼻头，嗔道：“谁要哭鼻子了！”

“是是是，不是你，你没有。我要捏痛你了，我让你掐回来，你想掐哪儿？我绝不反抗！”

我还没吭声，边上突兀地插进来一个凛冽的男音：“怎么了？”

我一抖，顾明卓也一僵，然后我俩齐齐转头，看到了不知什么时候就站到了半米开外的简黎。简黎黑白分明的眸子看向我，眉头不经意地轻轻一皱。我恍惚地盯着他看，他又睨向顾明卓，神色冷峻严肃得像是对着有血海深仇的阶级敌人……

顾明卓肉眼可见地吞了口口水，谨慎地伸出手去，生硬地打招呼：

“你好，我是顾明卓，接下来的四个月，请多多指教。”

简黎睨着他的手，没有回应。

顾明卓歪着他那充满了疑惑的小脑袋，也看了看自己的手。他的食指和大拇指上还残留着我脸上的粉底，白惨惨的。他一个激灵，赶紧在裤管上擦了擦，打着哈哈道：“是林浣的，我刚在和她开玩笑呢，不好意思啊！”擦干净了，顾明卓仔细检查了一遍自己的爪子，再度郑重地伸出去。

简黎仍旧不为所动。过了五秒，他径直看向我，扔下句：“过去吧。”继而率先走回了导演身边。

他果然很厌恶我，都不屑正式地和我打个招呼，再怎么说，以前也是一起喝过速溶咖啡的交情呢……我像只蔫了气的皮球，耷拉着脑袋哀叹一声，刚要迈步，顾明卓竟也跟着哀叹了一声。我疑惑道：“请问你叹个什么劲儿？”

顾明卓：“我总觉得我好像给简黎戴了顶绿帽子。”

我：“……”

顾明卓：“你没发现吗？简黎刚刚看我的表情，仿佛我和他有夺妻之恨。”

我没说话，顾明卓摸着下巴继续发散思维：“奇怪，我最近也没交女朋友啊，怎么会出现这种情况呢？这拍戏的四个月还能不能愉快安全地度过了……”

不能愉快度过的，可能是我。

我有气无力地拍拍顾明卓的肩膀：“傻瓜，别胡思乱想了。”

顾明卓相当感动：“浣浣，还是你对我好，不管什么时候都会安慰我！”

“嗯，放心吧，你不可能和简黎有夺妻之恨的。毕竟，你俩之间的差距是喜马拉雅山和地平线，哪个姑娘会眼瞎到去选你啊！”

顾明卓：“……”

顾明卓龇牙咧嘴。

我生怕他不信我这说法的可信度，还发自内心地给他分析：“俗话说得好，吃过佛跳墙的人绝不会再吃青菜豆腐汤，由此证明，和简黎谈过恋爱的女人不会看上你。俗话也说得好，龙配龙，凤配凤，老鼠的儿子会打洞，由此证明，能和你谈过恋爱的女人，简黎也是绝对看不上的。”

顾明卓：“……”

“看，我这么一说，你是不是舒心多了？”

“林浣，这会儿要不是这么多人，我能直接在你嘴上缝出个蝴蝶结你信不信？”

我当然不信，蝴蝶结难度太大了，何况顾明卓也就只能纸上谈兵，一旦实战演练，尿得那叫一个浑然天成，谁都比不上。我冲着顾明卓吐了吐舌头，顾明卓眼看着想动手，莫名地，我俩再次感受到了来自魔鬼的凝视，简黎眼光如利刃，带起阵阵阴风，毫无偏差地扎在我俩身上……

我和顾明卓双双嘴角抽搐，我卖友求荣，道：“简黎又在向我方示威了，顾明卓，拿出你血厚耐揍的特性，迎难而上！我将永远在你的身后支持你，我的心与你同在！”

顾明卓皮笑肉不笑。

我想握紧小拳拳给他打一波气，没料到，这货居然不顾仁义道德，用力将我一搡，使得我三两步跌到简黎跟前，还险些撞上他的胸。距离太近，我略感窒息，眼睛里，是简黎白色 T 恤上的花纹；鼻息中，是简黎身上淡淡的香气。我紧张到头皮发麻，由衷地想打个地洞钻进去。但我不能，这么多双眼睛看着我，一个搞不好，我明天就会被钉死在恶意炒作的耻辱柱上，被众多黎粉徒手撕成渣。在这关键时刻，我急中生智，妙计突生，顶住巨大压力和简黎对视，笑得相当僵硬地道："我……我想找你签个名。"

简黎："……"

拒绝我！没错，用你对我一万分的厌恶来拒绝我，让我的心死得彻底！

我和简黎面面相觑，不远处有黎粉小声道："原来，林浣也是哥哥的粉丝啊！"

"我家宝贝的魅力那么大，所有人都该喜欢他！"

"你们看，林浣的手在发抖哎！"

"追星女孩见到'爱豆'的激动，在林浣身上完美体现！"

……

我哭笑不得。姑娘们你们误会了，我不是激动，是害怕……

勉强稳住情绪，我再度拿出演员的职业素养，向简黎投去一个小心翼翼却无比渴望的眼神。

简黎的瞳孔微微一缩，慢悠悠地开了口："纸笔呢？"

我："好的，我这就退……"等等，他不是让我离他远点？纸笔？他还真的要给我签名？我脸皮子轻微地抽搐着，大佬，这只是个障眼法啊！这么认真干什么？

箭在弦上不得不发，我只好装模作样地摸着裤兜，说："出门太急，忘带纸笔了……"

简黎默不作声。

我又狼狈道："要不，改……"

简黎抢话："手机呢？"

我一愣，也不知大佬要干什么，乖乖拿出手机解了锁递给他。我的手机桌面是多年前一张演唱会的图片。那时候，我穷得叮当响，好不容易东拼西凑凑齐了一张门票钱，在最角落的位置看了我人生第一场 FT 的演唱会。结束时，简黎上台致谢，我从侧面拍了他一张模糊的剪影，流光溢彩，璀璨如辰星。

幸亏我当时手机的像素差，也幸亏我没换上简黎高清的桌面图，堪堪逃过了被正主目击的劫难。我长舒一口气，简黎盯着我的桌面看了会儿，又面无表情地看向我。我呼吸一乱，还以为他是发现了什么，他却迅速收回视线，背对着媒体和粉丝，打开通话界面，按下一连串数字拨通，再利索地挂断，把这数字存进了我的通话录，并亲手输入了两个字——简黎。

我："……"

简黎把手机还给我，冷淡道："签好了。"

我："……"我当场目瞪口呆。

还是简黎秀，没纸笔，好的，在手机上输入两个字就行。此时此刻，我的心情怪怪的。

简黎见我一脸纠结，问了句："你觉得不够？"

我呆呆地望着他。

他无奈又宠溺地补充："等会儿回了酒店，你带上纸笔，我再给你签一次。"

我吓得回过神，忙不迭摆手："不用了，不用了，这就够了。"

今天的简黎，出奇的诡异！据我所知，他是从来都不宠粉的人设，日常爱好之一就是怼粉，没道理知道我是他的粉丝后，突然变得和蔼亲切，这里面肯定有诈！说不定是想诓我在酒店碰头，然后把我套进麻布口袋里痛打一顿以泄私怨！我满脸防备地后退两步，随即，我就看到简黎的脸色一黑，分分钟收起了那份虚假的和气……

这才是大佬的真实面目吧！他什么时候学会使用糖衣炮弹了？！我的生命，在这一刻，依稀亮起了忧郁的红灯，嘤嘤……

二 一人独面狂风暴雨

我瑟瑟发抖地跟完了整个开机仪式，按照流程，我和简黎以及顾明卓在仪式结束后接受了一个简短的采访，算是为《定渊》预热。避无可避的形势下，我被顾明卓推搡着站到了简黎的旁边，迎接来自大佬无声的关爱。我身心俱疲，如同一只弱小无助的鸡崽，拿着话筒不知所措。

我和顾明卓的咖位距简黎差了十万八千里，记者们前面的采访，基本是在炮轰简黎一个人。简黎挑了些不痛不痒的问题作答，根据他独特的个人风格，一般是媒体噼里啪啦地说一堆，简黎回应两个字。

怎么说呢，我有点同情这些记者，认为他们进行了一场史上最艰难的采访。估摸是终于被简黎把天聊死了，记者们叹着气把话题转到了认真倾听的我身上。有记者问我：“第一次和简黎合作，对于这位搭档首次转战荧屏，你有什么感想？”

这是个送命题，记者大大挖坑给我跳……

我沉思两秒，快速打好腹稿，祭出女神微笑，开始了一波商业吹捧：“简黎是我十分欣赏的艺人，他有实力，而且很低调，独具魅力。在舞台上，他可以说是当之无愧的王者，追光灯所在，目光聚集之处，所有人都会被他吸引，成为他的拥簇者。”

我摸着良心说，这绝对是我的心里话。我顿了顿，侧头望向简黎，力图在记者们的镜头下营造出良好和谐的氛围。简黎似有所感，也朝我看来。不知是不是我的错觉，前一秒他还不耐烦的神色蓦地消退不少，连生人勿近的气场也稍稍柔和下来。

这演技，我给 98 分，满分怕他骄傲。

我抿了抿唇，继续道："能和简黎合作，是我的荣幸。在此之前，我是没想过，《定渊》能邀请到他来出演，总之，四个字概括我现在的心情——喜出望外。"

我的彩虹屁随便一吹，都是爱你的形状。

简黎一动不动地睨着我，那嘴角似在微微上扬，让他看起来越发迷人。我挪不开视线，沉浸在那明知是梦幻泡影的温柔里："有简黎在，我对咱们这部剧非常有信心，毕竟优质的偶像就是如他这样，能给粉丝带来一往无前的力量。"

简黎的目色都和煦起来，如三月春风，所过之处，生机蓬勃。

我的小心肝儿扑通扑通直跳，毫不怀疑他要是再这样看着我，我血液里的糖分浓度会严重超标。边上的顾明卓忍不住扯我衣服，似乎在提醒我吹捧过头了。我彻底丧失了理智，还在不管不顾地说："简黎能把喜欢的事情都做到极致，跳舞是这样，赛车也是这样。对于演戏，我完全相信他有自己的见解和诠释，由他饰演男主角李忘殊，一定会给大家带来耳目一新的感受，希望大家能多多关注和支持。"

此处应有掌声。

一口气表达完毕，我如释重负。简黎依旧浅浅笑着，顾明卓则直勾勾地盯着我，仿佛在控诉我叛友投敌的行为。记者们沉默了好一会儿，问："所以，你也是一名资深黎粉吗？"

"那当然……"我自豪挺胸，"简黎的国民度这么高，我没事的时候也会看看他跳舞的视频，收获爱与快乐，刚刚他还给我签名了呢。"

我卖力演出一个粉丝的欢欣雀跃。

记者们当即转向简黎："你知道林浣是你的粉丝吗？"

简黎微微点头："刚刚知道。"

"那你有什么想对这位圈内粉丝说的？"

简黎想了想："不管前路如何，希望你一直都在。"

我一愣，霎时失了神。

时光悠悠转回那一年的演唱会，简黎出道还不久，因为先前一次和"私生饭"的冲突，被对手当作了抹黑的点，导致简黎流失了不少粉丝。在演唱会谢幕时，他对所有粉丝郑重说出了这一句心声：不管前路如何，希望你们一直都在。

那时候，他刚满十六岁，已经经历了圈内的尔虞我诈。

也就是那时，我决定要放下过去的一切进入娱乐圈，努力站到他的身边，用尽全力保护好我心尖上的这位大男孩。

这是我永远不改的初衷。

我和简黎对望着，旁人似乎都成了可有可无的衬托，只有我和他在进行精神交流，感情得以升华。我正是心潮澎湃、感情激昂，想对着"爱豆"好好表一番忠心时，顾明卓这货突兀地插了句话，打断了我和简黎之间的粉色泡泡。

"我也是简黎的粉丝！你们怎么都不关注我？！"顾明卓苦恼地抱怨。

我："……"

简黎："……"

简黎垮下脸，冷冷觑向顾明卓。

顾明卓笑嘻嘻地道："我可喜欢听简黎的歌了，没事儿就会听两首，收获爱与快乐！"

我：“……”

这种情况下，面对同行示好，一般人都会选择笑着说出“谢谢”两字，但我知道我的“爱豆”不是一般人……

果然，短暂沉默后，我的“爱豆”目视前方，如同一个没有感情的机器，淡淡答：“我没唱过单曲。”

顾明卓：“……”顾明卓血量瞬减 95%，颤巍巍地捂住了心口。

“在团里我也是舞蹈担当和 rap 担当，你可能粉错人了。”

顾明卓：“……”

顾明卓当众扑街。

我同情地看着顾明卓麻木的表情和灰败的神情，忍不住在心里为他点亮了一支小小的蜡烛。

同样都是彩虹屁，我吹就能得到正主赞许，他吹居然被正主当场打脸。顾明卓今年犯的太岁，肯定比我狠。我咽了口口水，打了个哈哈赶紧转移话题，聊到了《定渊》这部剧上。好不容易熬到采访结束，演员们纷纷转战化妆间，准备上妆拍照。简黎和他的男助理走在最前面，我和顾明卓跟在后面两米远，一边走一边嚼舌根。

“你说你是哪里想不开，凑着上去找存在感，现在好了，明天媒体的通稿一出，你非得被黎粉骂到怀疑人生。要用粉丝的名头拉关系，你好歹也去了解一下别人的背景吧，偷鸡不成蚀把米。”

顾明卓咬牙切齿地挥拳头：“你以为我想啊，也不看看我是为了谁！”

我沉默片刻，找着调唱起来：“你是谁？为了谁？我的战友你何时归……”

“林浣！”顾明卓瞪我。

我见好就收，不再和他抬杠了。

走了几步，顾明卓凑到我耳边小声说：“你分得清你和简黎咖位的差距吧？”

“废话，用你说。”

“我跟你讲，之前的那个小花肖宁，你知道吧？”

“知道啊！”我点头。

顾明卓煞有介事地道：“她不是和那个一线‘小鲜肉’闹绯闻吗？其实媒体也不是捕风捉影，我听我经纪人说，他俩是真事儿。不过绯闻爆出来以后，‘小鲜肉’怕损失人气，让公司发了没谈恋爱的声明，然后这‘小鲜肉’的粉丝就全去撕肖宁了。肖宁差不多被人挖了个底朝天，什么料都有。”

“然后呢？”我双眼冒着八卦的精光，不耻下问。

“还然后？那些料真假参半，大多是黑肖宁的，有一部分还是肖宁的对家故意带的节奏。肖宁现在差不多被公司雪藏了。”

“好可惜啊！”我咂着嘴做总结。

顾明卓恨铁不成钢地说：“我是要提醒你，注意和简黎保持距离，他的人气可比‘小鲜肉’高多了。你要和他传出点什么，我敢保证，下一个被全网嘲的女明星就是你！”

我默默看了眼顾明卓，又惆怅地看了眼前方简黎帅气的背影，不由得丧气道：“不可能的，我和他不会传出什么绯闻。”

“怎么不会！你是看不到简黎刚才的眼神吗？像是恨不得把你按墙上亲几个回合！还什么不管前路如何，希望你一直都在，这不明显是要拉着你炒 CP？”

我：“……”

我老脸一红，羞涩地捂住了双颊，嗔道：“讨厌，胡说什么呢。”

顾明卓：“……”

顾明卓一抖，惊悚地问：“林浣，你现在的反应是在发春吗？”

“呸。”我啐他一下，“简黎不是那种刻意拉踩的人。那句话是他早年对粉丝说的，饭圈都有印象。再说了，他不会想和我扯上关系的。”

顾明卓不解：“你为什么这么确定？”

我叹了口气：“我和简黎吧，那什么……有点旧怨。”

“……”顾明卓倒吸一口凉气，还想说点什么，我们一行人已经走进了化妆间。

化妆间是公用的，总共有三排，简黎率先走到临近窗户的位置坐下。我和顾明卓四下打量了一番，正要集体迈步去第二排，简黎突然回过头，对我道：“这里通风，不会太闷热。”

我诧异地张了张嘴。

所以说……

他是故意把窗户底下的位置让给我，自己选择坐在旁边的吗？

怎么会这样呢？

且不说简黎的个性是不是真的这么舍己为人，退一万步讲，我俩还有误会没解开，没道理营业时间外他也对我这么友好。电光石火间，我想起了顾明卓的见解，难道简黎他对我……

不对，这不符合逻辑。

两年前我俩都只是点头之交，他见着我还不冷不热的，不可能我们分开了两年，他就猛地领悟了人类情感的奥妙，对我产生了某种情愫……

好的，这个理由，被我机智地排除了。

那么，除此以外，还有什么原因能用来解释简黎的反常呢？我想了又想，反复思量，然后在一道灵光闪现间，我彻底悟了……

估摸着，简黎是觉得，离得近才好下狠手整我吧……

我被自己歹毒的想法吓得踌躇不前，不知道即将迎来什么可怕的局面。大佬还在紧紧地盯着我，顾明卓已经悄悄溜去了第二排，剩我一人独面狂风暴雨。简黎这次是带资进组，依他的流量和地位，呛声我是不敢的，借我一百个胆子我也不敢。实在没办法，我只能调整了一下沉重的心情，蹑手蹑脚地走到大佬边上坐下。

简黎心满意足，看我的眼光都带上了一丝鼓励，仿佛在说：就是要这么有种，我才好痛下杀手。

我心窝抽搐，欲哭无泪，尿得连大气都不敢喘。简黎睨我片刻，平静道："这块手表，你戴了四年了吧？"

我一愣。过了好一会儿，我才下意识地把手表转了个圈，仔细挡住手腕上那一条细细的伤疤："呵呵，是啊……"

"你还挺念旧。"

他这语气，听起来有几分自嘲，又有几分苦涩，如同一口黄连嚼在嘴里，从舌尖苦到了喉咙。我满腹疑惑，想开口询问，简黎却闭上了眼，不再吭声。我讪讪地收回了视线，看着镜子里的自己走神。

我刚进娱乐圈那会儿，胖哥知道我手腕有条疤，害怕被有心人拿去做文章，是以送了我一块手表。这表价格不贵，但特别好用，我至今也没想着换一块。简黎为什么要特意提起这一茬？莫非，他注意到我手上有疤？我满脑子胡思乱想，角落里的几个配角演员正在聊戏，我想着和简黎攀谈两句，探探口风，正在组织措辞，化妆师抢先一步和简黎套起了近乎。

"呀，你的皮肤可真好，很显白，都不用上太厚的妆。"

简黎没说话。

化妆师继续尬聊："你的脸好小哦，五官也特别精致。"

简黎活像入定老僧。

"你的睫毛……"

简黎开口了："口水喷到我脸上了。"

化妆师："……"

化妆师整个人一僵，立即拿出口罩捂住了半张脸，再也不发一言。

我哽了哽，和简黎聊天，果然是一件很需要勇气的事，我自觉我弱小的心灵承受不来。后怕地压下话头，我拍了拍心口，还在庆祝劫后余生，简黎冷不防瞟向我，问："你有话要说？"

我一个哆嗦，闭紧双唇，小心翼翼地摇脑袋。

简黎眉头一皱，像是有些不满。我被他的目光凌迟了好几秒，他才总算重新合了眼。我提到嗓子眼的心将将放下，包里的手机就响了，我拿出来一看，是顾明卓发的微信。

——你和简黎有什么过节？严重吗？

我回忆了一遭当初绯闻掀起的风波，心如死灰地打下几个字。

——略严重。

顾明卓发过来一个原地死亡的表情，紧接着是一句冷酷无情的话。

——搞半天，我是受你牵连啊！

我："……"

我无言以对，顾明卓又发来一句。

——你谁不好惹，偏偏惹上他。你经纪人没跟你说过，圈里的四大金刚不能碰吗？

——四大金刚？

——没错！

顾明卓开始给我恶补八卦知识。

——FT 那四个小崽子年少成名，都是有人捧出来的。撇开他们战斗力爆表的粉丝不说，你以为依着简黎那臭屁的个性为什么没人爆他耍大牌不好相处？还不是因为他后台太硬，圈子里的人都不敢得罪。

——真的假的，我怎么不知道？

我从镜子里看到了第二排的顾明卓在翻着白眼叹气，讲道理，我特别担心顾明卓的眼睛哪天会瞎。

过了半分钟，这货的消息发了过来。

——你成天只知道琢磨演戏，这些小道消息你经纪人可能也懒得跟你说。简黎的后台究竟是谁我也不清楚，我只记得我经纪人说过，简黎出道以后总共被人黑过两次，而黑他的人最后都没捞着什么好果子吃，都被圈内封杀了。

作为简黎的粉丝，我竟然不知道自己的"爱豆"如此强悍。先前简黎在我心中还需要人保护的设定摇身一变，成了左青龙右白虎的带头大哥。我艰难地瞥了瞥简黎，越发觉得前景堪忧。我拿着手机风中颤抖，微信提示音再度响起。

——你也别想太多，再怎么说，你也是个女的……

我长舒一口气，心想顾明卓这小子还是不错的，知道危难关头开解我。

然而……

等他的下半句发过来，我差点没忍住掀了桌。

——就算你被简黎整得走投无路、全网嘲讽、失业潦倒、穷困不堪，至少，你还能当个游戏主播，把胸隆一隆，日进斗金不是梦。

我："……"

我咬牙切齿地给顾明卓发了一个字。

——滚！

顾明卓在我背后笑出声，没多久，他又回了一句。

——我对你和简黎的恩怨情仇相当感兴趣，今晚你房中一聚，聊完人生我陪你开黑，专业辅助三十年，让你乐极升天。

……

我还能说什么，可以把这猪队友按进马桶里淹死吗？

我没好气地盯着手机，还没想好要怎么高效且致命地回复他，旁边蓦地传来一道冷冷的声音：“你们在说什么？”

“啊？”我当即锁了屏幕，仰头一瞅，简黎正冷漠地盯着我。他的双唇抿成了一条线，表情尤其阴沉，眸中暗流汹涌。我小心肝儿直颤，惶恐地答：“我没说话啊？”

简黎眯了眯眼，看向我的手机。

我捂嘴惊讶：“你知道我在和别人发微信？”

简黎：“……”

简黎面无表情：“我知道你在和顾明卓发微信。”

“怎么能这样……”我一时忘了我和大佬之间悬殊的实力，郁闷地抱怨，“偷看别人手机不太好吧？”

简黎沉默了两秒，像是被气笑了：“我偷看？”

“你不偷看怎么知道我和顾明卓在发微信……”

“……”

简黎的面部管理逐渐失控，他深吸一口气，闷声道：“你们两个的手机响来响去，你觉得我是聋了还是傻了，这都猜不到吗？！”

我：“……”

我愣了愣，然后，我也不知道我是怎么想的，竟然鼓起掌来……

一屋子的人都神色复杂地看着我，简黎也一脸要把我生吞活剥的模样。我尴尬地停下拍手的动作，勉强竖起大拇指：“怎么办，今天也是想为‘爱豆’的智商鼓掌的一天呢。”

简黎：“……”

简黎扭过头，连肩膀也微微侧过去，彻底不想再面对我。从他的举动中，我感受到了深深的嫌弃和鄙视。后面的顾明卓忍了许久，估计实在忍不住，“扑哧”一声笑了出来。旋即，魔音灌耳，哈哈刷屏，我最终被淹没在了顾明卓嘲讽的笑声中。

经过这么一闹，化妆间的气氛稍微活络起来，没有刚开始那么凝肃。除开我和简黎，其余人该聊天的聊天，该玩笑的玩笑，年轻人很快打成了一片，包括顾明卓也放弃我这个盟友，去和别人拉帮结派了。简黎自始至终保持高冷，我作为前线人员，受其波及，不敢多说一个字……

我坐立不安地玩着手指，趁着这空隙，仔细琢磨了一番剧本。

《定渊》这部戏改编自小说 IP，女主角名叫慕苏忆，是燕国皇后。早期慕苏忆钟情于年轻帝王李忘殊，也曾想过尽力辅佐。但李忘殊心有旁人，且那旁人还是慕苏忆的义母。在慕苏忆渐渐明白自己是个替身以后，她的眼界不再局限于个人情爱，转而着眼当下的阶级格局，想要改变大燕残酷的等级制度。随着民间的矛盾日益加深，慕苏忆在斗奴场救下一名奴籍孤儿姜知临，成立了定渊盟，暗中与朝廷抗衡。至末期，她暗算李忘殊，扶植姜知临，激化燕国内战，一步步在深思熟虑中打破了阶级陈规，解救了无数身处水深火热中的奴隶。最后，在李忘殊和姜知临之间，她还是选择了宅心仁厚的李忘殊，最终身死弭乱，给李忘殊敲了一记警钟，让他成了一代明君，开启了大燕的盛世之景。同时，她也成了李忘殊心中一颗永不褪色的朱砂痣……

总结下来，这慕苏忆是一个奇女子。她和李忘殊的感情发展，一句话形容，就是大起大落，然后落落落落落……直接悲剧收尾。我演慕苏忆，问题不大。这个人物内敛坚定，很好把握，只要顺利克服对简黎的恐惧，我还是能贴合原著的。

男二号姜知临较难发挥，内心很阴暗，是个小变态，偏偏还要装得人畜无害，十分考验演技。好在顾明卓是科班出身，应该不在话下。

至于男主李忘殊……书里的他温和、宽容、心慈手软，略显优柔寡断，虽然一直痴恋慕苏忆的义母，但在和慕苏忆成婚之后，却事事顺从，后宫只容纳这一人，也算得上是个讨喜的角色。关键在于，就简黎那“谁靠近我，我打谁”的气场，就简黎那一年到头笑不了两次的冷漠，就简黎那对着镜头营业都一副被绑架的无奈模样，他当真能颠覆本色放飞自我演好李忘殊？

我表示，我很忧虑。

我担心地觑着紧闭双眼的简黎，恰逢小晴和简黎的男助理双双拿着明天的通告单，先后走进了化妆间。简黎率先接过男助理手中的单子，低头瞄了一眼，不知怎的，他的脸色突然变得很古怪，连耳尖也染上了一层莫名的粉红。我抻长脖子想偷看无果，只能撇着嘴瞅自己的通告单。这一瞅，我整个人也石化了。

通告单上写着……

明天的第一场戏，是李忘殊和慕苏忆的大婚场景……

大婚……这就意味着，我和简黎……明天将有一场吻戏！

我下意识地捂住了嘴，因为太过激动，眼里还涌出了喜悦的泪水。追星追到亲上本人的境界，夫复何求！我心潮澎湃，手脚直颤，完全顾不上我和大佬还有过节，满脑子都被猥琐思想占据。等我好不容易控制住自己，斜眼一望简黎，一桶冷水兜头朝我泼下来，顿时让我透心凉。简黎直直地看着我，眉头微皱，脸黑得犹如刚从煤矿跑出来。我动了动嘴唇，想说点什么，他却猛地起了身，椅子挪动的声响尖锐又刺耳。简黎收回视线，头也不回地走出了化妆间。

他这反应，应该是非常不愿意和我拍吻戏了……

我丧气地垂下头，喜悦的泪水秒变委屈的泪水。

定妆完毕，我们各自拍了定妆照。我心情不好，还以为可以早早收工回房休息，不料导演说要联络下感情，招呼我们一票人去附近的餐厅胡吃海喝。我本想拒绝，可抵不过导演、制片轮番上阵，只好跟着去了。

吃饭的途中，我们几个主演被安排在同一桌。简黎黑着脸坐在我右手边，顾明卓则乐呵呵地坐在我左手边。我如坐针毡，拿着筷子一动也不敢动。简黎吃得少，大部分时间都在喝汤。我偷偷注意着他，心疼得不行，索性冒死给他夹了块鱼肚子上的肉。简黎睨我一遭，又睨着碗里的鱼肉，不动如山。

我小声地说："清蒸的，不长胖。"

简黎还是没反应。

我想了想，又举着筷子解释："我没用过的，很干净。"

他保持沉默。我很是受伤，以为是受到嫌弃，于是拿过自己没用的碗，正想换给他，他却突然捉住我的手腕，夹起一小块鱼肉，放进了自己嘴里。那鱼的味道应该做得很不错，简黎嚼着嚼着，一直紧绷的下颌线条竟放松了些许，眼角也微微上扬。

他一笑，我的世界瞬间明朗。我不由自主地跟着笑起来，小心翼翼地缩回手，准备大快朵颐。我吃得正起劲，简黎也不知有意还是无意，把一盘香芋酥转到了我的跟前。众所周知，女生喜欢吃甜点，但在进组前，胖哥曾三令五申，让我少碰甜食，不然胖出了新高度以后接不到好本子。

"老父亲"的悉心叮嘱言犹在耳，小晴也在对面虎视眈眈地觑着我，用目光阻止我放飞自我的冲动。我夹起一块香芋酥看了又看，口水咽了又咽，最后两眼一闭，牙关一紧，痛苦地把香芋酥递给了顾明卓。顾明卓瞬间睁大眼，受宠若惊："给我吃？"

我委屈地点头。

顾明卓笑嘻嘻地张嘴来接，简黎“砰”的一声把汤碗搁在了桌子上，震慑住了我和顾明卓。我利索地收回筷子，满是不解地看向简黎。

简黎转过头，也不动声色地盯着我。

我和他四目相接，天雷勾动地火。十万个脑细胞齐齐上阵，我竭尽全力想从简黎的眼睛中捕捉点蛛丝马迹。这盘香芋酥，难道不是转过来大家吃的？是简黎喜欢，他想吃独食？我犹豫地把筷子伸到了简黎的碗上面，又顾及这筷子我用过，不太卫生，迟迟没把香芋酥放进他碗里。简黎看着我这套慢动作，嘴角一抿，冷声道：“自己吃。”

哦，不是他想吃，那我就放心了。

我松了一口气，照旧把香芋酥递给了顾明卓，想让他来承担肥胖的后果。顾明卓僵直着身体没接，简黎又出声：“自己吃。”一字一句，重逾千斤。

我被简黎两米八的气场折服，二话不说，三两口吞了整个香芋酥，唇齿留香，真是人间极品……

我满足地眯起眼，模糊不清地念叨：“嗯嗯，好吃……”

简黎收起先前的厉色，目光温和。有他这种绝世美颜下饭，我吃得更香。我俩父慈子孝……啊不，我俩友爱地互望着，等我咽下了嘴里的东西，大佬二度下令：“再吃一个。”

我：“……”

我咽了口口水，在大佬威胁的表情下，还是顺从地吃下了第二个香芋酥。

“再吃一个。”

我：“……”

第三个香芋酥也在我的软弱下进了我的五脏庙。

“再吃一个。”

“……”

我知道了，大佬这是想撑死我。

“再吃一个。”

多大仇！我泪眼蒙眬地嚼着香芋酥，第一口的喜爱全都消耗在了这个惨不忍睹的过程中。半盘香芋酥被我消灭，我胀得肚子圆滚滚的，甜腻得后背全是鸡皮疙瘩。简黎良心发现，给我倒了一杯热茶，我赶紧端起杯子，咕噜咕噜喝下一整杯。他又接过去，给我倒了第二杯茶。这一次，我喝得稍微淑女了些，一边抿着温度适宜的茶水，一边打量着简黎。

他的眼睛弯得像个小月牙，嘴角也勾出了好看的弧度，干净且纯粹，如同黎明时分缤纷的云霞，唤醒了万物的生机。

早几年时，简黎出镜常常这样笑。可自打那次私生饭的风波后，他就总是冷漠示人，用防备的姿态来隔绝所有可能的伤害。我看得出了神，一时没管好自己的嘴，发自内心地说：“好想守护你这样的笑容啊！”

简黎一怔。

我也跟着一怔。随即我反应过来，拍了下自己的脸，亡羊补牢道：“嗯，难怪你的粉丝都会这样讲。”

简黎沉默了，少时，他道：“你喜欢，我就笑给你看。”

我心跳骤停。

简黎笑容可掬：“只要你多吃一点饭，我就对你笑。”

我：“……”

这是什么鬼交易啊！你那“多吃一点”完全是奔着撑死我的目的去的！我冷静地移开眼，呵呵笑了一下结束这个奇葩的话题。

“爱豆”的笑哪有小命重要！

我暗自腹诽着，扭头一看，顾明卓这货正摸着下巴在我和简黎身上来回打量，并做出了一个名侦探柯南的标准动作。

我眼皮一跳，问：“大兄弟，搞啥玩意儿呢？”

顾明卓：“我隐隐嗅到了偷情的酸臭味。”

我：“……”

我怒而扔去一根筷子：“胡说什么！饭可以乱吃，话不可以乱说，这个道理语文老师没教你吗？”

顾明卓迅速躲开：“语文老师只教了我察言观色，我的判断绝对不会错！”

“我打死你你信不信！”

顾明卓拿着筷子来挡，我俩相互指责，眼看我陷入劣势，我急忙叫帮手：“简黎，他诽谤你，你不选择加入攻击队伍吗？”

简黎端起汤碗，淡定地问：“有吗？什么时候？”

我：“……”

他似笑非笑地看我一眼，然后，继续喝汤去了。

我倍感心累，在线求问，我家“爱豆”的脑袋里究竟在想什么啊？急……

吃完这顿饭，我的血气值已经快要降到负数。毕竟，一边要和简黎斗智，一边还要和顾明卓动手，这是个十分考验我生存技能的环节。出了餐厅，我拖着疲累的脚步，慢条斯理地走在后面，简黎也像散步似的，与我保持着半米的距离并肩前行。其余人在前头插科打诨，时不时还窃笑着回头看我和简黎一眼。我莫名其妙，简黎则是镇定地抬头望天。

到了停车场，顾明卓和几个配角演员齐齐挤上一辆商务车。简黎上了中间一辆，导演和制片人则坐进了头车。我思考片刻，拉着小晴往顾明卓所在的车辆走，大长腿还没跨上去，顾明卓这人就拦着车门道：“坐不下了，超载要罚款的。”

我："……"

我怅惘地望望车厢，撇着嘴收回腿，刚想和小晴另寻容身之地，顾明卓招着手对小晴道："小晴，快来，这里还有一个位置。"

我："……"

小晴："……"

有哪句说哪句，你们这种不厚道的行为让本宫非常扎心啊！我咬牙切齿地瞪顾明卓，顾明卓龇着牙耸肩，眼见小晴没有动作，他还亲自下车把小晴拽了上去。打，我肯定是打不过顾明卓的，重量的差距摆在这儿，我只能由衷地把顾明卓诅咒了八百遍，碎碎念地迈向头车。

不管怎么说，我依旧是个人见人爱的小仙女，导演和制片人一定会敞开怀抱容纳我的。对此，我相当有自信。我调整好礼貌的笑容，打算上车和大佬们谈笑风生。结果，没想到，我刚走到车门前，制片人手疾眼快，一关车门，把我隔绝在外……

风，吹乱了我飘逸的秀发。

落叶，见证着我满满的忧伤。

我，林浣，进可装御姐，退可扮软萌，何以落到如此遭人排斥的境地？

我痛定思痛，可始终想不出个所以然。

约莫感受到了我的弱小无助，制片人放低车窗，探出个脑袋对着我慈祥一笑："小林啊，刚刚吃饭的时候，我看你和简黎相处得很好啊！最近几年，我可是很少听说简黎对人这么亲近。"

我："……"

没有，不是，那是您的错觉！我肚子里的香芋酥在高声抗议您听到了吗？！

我想辩解，可制片人没给我这个机会。

"小林啊，你也知道咱们剧组的具体情况，本来不是什么大热的

IP，言情戏份还少，能不能在现今的市场脱颖而出还是个未知数。”

我不太明白制片人为什么突然卖起了惨，只能附和着点头。

“之前定下的男主临时反悔，还导致咱们迟迟开不了机。”

我继续点头。

“资金也不怎么充足，由于上面的限制，目前各公司的投资都相当谨慎。”

道理我都懂，所以，制片人你究竟要表达个啥？

我歪着小脑袋一脸疑惑，制片人看穿了我的智商余额不足，总算挑明了话意：“你看，简黎流量高、人气旺，愿意加盟咱们《定渊》，是咱们的运气。”

“对。”

“他还追加了投资，从根本上解决了我们面临的窘境。”

“是的。”

“所以呢，咱们一定要发扬中华民族的优良传统，同事之间要做到互助互爱，关心拍戏新人。对于新人小小的要求和愿望，我们也要不遗余力地去完成。”

我捂住心口，直觉制片人可能要放大招。

果不其然，他郑重而严肃地道：“鉴于此，关心新人这个重责大任，就交到你手上啦！”

我：“……”

制片人：“你要记住，你饰演的是慕苏忆，戏里戏外都必须有她那种牺牲小我，成全大我的觉悟，尽全力为咱们影视圈的欣欣向荣做出贡献！”

不！我不要！这次洗脑不及格！我要给差评！

我无声地拒绝着，双手正要扒拉住车门，制片人一声令下，司机心领神会，一踩油门驶出了停车场，糊了我满脸初夏的热风。

我泪眼模糊，站在原地沉思人生为什么这么艰难。简黎的男助理掐着时间跳下车来，对我喊道：“林浣姐，上车吧！”

讲道理，这个车，我不想上。但问题在于，从这里到酒店，大约有两公里，途中需要经过一片无人郊区。此时月黑风高，我还花容月貌，危险指数实在爆表……迫不得已，我只能选择向恶势力低头。

我蹑手蹑脚地上了简黎所在的商务车，看看面无表情靠窗坐着的大神，干干地笑了笑，正要往后排钻，简黎不冷不淡的声音传来：“后面空调坏了，热。”

我一顿，讪讪道：“没有吧……中午我还坐着这辆车去片场呢，空调……”

简黎一记眼刀飞过来，我顷刻头脑死机。僵持须臾，简黎敛低眼皮：“刚坏的。”

我：“……”

这车的空调，好任性哦。

想到制片人给我的重任，我又望了眼简黎不太和善的侧脸，屏气凝神地坐在了他的旁边。男助理紧跟着要上车，我边上的大神漫不经心地递去个眼神，下一秒，我就看到男助理心如死灰地收回腿，不自然地道：“黎哥，我……我想去和明卓哥坐一辆车……”

我忙说：“顾明卓那边……”

简黎：“去吧。”

我偷偷地瞄着简黎看了会儿，随着车门被关上，司机利索地开出了停车场。

总共就七座的商务车，顾明卓那辆已经挤了八个人，可怜的男助理，现在要么是在车底，要么就是在谁的腿上，想想那画面，绝对刺激。

我被空调风吹得打了个冷战，又思考了一下自己的处境，啧，好像也不容乐观呢……

从前的我，单纯地以为简黎是个需要保护的国宝级小甜甜，直到今天，可怕的现实给我上了极其惨烈的一课。

首先，画个重点，简黎是大佬。

其次，简黎是后台十分硬的大佬。据八卦观众顾某某的准确爆料，这位大佬目前在娱乐圈里是可以横着走的存在，人挡杀人，神挡灭神，三字概括，惹不起。

再次，这位大佬很有心机，让所有人都误以为他对我和颜悦色，等到大家放下戒心，他必定会对我痛下杀手，以报两年前的旧仇！

说来说去，需要保护的，根本是我这个毫无反击之力的猎物啊！我哭唧唧地捂住自己的脖子，生怕今晚就要香消玉殒。想了半天的对策，绝望之中，我打算先给自己买一份高额的商业保险。趁着简黎正在闭目养神，我偷偷摸出手机，想查一查哪种保险比较适合演员。屏幕刚刚亮起，简黎就幽幽道："别玩手机。"

我："……"

您老管得也太宽了吧！猎物没人权的吗？你当我是奴隶吗？

我哽了哽，没骨气地回："好……"然后乖乖把手机放回包里。

简黎倏然睁眼，直直地看向我。车里光线晦暗，前方似是出了什么事故，车行相当缓慢。外间有零落的人声，夹杂着车辆的鸣笛，一派市井烟火气。空调温度开得太低，我被吹起了一身鸡皮疙瘩。避无可避，我鼓起勇气与简黎对视，那双眸，黑白分明，倒映着无尽的流光溢彩，仿佛收纳了浩瀚的银河。长久的沉默中，简黎一动不动地注视我，像是要把我脸上的每个细节都看得清清楚楚。我猜，他这可能是在牢记我的模样，用以实践那句电视剧里的至理名言——

就算你化成灰我也认得你！

念及此，我抖得越发厉害。

简黎瞳孔微缩，看了看我抱紧的手臂，旋即脱下了他那件蓝色衬衣。

我本能地往后退，心里在疯狂地呐喊，不要！求爸爸留我条狗命！简黎这肯定是要对我动手了！他怕血溅到他的衣服上！

我头冒冷汗，后背紧贴在座椅上，一只手摸摸索索地碰到了车门，准备随时跳车。

简黎向我凑近，我脑中警铃大响，快要开门的当头，他却轻柔地把衬衣披在了我肩上……

我呆住。

简黎的脸近在咫尺，挑眉用食指擦了擦我颊边的冷汗，问："你到底是冷还是热？"

"热……呃不，是冷……"

"你连自己的冷热都分不清吗？"

我一时无言以对，总不能对大佬说：我是让您给吓出毛病了。

我这念头将将冒出，简黎就像洞悉了一切，淡声问："你怕我？"

"……"

这个问题，本人拒绝回答！如果说不怕，撒谎会遭天打雷劈；如果说怕，万一引起触底反弹，也是得不偿失。

见我半天不语，简黎退回了自己的位子上，低低地苦笑了一声。他的神情尤为落寞，还带着少许的疲惫，卸下了生人勿近的高冷气场，仿佛一个得不到玩具独自在角落伤心的小孩。我心尖儿一软，低着头喃喃道："我没有怕你。我从小体质就是这样的，不管冷热，都容易出汗。"

简黎不置可否。

我怕他不信，又忙不迭补充："真的，我是早产儿，体质偏弱，因为这个，我家老头儿还想过抛弃我。”

简黎眼中的光明灭一番，过了许久，他道：“我看过你出道时的一篇采访，里面说你的父母都很宠你，你的家庭氛围很好，所以养成了你大大咧咧、不争不抢的佛系个性。”

我：“……”

这一回，我是当真无言以对了。

我不争不抢，是因为名利皆不是我所图，在这个圈子里，在这个世上，只有你，唯有你——简黎，是我最初的梦想，是我人间的妄想，是我披荆斩棘一路走来的全部力量。

我抿紧唇线，表情略为狼狈。简黎挪开了视线，涩声道：“林浣，我真希望，你对我说的话，哪怕有一句不是违心的。”

“我……”

我想说点什么，可此时此刻，言语显得苍白无力。我不知道该怎么解释那篇采访的真伪，也说不出口他对我的意义，只能看着我和他之间的误会越来越深，形成了道无法跨越的鸿沟。

两相沉默了半晌，简黎的语气恢复了平静：“林浣，好久不见。”

我眼眶一润。

“中午就想给你说这句话，但那会儿人太多，怕给你带来困扰。”简黎顿了顿，还是向我望来，“你不打算和我正式地打个招呼吗？”

我做了个深呼吸，重新迎上他的目光。

整整 794 天，从我们成为陌路人开始，我每一天都在数着时间。我从网络上，从别人的嘴里，得知关于你的消息。我隐匿在你的粉丝群里，探听你的行踪，甚至有两次得知你要来我拍戏的城市，我高兴得辗转难眠，特意向剧组请了假，裹得严严实实地去机场接机。我混在粉丝的最后头，看着你出现在人群里。你是那么耀眼，你是万人瞩目的中心。我买了你代言的所有产品，星饭团APP每隔大半个月就会提醒我：你的小宝贝在微博上冒泡了。我每每都会第一时间进入你微博的主页，即使你只发了一条广告，我也会对着手机傻笑。于我而言，你从未远离过，可当你说出“好久不见”这四个字，我才恍然惊觉，原来这两年多的光阴只是虚度。

缺了你，这世界索然无味。

我用手背狠狠擦了擦鼻头，拖着浓浓的鼻音回：“好久不见，简黎弟弟。”

简黎：“……”

“你这称谓，给我换掉！”

我讨好道：“那……那简黎老铁？”

简黎默默盯着我。

我感受到了逼命的危机，脱口喊道：“黎哥！”

简黎仔细品了品这叫法，居然赞同地点了点头。

这是……什么诡异的恶趣味啊？年纪不大心还挺野，这么蹬鼻子上脸的，干脆叫你爸爸得了！

我鼓着腮帮子翻白眼，简黎没搭理我的反对与示威，眉间舒展开来，道：“这两年，你的发展还不错。”

“还好吧，有口饭吃。”

“嗯，你这个定位比较精准，毕竟你也确实算不上流量小花。”

我：“……”

我嘴角急抽：“谢谢你啊，这评价很让人哭笑不得呢。”

简黎似笑非笑：“依你的演技，你的发展本来应该更好，是你经纪人资源缺乏，才让你像现在这样不温不火。”

我完全忽略了胖哥被抨击的尊严，睁大眼问：“你看过我演的戏？”

"怎么？我不能看吗？"简黎冷冷反问。

我一噎，忙道："能看，能看，我就是没想到你会看而已。"

自己的"爱豆"看自己的戏，光是想想，都很让人心潮澎湃呢！我还沉浸在这突如其来的喜悦里，简黎却幽幽开口："打招呼应该礼尚往来，你不问我过得怎么样？"

这还要问？照您现在的咖位，每天穿什么款式的内裤都差点被狗仔扒出来，难道还存在个人隐私？

我认真想了想，似乎还真有，关于他的恋情。

而且，也不只是恋情，简黎当初为什么要执着成立工作室，又为什么要更换经纪人，其实一直是我不解的地方，说到底，他们两个人的感情根基应该很牢实才对。想到这儿，我的嘴开始不受控制，自发提了个致命疑问："你和虹姐现在怎么样了？"

简黎："……"

简黎上扬的眉头以迅雷不及掩耳之势垮了下来，继而脸色由晴转阴，再由阴转暴雨，我快要萌生第二次跳车的冲动时，他才淡漠地答了句："没有交集。"

"那很可惜。"

"……"

我，林浣，实力上演什么叫祸从口出，在这一刻，应有人给我颁发一个脑残大奖。我懊悔地对上简黎阴冷的眼神，力图弥补自己的过失："不是，我不是那个意思，我是说……"

"林浣，你认为，有什么可惜的？"

我认为，这是一道送命题。

我哽了哽，小声道："就……就是可惜你们合作了那么久，感情又那么深厚……"

“林浣！”简黎的声调蓦地提高了，吓得我和司机差点集体跳起来。

他猛地凑近我，也不顾有旁人在场，两只手撑在我的椅背上，把我圈死在中间。狭长的眼一眯，简黎用冰冷的语调说：“装傻也要有个限度，一次两次我能忍，事不过三的道理你也应该清楚。还是说，需要我用行动提醒你，庆功宴那天晚上你究竟做了什么？”

我做了什么……

我被迫目睹了一场“爱豆”的成人爱情直播。

好不容易翻篇的历史重新被提起，我像遭人塞进了时光机器，重回了两年前那个令人心碎的早晨……我一个资深老婆粉，看到了“爱豆”与别人欢爱的事后现场，这种打击，无疑是毁灭性的，我能走出来一回，不代表我能承受第二回。一想到简黎和别的女人卿卿我我，我的心口就如同被密密麻麻的针扎出无数小洞，鲜血淋漓，惨不忍睹。细小的痛意蔓延至全身，我鼻头一酸，连带着简黎的脸也逐渐变得模糊。

简黎眉头拧了拧，霎时没了动静。我抬起头，见他嘴唇翕动，像是要说什么。可他的话还没出口，司机已把车停在了酒店大堂外。我不由分说地逃离简黎的禁锢，迅速拉开车门，跳了下去。

三 蓄谋已久的重逢

不敢过多停留，我一边脚下生风地朝酒店里面走，一边用手背抹了把眼睛，生怕被人看穿我糟糕的情绪。我没有等电梯，转而选择了楼梯通道，就是为了避免再和简黎面对面。眼下脑子里的乱麻搅得我找不到出路，我必须得独自冷静一下。

爬到了一楼，我望了眼狭长的楼道，心里想着，十四楼而已，不成问题，好歹我也是长期被胖哥拎着去健身的人。

爬到了五楼，我发现我对自己的身体素质可能产生了某种严重的误会……

气喘吁吁地爬上九楼，我实在走不动了，自顾自地一屁股坐在石梯上，埋着头长吁短叹。

简黎为什么非要重提往事来伤我啊？自打中午见面，我狗腿的模样不足以证明我是他的真爱粉吗？没道理啊……他又不瞎。

而且，我什么时候装傻了？我怎么不知道？想了又想，我的脑子还是一片空白。惴惴不安地爬到了酒店顶楼，我在安全门后观察了片刻，没有发现简黎的身影，这才疯跑回房，“砰”的一声关紧了房门。

正在我房间拾掇东西的小晴惊悚回头，瞅瞅我，又疑惑地瞅瞅门，问：“浣姐，有狗追你啊？”

“呸！别乱比喻。”再怎么说，简黎也是我“爱豆”！

答完这句，我虚脱地瘫在一米八的大床上，甩着脚脱鞋。小晴好脾气地捡起鞋子替我放在门边，又继续收拾我那箱杂物。小晴跟了我三年多，年纪虽然小，但做事特别细致，又相当贴心，是以我很喜欢她，完全把她当妹妹看待。但凡我进组，房卡我都会主动给她一张，以免哪天我粗神经发作，把自己房卡弄丢。

我望着天花板发呆，小晴递给我一瓶矿泉水，说：“刚刚下车怎么没见到你呀浣姐，你去哪儿了？”

“嗯……饭后消食。”

“哦，我还以为你被简黎扔在半路上了。”

“……”小朋友，请问你的想法为何如此精准且毒辣……

小晴忙着手上的活儿，嘴里还不停念叨：“浣姐，你是没看到，简黎下车时的脸色有多吓人，跟谁欠了他八百万似的，连陈柯都让我们离他老板远点。”

“陈柯？”

“嗯，就是简黎的助理。”

我没接话，小晴继续碎碎念：“我以前还以为简黎脾气大只是圈内的谣传，现在一看，原来是真事儿，我看着连导演和制片人都有点怵他呢，他究竟是个什么背景啊？”

我想，大概就是能当爸爸的背景吧……

“我在楼下等了你好一会儿，我都想好了，要是再过二十分钟见不到你人影，我就让剧组的司机回头去找。”

所以说，还是我家小晴可爱。冲着小晴勉强挤出个笑，我忽然想起什么，盘腿坐在床上，问：“对了，你还记得公司十周年年底的庆功宴吗？”

“当然记得呀！”小晴兴奋地回答，“公司里的大牌艺人基本上都出席了，十分难得。浣姐，明天穿这一身行吗？”

我瞄了眼她拎着的T恤和牛仔裤，稍稍颔首，又问：“那晚我喝醉了你知道吧？”

“知道呀。演艺部的老大来和你碰杯，你一口气喝了至少三两高度白酒，震慑全场！”

我：“……”

这份夸奖我不知当收不当收……

眼皮抽了抽，我假装镇定地接着问：“那我喝完那杯酒之后都干了些什么？”

“满场子乱窜呗。”

我：“……”

“见人就划拳，蹦出来的全是方言，什么八匹马儿跑，骑在你背上……”

我：“……”

“打住打住，让我们跳过这个环节。”

小晴顺从道：“幸好你那边的方言不是很好懂，别人也没听明白。”

“然后呢？”

“然后？你不顾咖位地挤到简黎身边，当众和他勾肩搭背。”

我：“……”这个发展，我听着不太妙，果然喝酒容易耽误我干大事。

收到我探究的眼神，小晴回忆道：“说个保守数据，公司里那晚上可能有百分之八十的女艺人都想把你杀之而后快。”

我：“……”

“好在简黎没说什么啦，他那时候脾气还是挺好的，也没拒绝你。就连你强迫他陪你划拳喝红酒，他都小小地抿了一口。你要知道，那晚简黎不管是谁和他碰杯，他都滴酒未沾的。”

啊！我的“爱豆”，怎么会这么好哇？以前的他可真是个小甜甜，甜过人间初恋。我强行按下心头的悸动，抓过被子一阵乱揉，继续道：“那后来呢？我散席之后都干什么了？”

“还散席之后……”小晴一个劲儿撇嘴，“中途你就没影儿了，说去上厕所，也不让我跟。后来我见你半天没回，跑去找你，找遍整个饭店也没人。电话不接，消息不回，我和胖哥差点就吓疯了。”

对此，我这个肇事者……毫无印象。

“我俩刚要报警，幸亏你及时发了个报平安的短信，说是回家了，我们这才放心。”

“哎呀，真是不好意思……”我挠挠头，发自内心地感到歉意，“简黎和他的经纪人左虹也是中途离席的吗？”

“不是呀。”小晴摇脑袋，“FT 四个人是中途离席的，因为那阵儿他们要筹备年底演唱会，赶着回去排练。左虹一直都在，散场后经纪部几个老人还另续了一摊儿，胖哥也去了，差不多快天亮时他们经纪部才散伙。”

我顿时一蒙，所有的线索都乱了。我起初以为，庆功宴上小晴和胖哥忙于应酬，没空管我，是以简黎出于朋友间的仗义，怕我遭遇咸猪蹄，才带着我去了酒店。左虹作为他的另一半，肯定也在场。但小晴这么一说，左虹根本没和我们同路啊？简黎明明是和 FT 的成员一起离开，怎么又会和我在酒店里？左虹是第二天早上才赶到的？

怎么会这样？

那晚到底发生了什么？谁来告诉我？！

我无语问苍天，泪流三千行……

冷静！关键时刻，我一定要保持冷静。我迅速理清了三个点。

第一，我是知道一些生理知识的，从女孩变成女人，肯定会经受难以忍受的阵痛，身体会十分难受。嗯……我当天并没有这种症状。

第二，我对简黎是爱在心口难开，绝对不会借酒撒疯，霸王硬上弓。而且，论力量，论身形，简黎一根手指头都能把我摁进马桶里。嗯……我对自己的人品有自信！

第三，左虹和简黎的争吵我是实实在在听见的，她提到了她和简黎长久的感情……

综上所述，我得出了一个结论——

简黎的肾……似乎不太好哇？左虹一大早来酒店，他俩结束得也太快了……我是不是该给简黎买点补肾产品，以示慰问？

我迷迷糊糊地琢磨着，小晴凑到我跟前，问：“浣姐，你没事吧？我看你这样子，有点担心啊……”

我眼巴巴地望着小晴。

小晴挥了挥手：“浣姐，你是不是……”

糟糕，我断片儿的事要被小晴发现了。

过了两秒，小晴同情道：“是不是工作压力太大，导致你有老年痴呆的初期征兆了？”

我：“上次我说要送你一瓶香水，现在我反悔了。”

“别呀浣姐！”小晴一下跳开两米远，“我不说了！我不说还不行吗？浣姐你放心，这事儿我绝对不会给胖哥提起，如果胖哥要带你去检查脑袋，我将誓死捍卫你的尊严！”

我：“……”

我无比心累，摆手道：“跪安吧，小晴子。”

“好的主子，明白主子。”小晴说完，麻利地溜走了。

我听见门关好的声音，泄气地躺回了床上。

我和简黎，是清白的……吧？

应该是的。这里面，肯定有什么细节是我没注意到的。可是……简黎今天对我为什么总是怪怪的？他说那些话，又想表达什么？还有那充斥着涩意的笑……

我揉了揉眉心，十万个为什么已经杀光了我的脑细胞。摸出手机，我打开微博，配了一张今天定妆后偷拍的影子照片。那时候，简黎一身华服站在花树下，正专心致志地看着剧本。我悄无声息地走近，小心翼翼地躲在树后。下午四点的阳光从偏西的方向照射过来，将他的影子拉长。我探出脑袋，让自己的影子靠近他，心慌手抖地拍下了两个人影重叠的那一幕。

树影斑驳，光与暗相互交错，根本看不清里面有两个人形。可在我眼里，这是我和简黎的第一张合影。我端详许久，输入了一句经典语录——

世间所有的相遇，都是久别重逢。

为了不被火眼金睛的黎粉们看穿，我还特意加了一句话：你好，慕苏忆。

发完微博，我困倦地把手机调成了静音，拉起被子蒙住头，沉沉地睡了过去。

这一夜，我做了一个梦……

一个……堪称无耻的梦。

我梦到我和简黎翻云覆雨。他精瘦而赤裸的身体压着我，灼热的呼吸喷洒在我的耳郭，让我浑身热血都为之沸腾。他的十指紧扣着我的手，与我暧昧缠绵，生命的大和谐中，他的汗滴在了我的睫毛上。我心肝儿一颤，听他咬着我的肩膀说："林浣，你是个负心汉！"

不！不是的！我对你的爱矢志不渝！我对你的心天地可鉴！而且，我是如假包换的女人！

我还没来得及解释，急促的敲门声响起，终止了我这场旖旎的春梦。

我茫然地坐起身，四处张望。

现在，问题来了，是我飘了还是大佬提不动刀了，我居然敢把简黎当成幻想对象……我赶紧抚了抚仍在疯狂跳动的心脏，穿着拖鞋去开门。小晴站在走廊上，一见我就急道："浣姐，车都在楼下等半天了！你在房里干什么呢？"

我两眼呆滞。

小晴看了看我的装束，跺脚道："浣姐！你没调闹钟吗？五点了！要去剧组了啊我的姐！"

"剧组……"我呢喃了一遍，然后猛地回过神，"妈呀，我忘了已经进组了！"

话音一落，我利索地冲进卫生间，用了五分钟仔细刷牙，然后洗了把脸，风风火火地拽着小晴跑下楼。坐上剧组的车，我歇了口气，顺便摸出了包里的手机。

小晴递给我一个热乎乎的包子，叽里咕噜道："浣姐，你以前不是这样的，一进组你都自带生物钟的，今天是怎么了？还好我机智地拿了个包子，不然你都没有早饭吃。"

我摇摇头："我不吃。"

"不吃哪有力气拍戏啊！"

讲道理，就是因为要拍戏才不能吃包子好吗？！今天简黎可要和我拍吻戏，我哪能一嘴包子味儿！

我侧过身翻自己的微博，小晴在边上开启了老妈子模式："不吃早饭对胃不好。演员这个工作，本来就没什么规律，现在不吃，以后得了胃病怎么办？那要是痛起来，可不是好受的！”

我不理会小晴。

小晴又摸出一盒豆奶：“包子不吃，奶总能喝一点吧？”

不能！我要保持住我嘴里的绿茶牙膏清新味儿！

小晴见我还是不接，凑近道：“浣姐，大早上的，你该不会躲在房间里看盗版片儿吧？”

我一愣，拍拍发烫的脸颊：“很……很明显吗？”

小晴点头：“很明显。”

我：“……”

我老脸一臊，情不自禁地又想起了梦里的场景。小晴一会儿鞭挞我看片儿的事，一会儿又从医学角度给我分析不吃早饭的隐患，甚至还拿出手机，找了几篇标题为《不吃早餐的十大坏处》以及《早餐对人类的重要性》的文章发在我的微信上……

我对小晴的鸡汤嗤之以鼻，只顾翻着我的微博评论。

我的粉丝总共只有八百多万，在粉丝数动辄上千万的大环境中，我算是实打实的三线了。而且我的粉丝大部分随我，都是佛系追星，所以我的每条动态下，评论只有两三百条，多滑几页就到头了。我在众多的ID中，很快发现了一个眼熟的小号，叫双木成林。这个小号是我出道之初的第一批粉丝之一，关注我好几年了，每次我发微博，他基本都用表情回复，从不打字，相当有个性。这次我之所以注意他，是因为他居然打字了——

所有的久别重逢，都是蓄谋已久。

发出来的时间，是凌晨四点零八分。我若有所思地盯着这句话，或许由于太意外，我忍不住回了他一个狗头的表情。

末了，我退出微博，正要锁上手机，一个未接来电突兀地映入我眼底。我点进通话界面一看，来电显示……

简黎。

我屏住呼吸，看着这从未出现在通讯录的名字有一瞬的茫然。在短信图标上，也有个鲜红的“1”，同样是简黎发来的，意简言赅：林浣，开门。

我第一个反应，是转头去看车门。外面的街景正在急速后退，并没有出现简黎那张完美的脸。我定定神，再觑了觑手机，短信发送时间，是昨晚十一点半。那时候，我应该睡得跟猪一样。

简黎来找过我？他找我做什么？难道我真把他惹急了，他准备打我一顿？我吓得脸色一白，前一秒还猥琐的脑回路登时清明。小晴瞄我一眼，问：“怎么样浣姐，是不是知道不吃早饭是很伤身的？”

“不是……”我心如死灰地回，“如果不吃早饭能换我立刻胃穿孔躺进医院，我愿意十年都不吃早饭。”

小晴：“……”

小晴：“浣姐，你早上嗑药了？产生幻觉了？”

我：“……”

有哪句说哪句，我希望这真的是一场幻觉……

我怀抱着嗑药过量……啊不，是可能会被简黎干掉的沉重心情来到片场，换好戏服，赶去了化妆间。

彼时，简黎、顾明卓以及配角演员们正在上妆，各人的位置和昨天没什么差别，气氛却比昨天还要凝肃，仿佛清明节来临。我偷偷摸摸地环顾了一圈，发现这强烈的低气压都来自一个人——

我们的大佬。

大佬坐得端端正正，眉头微蹙，眼皮下挂着深深的瘀黑，像是昨晚没睡觉。这皮肤状态，看得化妆师都想死了。我给自己做了番心理建设，自我意识在阻止我坐去简黎的旁边受难，可理智又告诉我，万一我不坐过去，加速了大佬想弄死我的念头怎么办？

前有狼后有虎，我两眼一闭，咬牙挪到了昨天的位子上。

简黎的戏服相较复杂，为了衬托他的贵胄之气，戏服以深紫色打底，其上绣了金色的龙纹，里三层外三层，外加狐裘做装饰，看起来华丽非常，穿在他身上，与他的冷峻气质相得益彰，他真真像个年少有为的帝王。

我家的“爱豆”，怎么就这么好看？不管现代装还是古装，都能秒人于无形。

我对着简黎直流口水，简黎似有所感，眼睛睁开一条缝，赏了我一道余光。我当即咧嘴，笑着打招呼：“早上好！”我的狗腿一如昨日，仿佛昨晚撇下爸爸冲出车子的人不是我……

简黎高冷地没理睬我，旋即合上了眼睑。

我讨了个没趣，撇着嘴转过脸，调整好角度，让化妆师上妆。包里的手机适时震了一下，我拿出来一看，是顾明卓发的微信。

——有个大料，听是不听？

我翻个白眼。说实话，八卦我是不爱听的，但为了打发时间，我还是给顾明卓回了句：准奏。

——昨晚我去找你开黑，你猜我看到了什么？

——不知道。

——嘿，我就知道你不知道。

傻瓜崽子，跟说相声似的。我还在打字，顾明卓的下一句已经出现在我的微信界面。

——我看见简黎站在你的房门前，不知道在想什么，就那么站着。我出于好奇，就想看看他要站多久，结果，嘿，好小子，他一直站到了一点半。后来我实在撑不住，就回房间了。

我的脑子嗡的一声响，无比震惊地望向了边上的简黎。他看起来那么疲惫，就是因为在我房门前等了一夜？一场烟花盛会毫无预兆地炸开在我的心窝，又像有蚂蚁在细细啃噬，狂喜、心疼，百感交集，一时间竟让我无从应对。手机还在震动，我收回视线一瞅，见顾明卓又发来了消息。

——你和简黎怕不是在悄悄谈恋爱？还是他想潜规则你？如果有顶级流量想潜规则我的话，你觉得我要不要答应？

我："……"

我佩服顾明卓的脑回路。想了想，我虔诚地给这货回了几个字。

——你这么丑，不用纠结。

"啪"的一声，顾明卓把手机拍在了桌子上。透过镜子，我看到他在对我龇牙咧嘴。我没心思搭理，此时此刻，我的脑海里全是简黎。我握着手机坐立难安，思考该从哪个切入点着手，打破眼前的僵局。过了好一会儿，我突然灵光闪现，调整好坐姿面朝简黎，笑道："简黎，你看我，你看看我，我在玩手机呢！"

化妆师们齐齐向我投来了观望智障的眼神。我硬着头皮顶住压力，觑见简黎眉梢一动，终于睁眼看向了我。

说实话，大佬的眼神非常不友好，我略感害怕，于是晃了晃手机，僵硬道："我……我在发微信。"

隔了几秒，简黎冷漠反问："所以呢？"

所以……你不是该像昨天一样上管天下管地中间还要管我玩手机吗？明明昨天看我和顾明卓发微信反应那么激烈的……

我哑口无言，不知该怎么接话。简黎睨了我片刻，又合上了眼皮。

方案一，失败。从简黎的面部表情中，我能深深感受到，"爱豆"

吹了一晚上的风，现在可能情绪上头，有点想打我。面对面哄这个男人实在太难了，他杀伤力太强。我迅速切换到方案二，拿起手机，打开短信界面，发了一个认错三连的表情给简黎。简黎滑开手机从容一觑，面无表情地把手机放回了桌面上。

……

这不科学！作为一个年轻人，怎么能没有斗图的胜负欲？！

我咬紧牙关，再接再厉，又发了一个下跪三连的表情。跪榴梿，跪键盘，跪烧红的火炭，我就不信，大佬能抵挡我这组浪得飞起的图！

然而……

简黎照旧只瞄了一眼，再次面无表情地放下了手机。

我挖耳挠腮地想着对策，在我众多手机图片里寻找着能击垮敌方冷漠外壳的利器，十指飞舞间，一个不小心，我点到了一个可怕的熊猫式嘲讽表情，并发送了出去，底下配着一行文字：把我气死，你是想当孤儿吗？

我："……"

我看着手机愣了一瞬，随即疯癫地找着撤回键。可现实很残酷，短信居然没有撤回功能！我绝望且恐惧地看着简黎的手机屏幕亮起，再弱小无助地瞅着简黎点开了短信。一时间，那个熊猫大头明晃晃地倒映在了简黎灿若晨星的眼里……

大佬的呼吸停滞了两秒……

大佬的后槽牙咬得咯咯作响……

我捂住脖子，心肝脾肺肾都在加速颤抖。简黎盯了阵儿手机，然后深吸一口气，寒意森森地瞥向我。我刚想解释自己的手残，他却蓦地起身，头也不回地走出了化妆间。我吓得屁滚尿流地追出去，正巧小晴不知从哪儿顺了一个酸奶，迎头撞向我道："浣姐，吃个酸奶垫肚子……"

我一把夺过小晴手里的酸奶，三步并作两步追上简黎，拽着简黎的衣袖道：“我不是故意的，我发誓！我只是不小心点到了那张图片！”

爸爸明鉴！爸爸别生气！

简黎停下脚步，侧头睨我。那居高临下的气势，有一种要把我当场活剐的凛冽。我本能地打了个寒战，捧着酸奶讨好道：“吃早饭了吗？黎哥喝个酸奶消消火？”

简黎瞥了我一眼，再瞥向我献宝的手势。他接过酸奶，稍是一默，再五指收紧，酸奶瓶“咔嚓”一声，瞬间变了形。我当即面无血色，总觉得自己就是那个酸奶瓶，已经被大佬就地正法。大佬一个漂亮的抛物线把废弃酸奶瓶扔进了垃圾桶，视线定格在我身上，低声道：“黎哥现在的心态不是很好，林浣，谨言慎行。”

我被这句威胁震到头皮发麻，心想什么等了我一夜，根本是在伺机报复吧！果然，所有的感动都是假的，在大佬身上，完全不存在幻想中的粉红泡泡啊！我撇着嘴欲哭无泪，简黎赏了我一个暴击眼神，甩手走远了。我站在原地，忍不住仰天叹息。

今天的皇历，看来依旧克我。

目睹了全程的小晴慢慢踱到我身边，小声道：“浣姐，你是不是又干什么蠢事了？”

我无言以对。

小晴摇摇头，走向垃圾桶：“唉，我再去找找还有没有其他吃的。”

我：“……”

等等，作为助理你的重点不该先安慰我受伤的小心灵吗？而且，你为什么要站在垃圾桶边上找吃的？！

我哭唧唧地看着小晴的背影，化完妆的顾明卓此时接替了小晴的位置，理着假发拍我的肩：“我看了通告单，今天我在B组拍武戏，你和简黎在A组拍文戏呢。”

我默默瞅着顾明卓。

顾明卓笑得相当奸诈：“我看简黎的心情很适合演对手戏呢，浣浣，你今天一定会有一番特别难忘的经历，加油哟。”

我握紧拳头，冲着幸灾乐祸的顾明卓吐出了一个字：“爬！”

我狠狠踩了他一脚，做了个深呼吸，灰头土脸地走向了摄影棚，剩顾明卓一个人在后面呼天抢地。

我和简黎前期的戏份，主要集中在大燕王宫的内景。按照原计划，第一场戏原本应该是慕苏忆和李忘殊成亲后聊起时局的场景，但估摸着导演是想快速建立我和简黎之间的熟悉程度，是以把吻戏提前了。

一言以蔽之，我现在的心情，很微妙，很复杂。

一方面，大佬的威胁言犹在耳，我从头发丝儿到脚趾都在打退堂鼓。另一方面，能亲到简黎，这绝对是我的人生巅峰，我表示格外的兴奋和期待。

我站在摄影棚门口做着心理疏导，工作人员们正在忙碌地准备着，导演和简黎坐在监视器后说戏。我抿了抿唇，壮着胆子走上前给导演打招呼。简黎不冷不淡地瞄了我一眼，又接着看剧本。导演则是来回打量我，说：“不错，这身凤冠霞帔很适合你，好看！”

闻言，简黎也不知怎么想的，眼睛一眯，起身站到了我和导演的中间。

我：“……”

导演：“……”

我不敢忤逆大佬，只得探出个脑袋，隔着一座大山对导演笑：“谢谢导演。”

导演也歪着头问：“台词都背熟了吗？”

“背熟了。”进组之前，我就做了充分的准备！

导演点头称赞：“那就好。”

给我们讲了第一场戏的着重部分，导演又让简黎练了两遍走位，所有事宜就绪后，导演语重心长地对我道：“小林，你的经验相对丰富，在情绪上一定要稳住，带好简黎。简黎是新人，你要尽可能地用入戏的氛围来感染他。”

“好……好的。”

我胆战心惊地看着简黎，简黎想必还在生气，麻木地移开了视线。我尴尬地笑了笑，旋即收敛了多余的心思。

灯光和摄影到位，场记正式拍板：“《定渊》第三十二场，第1次！”

偌大的寝殿内，我安静地坐在床沿，等着我心爱之人。大红的盖头遮挡了我的视线，我隐隐看到桌上的红烛在欢快地跳动。不多时，大门“吱呀”一声响，被人轻轻推开。迟缓的脚步声越来越近，我听见一把磁性且低沉的男音：“退下吧。”

门扇被宫人合上，来者走近。他在两步开外停留少时，方才踱到我跟前。我目不转睛地望着那双黑色的长靴，满心皆是雀跃。

这是慕苏忆一生中，为数不多的欣喜。

过了许久，盖头被那人挑开，我仰头一看……

简黎那黑沉沉的脸，吓得我差点当众失禁。

讲道理，李忘殊虽然前期不爱慕苏忆，但他对慕苏忆绝对是温和宽容的，除了李忘殊本身的脾性使然，更多的，是他把慕苏忆当成了替身的愧疚。这份愧疚，让他为了慕苏忆空置了整个后宫，也让他俩在长达六年的夫妻相处中，始终相敬如宾。说到底，不管是哪种演法，李忘殊在成亲之时，都不可能是简黎这个想把我先杀后埋的表情……

我眼皮直抽搐，在千分之一秒的时间里，我用强悍的承受能力奶了自己一口，忽视了简黎那瘆人的演技，先是冲他甜甜一笑，继而见他一身常服未着喜裳，眼色顿时暗淡下来。

成亲之夜也是慕苏忆悲剧感情的开端，依她的聪慧机敏，她已猜到了自己并非李忘殊所爱。

我拢了拢五指，勉力保持着柔和的笑意，将“李忘殊”拉到身旁坐下。

“王上，您饮酒了？”

“李忘殊”平视前方，语调生硬地回：“少许。”

……

怎么说呢，我家“爱豆”这演技，不拿奥斯卡最尬奖简直是埋没人才，我分分钟就能被他带出戏。我想，他大概是为了惩罚我之前乱发表情故意演成这样的，不然……

随便拉个民工也不至于尬得如此浑然天成啊！

我心如死灰，嘴上还在兢兢业业地背台词：“眼下时辰已晚，明日您要早朝，臣妾先让人给您煮一碗醒酒汤。”

说着，我正要起身，“李忘殊”倏然捉住我的腕子，迫得我跌坐回床上。

“苏忆。”

“嗯？”

“你喜欢孤吗？”

“喜欢。若不喜欢，我便不会自入这牢笼。”

“牢笼……呵，这的确是牢笼……”

他扯了扯嘴角。估计是想演出剧本上写的“落寞苦笑”……“李忘殊”一边用冰冷的指尖摩挲着我的眉眼，一边沉声呢喃：“既知是牢笼，何不远走高飞？”

“不舍得。王之所在，我心所向。”

“苏忆……孤，不值得……”

“李忘殊”看着我，我也动情地望着他，这一刻，我的眼中人即是心上人，可他的心上人却远在彼方。“李忘殊”有短暂的迷乱，酒劲所致，他朝我靠了过来。我十指攥紧，就在这关键时候，导演大喊一声：“咔！”

简黎立刻缩手，整个人弹出半米远……

好的，我想给大家演唱一首背景音乐——

你弹半米的动作认真的吗？夸张的动作伤害还那么大……

我忧愁地看着简黎。导演从监视器后转出来，在我俩跟前薅了把脑门上松散的头发。组织了片刻言辞，导演斟酌道：“是这样的啊，简黎你的状态可以放松一点，不要这么绷着，咱们拍的这场戏，主要是谈情说爱，不是去前线打仗，你这苦大仇深的模样……”

简黎轻飘飘地睨了遭导演。

导演眉角一抽，接着用便秘似的语气道：“当……当然，我不是在说你的演法不对，不过咱们还有提升的空间嘛。”

绝了，导演拍马屁的功力，让我差点任性鼓掌。

简黎不动声色，导演苦口婆心地说：“这样，咱们再来一次，简黎你就把小林当成你的一个亲人。对了，你有特别想念又心怀愧疚的亲人吗？”

简黎明显不愿搭话。

导演继续用目光乞求着答案。

过了好一会儿，简黎皱了皱眉，回：“我外婆。”

“哦，外婆。咱外婆怎么了？”

我：“……”导演你这么当着大家的面套近乎真的好吗？！

导演无视了我，依旧眼巴巴地看着简黎。

简黎也默不作声地与他互望。

两男对视，必有一伤。导演率先败下阵来，把剧本一拍，道：“行，你就把小林当成你的外婆！”

我：“……”

简黎：“……”

“你想想，这场戏，因为听到慕苏忆说出‘牢笼’两个字，你情不自禁地想到了白月光苏悦。你喜欢苏悦，痴恋她数年，想迎她入宫，可她天性无拘无束，厌恶王宫这个牢笼，和你最终擦肩而过。在她的义女慕苏忆身上，你看到了她少年时期的影子。所以，你得把这种苦涩的情绪演出来。透过小林，你要当成看到了你久未相见十分想念的外婆，目光要悠远！表情要失落！”

我：“……”

简黎目光复杂地看着我。

说实话，我现在很想实名投票换导演。胖哥给我接的这部戏，我感觉怕是遇到逗 × 剧组了。我扶住额头，目送导演回了监视器后，场记一拍板，我和简黎重复起刚才的戏——

“牢笼……呵，这的确是牢笼……既知是牢笼，何不远走高飞？”

“不舍得。王之所在，我心所向。”

“苏忆……孤，不值得……”

同样的地方，导演第二次高喊：“咔！”

这回我反应敏捷了一点，不等简黎退开，我就主动站了起来。简黎蹙眉看了看我，也不知是心烦 NG，还是不满我的举动，面上的阴云又浓厚了不少。导演继续薅着他的乱发，换了个表达方式，把先前的话又对简黎说了一遍。简黎稍稍点头，等到开拍，三度被喊 NG。

一场简单的文戏，在我“爱豆”的魔法加持下，愣是难得如同登天。导演不敢对着简黎发脾气，可沉闷的氛围还是以简黎为中心，在摄影棚内无声蔓延开来。反复演了五六次，不少工作人员都神情恹恹。第一场戏就如此艰难，这绝对不是一个好兆头。导演在屋子里一圈接一圈地迈步子，绞尽脑汁给简黎讲重点，但我的“爱豆”自带金钟罩，一旦拍板，说尬就尬，毫无转圜……

我作为一个多年的资深老婆粉，自然不敢相信我“爱豆”拥有如此惊天动地的烂演技。毕竟，简黎这个人，不仅有当明星的天赋，还很努力，不管做什么，他都能做到极致。我思来想去，还是觉得他想整蛊我的原因可能占了很大因素。我愁，导演更愁。我见导演不间断地薅头发，实在忍不住，说：“导演，您别再薅了。”

导演双目无神地望着我。

我中肯地道：“再薅您就成地中海了。”

导演：“……”

一屋子的人：“……”

“噗。”

也不知是谁先笑出来的，别的人也跟着哄笑出声。导演和我认识几年，也没真动怒，拿着剧本挠痒似的拍了拍我的肩膀，气结地笑了笑。大家调整好士气，再度开拍。第七次，简黎的表演虽然还是不如人意，但导演好歹睁只眼闭只眼给过了。

我松了一口气，趁着休息间隙嚼了一颗口香糖，打算迎接接下来的重头戏。

我和简黎的吻戏是近景拍摄。也许是荧幕初吻的缘故，我明显感觉到简黎的手抚上我的脸颊时，有一层薄薄的汗。整个屋子里寂静无声，我几乎能清楚地听到自己胸腔里那颗心脏蓬勃跳动的声音。我梦寐以求的人近在咫尺，他温热的呼吸扑打在我的脸上，如同一把诱惑的小钩子，肆意撩拨着我的心绪。简黎的脸逐渐放大，那无可挑剔的五官落在我的眼底，成了我毕生所见最美的风景。

老天有眼！我，追星女孩，今天就要翻身农奴把歌唱！

我抬高下巴，与简黎鼻尖抵着鼻尖。他的下颌线条略显紧绷，约莫是和我一样有些缺氧。简黎会停顿两秒，然后，粗暴地吻住我，将我推倒！

我下意识地舔了舔唇，正在心中摇旗呐喊，导演也是急得上火，拿起喇叭催促："亲她！简黎，亲她！"

我抻着脖子一动不动，简黎仿佛也进入了神游状态。

导演："需要我放首战歌吗朋友？别想些有的没的！亲她就对了啊！"

简黎的呼吸乱了一下，我抬眼一瞥，他总算前倾半寸。

好的，见证奇迹的时刻就要到了！

我紧张到窒息，然而……最后关头，简黎掉了链子。他突然撒开手，猛地站了起来。我一呆，工作人员们也跟着一呆。简黎笔直地站在床前，神情懊恼，像是被人强迫着在做一件非常不情愿的事。我的心眨眼间跌进了冰窟窿，难受得喉头发紧。

他这么讨厌我，甚至，连工作上的接触也如此抗拒。既然这样，他何必要接《定渊》这个本子呢？

我眼眶发红，心口疼得直抽搐。可我都这么难过了，还是忍不住想去哄哄他，让他开心一点。

这世上，谁也不能勉强简黎，包括我自己！

我犹豫不决地起了身，琢磨着要怎么开口。导演忍无可忍，顿刻间火山爆发。他暴躁地把手里的本子一摔，雄赳赳气昂昂地朝简黎走来。我一个箭步挡在简黎身前，做了个武打的起手式。

"导演，冷静！千万冷静！您别着急，简黎第一次拍戏，肯定需要克服一些心理难关，咱们有话好好说！”

导演瞅瞅我，疑惑地停住了步子：“小林，我看你这模样不像要跟我好好说……”

我：“……”

我也察觉自己这个姿势不大妥当，索性赶紧放下手，勉强挤出一丝笑：“导演，咱别吓到新人，慢慢来嘛，阳光总在风雨后。”

“这还需要你来教？！”导演没好气地叉腰。

我不好意思地摸摸鼻头，还想接着给导演消火，他却一把挥开我，吹胡子瞪眼地睨着简黎。我以为导演终于要开骂，结果，这货深吸一口气，竟然好脾气地道：“简黎啊，我知道你是第一次接戏，找不到状态呢，是很正常的。你别看小林现在入戏快，实际上她刚进影视圈那会儿，来试我的戏，我都懒得拿正眼瞧她。”

我：“……”说归说，这样明目张胆地往我膝盖上放冷箭，不太合适吧？我满脸问号地看着导演，旁边的工作人员也惊诧于导演的行为，纷纷目瞪口呆。

导演毫无自觉，一点都不矜持地道：“我跟你说这个呢，就是希望你能放下压力和偶像包袱，咱们这个剧组是个和谐友爱的剧组，你可以把大家当朋友一样来相处，别太拘束，都是年轻人嘛，一来二去就熟悉了。”

简黎没吭声。我奇怪他怎么都不接导演的话茬，一转头，却发现他的目光正落在我身上。他就那么直勾勾地望着我，要不是刚刚吻戏他没法下嘴，我险险就要认为他是对我情深无悔了……

我谨慎地咽了口口水。

简黎把叽叽喳喳的导演当成了背景板，对我道：“林浣，过来。”

我想了想，小心地迈近半步。

他微微弯腰，凑到我耳畔问：“你刚在干什么？”

我刚在……保护你啊！

诚然，这一句话，我是打死也说不出口的。于是，我灵机一动，皮笑肉不笑道：“在……在保护导演。”

简黎：“……”

简黎的脸重新黑成了锅底：“在你看来，我这个人这么不好相处？”

有哪句说哪句，您确实不大好相处……

大概是我的无声默认彻底激怒了大佬，大佬两眼一眯，冲导演道：“我想休息一下。”

导演还能怎么办？必须是惯着这位大佬啊！看了遭手表，导演无奈叹气：“也好，你先去吃中午饭，揣摩一下怎么把握人物，下午咱再接着拍。”

简黎抬腿就走，导演狗腿地跟在他身边。我一个不小心，听到导演说：“我知道拍吻戏不容易，你也需要考虑粉丝的感受。不过，咱们这个剧，感情线少，现在的观众又很挑剔，如果太清水，根本没人买账。要实在不行，回头……回头我让吻替上场吧。”

我：“……”

我脚下无力，急忙扶住了床头。

凄凄惨惨间，我隐约觑见简黎在转角时点了点头。

怎么说呢……

此时此刻，我只有一个想法，追星追到我这种遭人嫌弃的惨烈地步，还不如死了算了，嘤嘤……

四

令人心跳超速的片场

我蹲在摄影棚外，端着一盒盒饭沉痛反思，到底是什么原因，让简黎如此反感我这样一名花容月貌的妙龄女子。小晴在我边上风卷残云地扒着饭菜，嘴里塞得满满的，像只小仓鼠似的，还含混不清地说：“浣姐，你怎么不吃呀？”

我忧郁地望着天。

小晴又问：“不合胃口吗？”

我摇摇头。

“就算是不合胃口，多少也要吃点的，不然下午哪有体力继续拍摄。”

我沉默片刻，总算打起些精神，心不在焉地吃了半盒盒饭。小晴见我食欲不佳，从背包里拿出一瓶我常喝的咖啡饮料，在我面前晃了晃，露着小虎牙笑：“我专程给浣姐买的，要喝吗？”

我眼睛一亮，忙不迭颔首，接过饮料灌了一大口下肚，我的情绪才稍有好转。舔了舔嘴巴，我盯着瓶身道：“胖哥说这种饮料容易发胖，都不让我喝。”

“胖哥不在嘛。”小晴耐心地哄着我，“偶尔喝一瓶没关系的，我家浣姐宇宙最美！根本不胖！”

果然，还是女人最了解女人，就这么一句话，竟能使我的虚荣心得到强烈满足，进而眉开眼笑。我戳了戳小晴的脑袋，又忍不住远目发呆，继续思考人与人之间复杂的关系。小晴咬着筷子觑我，轻声问："浣姐，你是不是心情不好呀？"

"嗯……"说到这儿，我就一脸丧气。

"因为简黎吗？"

我默然不语。

小晴跟了我这么久，自然也明白些我的心思，慢吞吞道："刚刚我拿盒饭的时候，碰到陈柯了。"

我扭头看向小晴，小晴道："简黎估计心情也是不大好，连带着陈柯都胆战心惊的。不过，话说回来，简黎是不是就没有心情好的时候呀，天天脾气那么臭，也不管身边人有多难受。我要是陈柯，恐怕早就受不了辞职了。"

我不由得收紧了五指。

我心情差，的确是因为简黎。我喜欢他，所以会轻易地被他牵着鼻子走。可简黎心情差，肯定不是因为我。我猜，他大概还在烦恼吻戏的事。

对于一个演员来说，吻戏确实是难以避免的。但实在不想拍的话，也有许多法子可以代替，唯一的风险，就是传出去后，会被他人抨击成不敬业。我设身处地地想了想，自觉很有必要以前辈的身份去安慰一下我的"爱豆"！我抓住小晴的腕子，问："你知道简黎在哪儿吗？"

小晴顿了顿，指着远处道："应该在他的休息室吧。说起这个就来气，剧组居然还给他腾出一间私人休息室。那么多演员，为什么只有他一个人有休息室……"

我打断小晴的话："你包里还有咖啡吗？"

小晴又是一顿，沉默了两秒，掏出另一瓶咖啡："一天只能喝一瓶，不然卡路里会爆表……"

我伸手去拿，小晴不给：“真的会长胖的……”

我悉心解释：“我不喝，我给别人送去。”

“送给谁？”小晴撒了手，“给顾哥吗？他还在B棚拍戏呢。”

顾明卓？

我呸！一想到这货早上的乌鸦嘴，我会给他送咖啡？送他去死还差不多。

我气哼哼地走出两步，小晴蓦地反应过来，惊道：“浣姐，你不会是送去给简黎吧？”

我脚下一停。

小晴不可置信：“他不是惹你不开心了吗？你还去给他送咖啡？”

扎心了啊朋友！我捂住心窝子忍住眼泪，忍痛道：“身不由己。”

小晴：“……”

不等小晴再度踩我的痛脚，我挥了挥爪子，健步如飞。

穿过道具区，我单枪匹马地来到简黎的休息室外。说实话，我的理智正在阻止我倒贴，可我的身体不听使唤，只想靠近简黎。我知道，这是一种原始的冲动，为了人类的爱与繁衍！

我暗暗给自己打了一番气，看着休息室的大门紧闭，我贴着耳朵听了听，里面没有任何动静。我又焦虑地在门口转了小半圈，琢磨着什么样的开场白能礼貌而不失亲切，圆滑又不乏温情。我一面踏着小碎步，一边独自练习：“简黎，这是我助理买的咖啡，十六块五一瓶……”

不对，简黎听见这句话说不定要给我微信转账，搞不好还以为我副业是搞推销的。

“简黎，喝了咖啡提神醒脑，你好我好大家好……”

哎，也不对，又不是某肾宝！

“简……”

“浣姐？”

背后突然传来一个声音，吓得我膝盖一软。眼看着我要表演下跪，那人好心地搀住了我。借着这力道，我回头一瞅，陈柯那张圆圆的小胖脸进入了我的视线。陈柯年纪不大，约莫二十出头，和简黎不相上下。他戴着一副黑框眼镜，理着小寸头，显得干净而利索，浑身上下都散发出一种与生俱来的亲和力，和他的老板完全是两个极端。陈柯一只手拿着保温杯，一只手还扶着我的手肘，不明所以地看着我。我尴尬地笑了两声，没话找话：“呃，吃了吗？”

“啊？吃……吃了……”

“吃了就好，吃了就好。”

尬聊完一句，我头脑空空，呆滞地站在了原地。

陈柯比我机灵，瞄了眼我手里的咖啡，问：“浣姐来找黎……咯，我老板吗？”

这改口，听起来为何如此的生硬不自然？昨晚不是喊的黎哥吗？今天怎么就喊老板了？这是为了增加简黎二米八的纯天然气场吗？

我没好意思问出来，只能摸着鼻头回应：“呵呵，算是吧。”

陈柯默然片刻，温和提醒：“老板从来不喝咖啡的。”

我一怔。

“我跟了老板这几年，就没见他喝过这种东西。您别看他年纪不大，实际上他很注重养生，平时作息时间很规律，也从来不喝任何饮料，出门都是自带枸杞保温杯的。”

“……”

等等，这个小朋友的老板……难道和我印象中的不是同一人？

在我印象里，简黎蛮喜欢喝咖啡的啊！以前在公司休息室碰上，我都会冲一杯速溶咖啡给他，每次他也是喝得见了底再离开，怎么突然就开始养生了呢？再者，我算了算我和简黎的年龄差，他比我小两岁，在我夜夜沉迷游戏、热衷于咖啡可乐炸鸡腿的同时，他居然过上枸杞绿茶美容觉的夕阳红生活了吗？这年龄的代沟是不是反了……

也难怪，简黎拥有着优质偶像的神颜，而我只能由于长期熬夜脸浮肿，被钉在了女星长相的耻辱柱上……

是我不配，不配倒贴他。

我哭唧唧地踉跄半步，陈柯再次扶稳了我，关切道：“浣姐，你没事吧？”

不知怎的，我的胃突然一阵痉挛。我强行忍下那翻搅的痛楚，摆了摆手道：“没事，我……”

我刚想找借口开溜，话还没说得完整，休息室的门就恰逢其时地开了。简黎出现在门口，高挑的身形挡住了屋子里明亮的白炽灯，在地面拉出一道修长的影子。他漫不经心地抬起头，见着我的一瞬，目光微闪，嘴角看着是要上扬，却又在睨见陈柯拽着我手的一刹那，情绪急转直下……

完了……

简黎不会以为……我在调戏他助理，要替他助理打抱不平吧？

我不由自主地打了个冷战，陈柯也是一抖，瞬间松了手。简黎来回觑了觑我俩，阴森森地开了口：“你们在做什么？”

陈柯急于撇清关系：“浣姐她送……”

“送你离开，千里之外！”我机智地唱出来。

陈柯：“……”

不行！别卖我这个队友！我可怜巴巴地乞求着陈柯。送东西，讲求一个投其所好，可简黎一个不喝咖啡的人，我还上赶着送咖啡来，不是成心找削吗？陈柯大概读懂了我的眼神，抿着唇没再说话。我绞尽脑汁想着怎么脱身，孰料，简黎毒辣的目光锁定了我藏在背后的手，问：“林浣，你拿的什么？”

我：“……”

陈柯抬抬眼镜，扭头望天花板。

我支支吾吾，在简黎如同酷刑的注目下，我终于缴械投降。我把咖啡拿出来，龇着牙道：“瓶……瓶装咖啡。”

陈柯适时地插了句话：“浣姐专程来送给您的。”

我：“……”好的朋友，你的补刀我坚强地接住了。

陈柯：“我已经跟浣姐说了，老板从来不喝咖啡。”

我：“……”

陈柯：“再说这种廉价的瓶装咖啡，老板也不会喜欢的。”

“……”这把 40 米的大刀本宝宝接不住了啊，快闭嘴吧你！

陈柯：“浣姐以后就别再送这种东西啦。”

是在下输了，在下的防线功亏一篑。我朝陈柯投去一记无比壮烈的眼神，弯腰驼背地转身要走：“对不住，我这就把咖啡……”

手腕倏然被人捏住。不同于他人的温度，那葱白的指尖冰冰凉凉的。简黎的声线霸道又低沉，闲散道：“谁说我不喝咖啡。”

我目瞪口呆。陈柯则是一脸疑惑。

简黎似笑非笑地看我一眼，夺走我手里的咖啡，拧开瓶盖喝了一口。观其表情，异常享受，相当满足。陈柯哽了哽，抬起眼镜揉眼眶。简黎面不改色地说：“味道不错，陈柯，买几箱回来放着。”

陈柯：“……”

陈柯一动不动。

简黎淡淡道：“需要我用八人大轿来抬着你去买咖啡吗？”

小助理幡然醒悟，当即拔腿开溜：“我这就去，老板！”

等陈柯消失得无影无踪，简黎居高临下地看我两秒，率先走回了休息室。我正犹豫着是跟进去还是打道回府，就听简黎的帝王式命令传到我耳里：“进来。”

我揪了揪衣角，局促不安地走到房里。

“关门。”

我十分顺从地执行了第二个指令。简黎坐在颜色单调的双人沙发上，用眸光指了指自己旁边的空位。我突然有种羊入虎口的不祥直觉，踌躇再三，我还是蹑手蹑脚地坐了过去。

简黎靠在沙发椅背上，把玩着手里的咖啡瓶子，沉默片刻，他问：“找我做什么？”

我的思想一时出了岔子，回忆着往事喃喃道：“你以前是要喝咖啡的。”

简黎没吱声。

我自言自语：“公司休息室的咖啡最开始都是些超市里便宜的打折货，因为已经红了的艺人是没时间在休息室偷懒的，只有我们这种天天等着工作上门的小透明才会在休息室逗留。直到你在休息室里喝过两次咖啡，公司的行政才换了比较好的牌子。”

“……”

“可你刚刚分明是喝不习惯咖啡的。”

简黎稍是一默，问：“你怎么知道我喝不习惯？”

我当然知道，因为你每次在节目或者综艺中，遇上了勉为其难的事，都会不自觉地弯着左手小拇指，右边的眉梢也会微微挑高。这是我从反反复复的观察中，总结出来的小细节。我了解你的每个习惯，并能如数家珍，像世间最珍贵的宝贝，牢牢地铭记于心。

我抿着唇，没有回答。

简黎看了看我，平静道：“我有一个很在意的人，她比我年长。我想追上她，以为自己成熟一些，稳重一些，就能离她更近。所有的习惯，都是由于这个原因，慢慢养成的。”

我诧异地望向简黎。简黎也目不转睛地盯着我。他的眸光坚定而温柔，如火炙热，如水缱绻，仿佛看着自己生命中不可或缺的人。

我深吸一口气，认真发问：“是你外婆吗？”

简黎：“……”

简黎的拳头莫名地收紧，猛地把咖啡瓶子捏变了形。我尽得立刻后挪半寸，屏住呼吸凝神以待。

简黎闭了闭眼，似是进行了一番自我疏导，好不容易才稳住了情绪，道：“你找我做什么？”

“哦。”我想起正事，低着头嗫嚅，“下午……我们还有对手戏。”

“我知道。”

“我……我是想说……”

“说吧，我在听。”

我浑身紧绷，胃部不停地抽搐，不知是不是被酷炫狂霸跩的大佬吓出毛病了。组织了许久的言辞，我终于鼓起勇气，睨着地面镇定吐字：“拍戏这种事，其实，急不来的。有些人总觉得演戏很简单，就像我们的人生常常需要扮演各种各样的角色，有时候是鳖孙儿，有时候是爸爸。”

简黎：“……”

简黎扑哧笑出声。见我懵懂地看向他，他又正色道：“我从来没有觉得演戏是一件很简单的事。”

“嗯。”我沉吟一声，点头继续道，“在摄影机和那么多工作人员的面前，要全心投入角色，是有很大难度的。你性格冷，脾气又臭，和李忘殊差距太大，一时半会儿进入不了角色，大家都是可以理解的。”

简黎：“……”

我从简黎此时此刻的表情中读到了一句话——

有段三字经，我不知当讲不当讲。

我顷刻反应过来自己竟说出了心声，慌忙补救："你很好，每个人都有每个人的棱角，少了属于你的标签，就会变得平平无奇了。这样的你，也是别人喜欢的理由。"

简黎的神色平和了少许。

我一颗心放回肚子里，又道："如果有时间的话，你可以多看看类似角色的表演方式，每个演员都是这样走过来的。"

片刻后——

简黎答："好。"

单单一个字，我却听出了不同的情绪，少了分冷清，多了点宠溺，如同我想象中的李忘殊对慕苏忆说话的模样。我痴痴地望着简黎，他嘴角的笑意逐渐明朗，好看的眸子弯成了小月牙，闪耀至极，诱惑至极。我心志不坚，分分钟被他的笑容迷惑，呈现了短暂的呆滞状态，想说的话没经过大脑，已经蹦出了唇齿："李忘殊一定就是你现在的样子，像一颗未经雕琢的璞玉。"

简黎眉梢动了动，问："你这么喜欢看我笑？"

"嗯。"喜欢，喜欢得不得了。

他蓦然凑近，身上淡淡的香味将我无死角包围："那你……喜不喜欢我？"

我的心差点跳出嗓子眼，"喜欢"二字脱口而出的当头，被我的理智狠狠按了回去。

不妙！大佬这肯定是在试探我！一旦我说喜欢，以后我就是毫无人权的奴隶了！不能中招！保持清醒！林浣，赶紧撤退！

我甩了甩头，跳过这个致命话题，努力把思路往正途上带："我来找你，重点是想说吻戏的事。”

“好，你说。”简黎笑得如沐春风。

我伸出食指戳戳他的肩膀，艰难道：“你……你后退一点。”

“不。”大佬任性拒绝。

我撇了撇嘴，只能在他虎视眈眈的注目下，硬着头皮道：“吻戏的事……我知道很难，毕竟你的粉丝大部分都是女友粉。现在的大环境，粉丝凝聚力太重要了。在拍戏过程中，出于种种原因，很多演员也会用借位或者吻替来拍摄吻戏，关于这个，你不用太担心别人的看法，也不必有过大的压力。”

静……

休息室里安静得有些诡异……

不知从哪刮来一阵冷风，凉得我的后背都起了鸡皮疙瘩。我用眼角余光扫了眼简黎，他仍然离我很近，可前一秒的笑容已经冰消雪融，取而代之的，是十二级台风掀起的惊涛骇浪。我害怕得手脚轻颤，又担心他误以为我是在说他不敬业，于是抓紧时间解释：“我以前合作过的男演员，也有假吻的情况发生，我是真的不在意！我发誓，你看我下戏以后和那些男演员依旧是好朋友！”

“是吗？”简黎的低气压已经扩散到了整个房间，他冷冷地问，“你拍过吻戏？我怎么不知道？”

“拍……拍过的……”我梗着脖子增加证据，“就是和顾明卓合作的《长平公主》有过吻戏，但在播出的时候剪掉了。”

简黎的指关节“咔嚓”一声响：“顾明卓……他吻过你？”

“隔了保鲜膜的！是假吻！”

我的小心肝儿都蜷缩成了一团。漫长的对视中，简黎忽然眸光一黯，退回了最初的位置。

“林浣，你来找我，就是想跟我说，让我用吻替？”

“嗯。”我点点头。

简黎不动声色地睨我半天，面上表情复杂得难以言喻。他揉了揉眉心，低笑一声：“我还以为……”

以为什么？他的话没了下文。

过了半分钟，简黎才哑声道：“林浣，是我错了，我不该再来找你的。两年的时间，我本来该忘了……”

我听得不明不白，分明不解其意，可这字字句句，却宛如一把锋利的尖刀，直直插在了我的胸口，让我鲜血淋漓。胃部的痉挛越来越激烈，几乎抽干了我的气力。我忍痛捂着肚子，急忙起身：“如果没事的话，我先走了。”

简黎不语。

我慢吞吞地挪到门前，关门时，情不自禁地看了简黎一遭。简黎拿着我给的咖啡走神，眉头已经拧成了一团。我想让他高兴，可是，我好像总是做不到。泄气地把门锁好，我走到片场角落，委屈巴巴地蹲了下来。

我喜欢简黎，简黎不喜欢我，这应该就是故事的终点。所有得不到回应的单恋，都太难熬了。

午后的阳光灼热刺眼，我一时难以适应，眼中泪光闪闪。我勉强抹了一把脸，循着原路返回，找小晴拿了救急的胃药。小晴一边数落我，一边监督我多喝热水。我在椅子上小憩了一阵儿，场务就赶来叫我开工。我匆匆忙忙地补了妆，来到摄影棚，导演让我还是坐在床上，准备拍上午没拍完的吻戏。我正理着自己的假发，冷不防就看到了所谓的简黎吻替——

顾明卓！

咱们这个破剧组还真是物尽其用啊！

我嘴角一个劲儿直抽搐，顾明卓一屁股坐在我边上，冲我挤眉弄眼。

他穿着和简黎同样的戏服。有哪句说哪句，顾明卓的颜值确实不差，长得剑眉星目的，给人一种纯善又天真的既视感。但大概是演技好，当他沉静下来时，这身服化又衬托出丁点儿难得的帝王贵气。顾明卓见我打量他，乐呵地撞了撞我的肩膀，问："怎么样？不比简黎差吧？"

我翻着白眼鄙视他："一个天上，一个地下。"

"你！"顾明卓咬牙挥拳头，"喊，人家天上的也不愿意和你拍吻戏啊，就只有我这种地下的，才肯惯着你好吗？！还不知足！"

我咬紧下唇，捂着胃部没有和顾明卓呛声。

顾明卓察觉我的不对劲，握住我的肩问："怎么了？人不舒服？"

我摇摇头。

"不舒服就要早点说，去医院检查一下。万一你有什么传染病，和你拍吻戏的我岂不是很无辜？"

我："……"

我特别想给顾明卓就地耍一套军体拳。我狠狠掐了一把顾明卓的大腿，又埋低了脑袋不理他。顾明卓龇牙咧嘴地抗议着我的暴行，又追问了好几遍我是哪里不舒服。我被他闹得头昏脑涨，只好如实回答。顾明卓听完后想了想，摸着下巴严肃道："看来，以后我是要嘴对嘴地喂你吃早饭啊！"

我情真意切地打了个干呕："再这么恶心，我宁可去和导演拍吻戏你信不信？！"

顾明卓瞅了瞅导演洒脱的地中海，不由得鼓掌："今天的浣浣真是好勇敢呢。"

我："……"

就在顾明卓傻不拉几研究导演的地中海究竟是头发有追求还是头皮不挽留的千古难题时，简黎掐着点来到了片场。

彼时，灯光师和摄影师还在做着准备。简黎穿过忙碌的工作人员，径直站到了一个晦暗的边角。我看不清他的表情，只隐约觉得，他似乎也在看着我和顾明卓的方向。被暗恋的人看到我和别人拍吻戏，这画面，万分刺激。

是天要亡我！我的追星之路今天就走到尽头了……

我凄凄惨惨地合上双眼，听到导演喊了声："准备了啊！争取一条过！"

做好心理建设，我再次睁眼。小晴和简黎似乎交谈了什么，这边场记刚要拍板，简黎忽然快步迈到我和顾明卓的跟前。他低头睨了睨我，话却是对顾明卓说的："起来。"

顾明卓："……"

导演拿着喇叭解释："简黎，小顾来当你的吻替！"

简黎声音不大，但足以让全场的人听到："不用。"

顾明卓眉头一皱，看着简黎的目光略带敌意。我也是丈二和尚摸不着头脑，不知道大佬又在即兴表演哪一出。僵持片刻，顾明卓笑着起身，无所谓道："您咖位大，您说了算。"

大佬没被嘲讽影响，反而从容不迫地坐在了顾明卓的位子上。我茫然地看着简黎的侧脸，道："你不是……"

简黎打断我的话，压低嗓音问："林浣，你就这么不愿意和我拍吻戏吗？"

我呆了呆："我没有……"

简黎直直地看着我。

我不懂他为什么会有这样的想法，堪堪避过了他的视线道："我从来没有不愿意和你拍……拍吻戏。能和你演任何对手戏，我都是开心的。"

"那为什么还想用吻替？"

"我只是……不想你去做你不情愿的事。"

简黎似乎长舒了一口气，语调听起来不再那么冷冰冰：“早上为什么不吃饭？”

“我……我怕自己嘴里有食物的味道，给你留下不好的印象。”我越说声音越小，最后几乎细如蚊蚋。

简黎倏然捧住我的脸，强行让我的目光撞进他的眸里。他像剧本上写的那样，握住我的右手，抵在他的心口。他与我额头相碰，柔声说：“这么在意我的想法，以后，就别再做令我误会的举动了。”

“……”

我还没想明白这所谓的令他误会的举动是指什么，监视器后的导演看我俩进入了状态，高喊着开拍。简黎趁隙放出了一个致命大招：“林浣，我想吻你。”

我瞳孔骤缩，恍惚以为自己的听力出了严重问题。

然而，简黎补了一刀：“如果不愿意，你就推开我。现在，我不是李忘殊，我是简黎。”

我心脏狂跳，我呼吸停滞，我内心在疯狂地呐喊：天哪，这是什么虎狼之词！简黎要吻我？为什么？

我是谁？

我在哪？

我已经走上人生的巅峰了吗？！

我不可控制地发出了一连串来自灵魂深处的拷问，随着场记一声拍板，简黎顷刻间封住了我的唇。那一刹，我的身体仿佛传过一阵细微的电流，激得我周身血液都为之沸腾。我紧张得手脚无处安放，每一个细胞都在兴奋地旋转跳跃。耳朵里，是一场史诗级的音乐盛会，视野尽头无数焰火争相绽开，五彩斑斓。

我分不清这是戏里还是现实，简黎的气息将我层层包围，迫得我无处可逃。他辗转在我的唇瓣上轻咬舔舐，像一块甜到发腻的棉花糖，让人舍不得拒绝。我的呼吸被他肆意掠夺，缺氧的状态使我有些晕眩。我本能地攀住简黎的肩膀，像在邀请他更进一步。简黎顿了顿，缱绻的吻突兀地变得猛烈，他狠狠撬开我的牙关，嘴里的柔软霸道地突破了我的防线，在我的世界里掀起了不容抗拒的狂风骤雨。

我的脑中一片空白，所剩不多的理智在发出警告——

这不是我拿到的剧本！吻戏不带舌吻的啊！大佬快住嘴！

我试着去推简黎的胸口，想提醒他有人围观。结果，在力量的绝对压制下，简黎直接将我不安分的手扣死，紧紧压在了他的腰间。

我的妈！这是在干什么？咱们这可是个正经的言情剧啊朋友！

我小幅度地挣扎着，简黎也不知是不是吻得上了头，整个人的重量都压在了我身上，将我推倒在床。他一只手控制着我的后脑勺，不让我闪躲。另一只手还握紧了我的腰肢，缓慢游移。

我现在的状态，就是一头笼中困兽……啊不，是笼中弱鸡，只能臣服在大佬的掌控下。我很快丧失了斗志，小心翼翼地回应着他充斥着占有欲的激吻。所有的清醒都毁于一旦，在敌方绵密的攻势下，我最终深陷泥沼。

迷糊间，我依稀想起来昨晚做的那个春梦。梦里的场景和现实重叠，莫名其妙的，我竟觉得有点熟悉……

我的思路正在开小差，简黎却是头也不回地开车上了高速公路。他亲吻着我的耳垂，扯开了我戏服的腰带，冰凉的指尖竟穿过层层叠叠的古装，贴上了我后腰的肌肤。我顿时打了个激灵，双眼一睁，急急抓住简黎的腕子，张嘴胡乱地喊："怎么还不'咔'？为什么还不'咔'？！"

我这横空出世的一嗓子，把简黎也吼回了神。他撑起身子瞅了我几秒，眼中情欲渐渐退去，恢复了一派高冷。简黎镇定地坐在床边，脸不红心不跳地理头发。我则是胸腔起伏、心跳超速，好不容易手脚发软地坐起来，我一看屋子里，登时自闭了……

整个片场，所有人，此时此刻，都注视着我俩……我的脸皮阵阵发烫，心里想着，大佬果然是不怀好意，就想让我当众出丑！我恨恨地咬了咬牙，心虚地问导演："刚刚怎么不喊'咔'呀？"

导演从监视器后探出脑袋，义正词严地说："喊了呀，我至少喊了三遍！你俩吻得这么投入，不用顾及在场那么多单身狗的感受吗？考虑一下群众的难处好不好啦？"

我："……"

好的，我的脸更烫了。现在我就想找个地洞钻进去，再也不要面对这过于险恶的人世间……

我气哼哼地瞪了罪魁祸首一眼，罪魁祸首依旧云淡风轻，面上表情彰显出，他是个经历过大风大浪的狠人。我稳住情绪，跳下床，刻意和简黎拉开距离。导演几步走过来，赞道："这段戏拍得还不错。"

我："……"您是瞎了吗？！看不到简黎的车开得有多快吗？！

我翻了个白眼，简黎似笑非笑地扬高了眉梢。

导演又摸着胡楂儿分析："简黎的吻戏拿捏得自然巧妙，有真情实感，很好地体现出了李忘殊在那一瞬的动情和冲动。说句实话，这应该是咱们今天最大的收获。"

面对导演的商业吹捧，简黎表现得很淡定、很从容。

末了，导演接着转向我："相比之下，小林的吻戏就要生涩不少，基本上是靠简黎带动，在这一点上，你还需要加强。当演员嘛，吻戏难免的，太生硬容易让观众出戏。"

我："……"

我眼角直抽搐："好的，我……我会努力。"

“她以后不接吻戏。”简黎幽幽插话。

我怒道：“谁说我不接！现在言情剧没吻戏谁爱看呀？总不能让我一个弱女子去演徒手撕鬼子吧！”

简黎一记眼刀扎过来，我头皮一紧，立时察觉自己得意忘形了，居然敢忤逆大佬，正想着哄大佬两句，导演却不合时宜地道：“小林说得对。过段时间，你和顾明卓还有一场吻戏，抓紧时间练习。”

我：“……”这要怎么练习？！

我还没吐槽出声，简黎的脸分分钟就黑成了乌云。

现场气氛一度微妙。

我生怕导演再说点我和顾明卓的亲密戏份，导致大佬掀桌暴走，于是赶紧机智地转移话题：“所以，咱们这场吻戏，是过了？”

导演微微沉吟，画风突转，严肃道：“没过，再来一条。”

我：“……”

简黎肉眼可见地微笑了起来。我心肌梗死，听着导演说：“最后关头，李忘殊一定要克制住自己，站起来离开房间，不能有半点留恋。这是慕苏忆心态发生转变的原因之一，不能有偏差。”

我无比艰难地咽了口口水，目送导演走回了监视器后。简黎靠近我，好整以暇地道：“怎么办？要克制住自己，似乎不是一件容易的事。”

我：“……”我心如死灰地合了合眼，大佬这是成心把我往死里整啊！我暗暗腹诽了两句，堆出一脸谄媚的笑，说，“黎哥专业素质过硬，黎哥心理承受力超强，绝对能泰山崩于前而面不改色的，我相信你！”

“嗯，可是我不相信我自己。”简黎笑容可掬。

我霎时哭丧起脸，可怜巴巴地问：“黎哥还有什么要求吗？只要我能做到，一定尽力满足。”

“真的？”

“真的！”

“哦。”简黎一脸奸计得逞的满足，凑近我耳边轻声道，“今晚……”

不！你不能潜规则我！我是你的粉丝啊！请你保持住高大伟岸的形象好吗？！

我下意识地屏住了呼吸，简黎顿了两秒，接话道：“陪我吃饭。”

我：“……”

我眨了眨眼。

简黎忍不住笑出声：“怎么？这个简单的要求让你很失望？还是说，你是在期待别的事？”

“没有！不是！别瞎说！”我本色出演了一个否认三连表情包，随即调整好心态，谨慎地问，“只是吃饭？”

“嗯，以后，每天都陪我吃饭。”

我：“……”

好的，行的，你是大佬，你说了算……我毫无骨气地答应下来。简黎伸出手，宠溺地揉了揉我的发。走出两步，他忽然又折返，和善道：“导演让你多练习吻戏，需要我帮忙吗？”

我：“……”

大佬能不能别说这种虎狼之词了！把我撩跪了算你头上吗？！我脸皮发红，气结地回：“谢谢，我想好了，以我的形象，我还是可以胜任徒手撕鬼子的戏份，就不劳您操心了。”

简黎抿着唇憋笑，颔首道：“挺好，我也觉得抗战片很适合你。”

“……”

我还能说什么，直接亮刀吧！你这个吸人血的阶级敌人！

五 “爱豆”绝情，伤透我心

作为一个老演员，我的吻戏被导演抨击得不值五毛钱，甚至不如一个刚进影视圈的新人，我的心情也是相当复杂……

讲道理，这真的不能怪我。简黎是我“爱豆”，还顶着一张令人心潮澎湃的脸，我要是当真放飞自我和他热情拥吻，我估计《定渊》会被严厉封杀。能刚正不阿、坐怀不乱地拍完这场戏，完全是我对剧组爱得深沉，基于此，我认为，盒饭组应当给我加鸡腿！

诚然，导演是不会在意我的无私奉献的。他把我教育了一通，又天花乱坠地吹了简黎一通，我和简黎的第一场吻戏，才总算成功揭过。我如释重负，随后的文戏便游刃有余，无缝切换到温婉贤淑的皇后角色里根本不成问题。简黎演起李忘殊依旧磕磕绊绊，对于李忘殊的人物状态，他始终把握不佳，一场大臣劝谏李忘殊充盈后宫，从而激怒了李忘殊的戏份，我们愣是拍了整整一个下午，最后导演才无奈地叹着气喊了过。

我被累得骨头差点散架。慕苏忆的皇后行头实在太重，光是头饰，我估摸着就有一两斤。等到导演恩准我们去吃晚饭，我的脖子已经在折断的边缘疯狂试探了。

简单卸了头饰，小晴恰好领回盒饭，我刚要一手接过，陈柯就屁颠颠地跑来了化妆间，告诉我简黎正在休息室等我。我登时想起来，大佬提出的要一起吃饭的要求。不敢过多停留，我忙不迭地拎起盒饭，以百米冲刺的速度奔向了简黎的休息室。

那阵儿，已经过了晚上七点。中午我们吃饭比较早，我生怕简黎和我一样饿出胃病，只想快点去督促他用餐。我原以为，我俩就是一起吃个盒饭，没想到，大佬就是大佬，压根儿不走寻常路。等我推开大门，浓浓的饭菜香扑鼻而来。我定睛一看，一张矮小的茶几上，居然摆了十四五个菜品，而且大部分是我爱吃的，姜爆鸭丝、红烧牛肉、青椒肉丝、炝炒莴笋、蒜蓉基围虾、番茄牛腩汤……

毫不夸张地说，我怀疑大佬在开满汉全席……

我哽了哽，默不作声地走到沙发跟前。简黎想必是累极了，正靠在椅背上闭目休息。柔和的光束笼罩在他的身上，将他本就精致的五官烘托得越发完美。他面部的轮廓无可挑剔，眼角自然而然地上扬着。当他睡着时，少了些平时的冷冽疏离，更多的，是生涩而蓬勃的少年气。鸦羽似的长睫在他的眼下投了小片阴影，他那乖巧而疲倦的模样，使得我心尖儿一阵阵缩紧。

简黎昨晚一定没睡好，才会在这片刻的间隙里都睡得如此沉静。

我舔了舔干干的嘴唇，轻轻放下盒饭，摸出裤兜里的手机，迅速调成静音，偷拍了一张简黎的侧脸。有哪句说哪句，这神颜，看得我都想舔屏了。我默默地摩挲了好一会儿手机屏幕，把照片存进我的私人云盘，又把手机放回了裤兜。我走近两步，弯腰打量简黎的眉眼，隔空指着他的鼻尖低声道："叫你不好好睡觉吧，现在知道困了。一进组就欺负我，你有本事当爸爸，倒是别半夜……"

我后面的话还没说得完整，突然，手臂一紧，被人一拉，眼中的天地瞬间倒转。等我回过神，我被大佬整个压在了沙发上……

我目瞪口呆地看着一脸奸笑的简黎，试着动了动双手。很好，我两只手都被他举过头顶按住了呢，我猜，接下来，是不是该关灯了呢？呵呵，这发展，真的很……

让人生气啊！

我愤怒得两眼充血，瞪着简黎说：“你居然……你居然装睡！”

“这倒没有。”简黎懒懒道，“是真睡，不过被一只小老鼠吵醒了。”

“老鼠……哪？”我眼珠子转了转，旋即反应过来，本人就是那只老鼠……我现在可能就是在诠释什么叫偷鸡不成蚀把米吧。我郁闷地缩了下手，没挣出大佬的禁锢，我只好龇着牙道：“放开我。”

“不行，我瞌睡没醒。”说着，简黎的头就搭在了我的肩膀上。我后背一僵，听他沉沉呢喃：“林浣，让我靠一会儿。”

他的声音太具有杀伤力，我竟说不出拒绝的话。

过了许久——

简黎道：“林浣，这几年你不停地拍戏，累吗？”

我沉默片刻，说：“有时候挺累的。”

“坚持的理由，变了吗？”

我一愣，不知道简黎怎么会问出这句话。我坚持的理由，就是他。我想站在他的身边，拥有和他并肩的底气，并尽我全力，终其一生，保护心上的男孩不受风波侵袭。可这些话，没有人知晓，包括胖哥，也只知道我进娱乐圈是因为某个人而已。

见我久久不语，简黎抬头看了看我。我在他深邃的眼眸中，觑见了自己的影子，坚定了我的决心：“没有变，永远也不会变。”

简黎眉头微微一拧，似乎想说点什么，后方却传来了一个吸气声。我和简黎同时望去，陈柯正惊讶地捂着嘴，呆滞地站在门口。和他老板视线一撞，陈柯一激灵，道：“我来关门。”

简黎换上了一贯冷漠的神色，坐起身，招呼道：“吃饭。”

我急忙一个鲤鱼打挺坐好，陈柯犹豫再三，还是拎着手里的保温桶，坐在了小茶几的对面。

简黎递一双筷子给我，我望着每个菜不停地咽口水。由于是在拍摄期间，我不能吃得太油腻，犹豫半天，最后把目光锁死在蒜蓉基围虾和炝炒莴笋上。我先是吃了两口青菜，然后喜滋滋地夹起一个基围虾，流着口水剥壳。

虾是蛋白质，多吃几个不长肉！我家“爱豆”简直贴心。

我在心里花式夸简黎，简黎饶有兴致地瞄我一眼，不由得失笑：“喜欢吃虾？”

“嗯！”我点头。

简黎直接把整盘基围虾端到了我面前，完全不顾陈柯也想动筷子。

陈柯很忧伤地望着他老板。

我也略尴尬地看着简黎，再看看陈柯，邀请道：“筷子伸长点？”

简黎不咸不淡地说：“陈柯不吃虾，他对虾过敏。”

陈柯：“……”

陈柯一脸心痛地收回了筷子。

我半信半疑，也没有多余的心思去追问，只是很虚伪地“哦”了一嗓子。塞了大半盘基围虾下肚，我胃里犯油腻，对桌子上的菜也渐渐失了兴趣，只想吃点主食。恰巧陈柯拿出保温桶下层的广东肠粉，我霎时眼睛一亮，不由自主地咽了口口水。简黎顺着我的视线看过去，陈柯眼角一抽，端着肠粉后退半寸。

大佬瞅我一遭，确定我还注视着那份肠粉后，伸出手冷酷道：“陈柯，肠粉给我。”

陈柯想拒绝。

大佬挑了挑眉，无辜小助理当即双手奉上肠粉。接过了保温盒，简黎照旧放到我跟前，用霸道总裁的调调道："吃吧。"

我举着爪子看周边。

简黎不解："找什么？"

"纸……"

他觑觑我满是油光的双手，忽然眸光一闪，放下了筷子撑着头笑："怎么办，休息室里没纸了。"

"……"

不知道为什么，我现在一听到大佬说"怎么办"三个字，我就直觉不妙。我想，今天的经历，确实给我造成严重的心理阴影了……

对面的陈柯五官开始诡异地扭曲，简黎已经把他当成了背景板，仍然虎视眈眈地看着我。我哽了哽，刚想提出解决办法，简黎就抢先道："要不然，我喂你吃肠粉？"

我："……"

我幻想了一下那个精彩的画面……

简黎夹着肠粉一端塞进我嘴里，我呼噜一嗦，甩了他满脸的酱油汁……

不行！这太可怕了！大佬的神颜不容侵犯！

我鼓起勇气，干瘪地问："请问，有第二个选择吗？"

"有。"简黎点头。

我长舒一口气。简黎猝不及防地捉住我的腕子，将我的手拉近他的唇边，然后……他含住了我的食指！

我呆若木鸡。

陈柯屏气凝神。

简黎的眉眼弯出好看的弧度，直勾勾地与我对视。他温热的舌尖从我的指腹上扫过，酥麻的感觉顷刻袭向我的大脑。

这男人，竟然这么会撩！

这男人，也太让人上头了！

我眼前仿佛刷过了满屏的弹幕，全是“666”。一言以蔽之，本人输了。简黎没打算就此止住，他双眼一眯，如同在品尝珍馐美味般，一脸餍足地吮吸着我的手指。那神情，那模样，说不出的诱惑，狠狠地直击我的心脏。我面上止不住地发烫，每一根神经都紧绷到了极限，好像再多停留一秒，我就会原地炸成烟花。我强迫自己抬起一只手，猛地推开了简黎。我慌张地收回视线，屁滚尿流地奔出了休息室。陈柯在后面喊了句“浣姐”，我也没敢应声，一步三晃地跑向救赎的彼岸。

有哪句说哪句，我“爱豆”，今天是要让我死在他面前啊！还能不能好好保持自己清心寡欲的人设了！

我的小心肝儿疯狂跳动，等冲回片场看到了众多工作人员，我的情绪才稍微平复了些。小晴远远见着我，疑惑地走近，问：“浣姐，你怎么了？跑这么急，有狗追你？”

我摇摇头，捂着被简黎含过的手指，春心动荡：“你以为我是卖狗粮的？天天有狗追。”

“那你跑什么？”

我不答。

小晴又仔细打量我一番，问：“浣姐，是不是和简黎一起吃饭让你特别兴奋？”

我说不上是或者不是，主要让我兴奋的点也不仅仅是吃饭。

小晴了然道：“那就好，吃饱了才有力气。刚刚导演说了，白天的进度太慢，咱们晚上要赶工，所以……”小晴翻开最近几天的通告单，指着其中一页道，“这两场夜戏，提前到今晚了。”

我：“……”

我算了算，今晚本来有三场夜戏，临时加两场，一共五场。唉，十个基围虾只怕续不住我的狗命了。我想起那一桌子没吃完的满汉全席，顿时脚下一个踉跄。

我的“爱豆”，果然是我事业的一道天然屏障……

鉴于简黎纯天然无添加的魔鬼演技，我俩的夜戏和白天的戏一样，拍得使人中风。其间，我的肚子叽里咕噜叫个不停，简黎时不时就瞟我一眼，也是让我相当尴尬。我虽然不是女神，该有的偶像包袱却没放下，特别是在“爱豆”面前，我必须稳住自己的淑女形象，不能表现得胃口太大，十个基围虾，不饱也得饱！

简黎问了我两次是不是肚子饿，我都微笑着回，不是，是我的腹肌困了，正在打呼噜。简黎抿嘴笑笑，终于略过了这个问题。

一场李忘殊深夜批折子，慕苏忆去送汤，顺带与他闲聊时局的戏反复NG了四五次后，导演实在被磨得没了脾气，只能让简黎率先收工回酒店。我则被导演无情地赶去B棚，和顾明卓继续拍对手戏。

我与顾明卓的经验到底丰富些，配合也默契，很快就能双双进入角色。

这两场戏主要是讲顾明卓饰演的姜知临被慕苏忆安顿在义母苏悦的家里，慕苏忆回去探亲时，指点他武学的经过。

姜知临因幼年被送进斗奴场，身体底子较常人孱弱，慕苏忆从宫中搜罗了不少珍稀药材，给姜知临调理身体。姜知临怕苦，慕苏忆便将药物碾成粉末，包裹在自己亲手做的蜜饯里，让他随身携带。

这是姜知临和慕苏忆最深的牵绊之一，也埋下了姜知临身死时最煽情的泪点。

拍完这两场戏，已是午夜一点半。我迅速换了衣服、卸了妆，正想赶回酒店睡觉，还没走出停车场，就被顾明卓这个山大王拦住了。顾明卓连拖带拽地把我拎到片场卫生间门口，看了左右没人，才叉着腰道：“林浣，你可以呀。”

我丈二和尚摸不着头脑：“我怎么了？”

“还怎么了，说，你和简黎究竟怎么回事？偷偷谈恋爱呢？”

“开什么玩笑！”我一把捂住他的狗嘴，“别瞎说！这话要是被人听到爆出去，我明天就能糊穿地平线！”

“你也知道这事儿风险高、难度大？那你怎么不知道控制一下你自己？拍个吻戏，你俩还能忘乎所以了？你知道现在组里怎么看你俩吗？”

“……”

说起这茬，我其实也觉得纳闷。自打这次重逢，简黎的态度着实很奇怪。且不说我俩之间原本是存在误会的，就他那变脸跟翻书似的功力，就他那撩人于无形的举动，我也猜不透看不明。顾明卓见我一脸凝重，也跟着严肃起来，皱眉道：“你俩……到什么地步了？你该不会……”

我一巴掌拍上他的脑门，中断了他那肮脏的脑回路，幽幽道：“要不，你给我分析分析？”

顾明卓卷起袖子，郑重道：“让我们用事实说话。”

“……”

十分钟后，我和顾明卓齐齐蹲在厕所门口，望着星星怀疑人生。

“你的意思是，两年前那个料，你们公司的人，包括简黎，都以为是你爆出去的？”

“嗯……”

“难道……不是你吗？”顾明卓摸着下巴思索着。

我再次给了他一巴掌：“我怎么可能去害简黎？！他真是我‘爱

豆’！”

“不是啊，你想想……”顾明卓揉着脑门，“当时在场的人，只有你们三个。左虹和简黎是绯闻主角，受到的冲击最大。假设是狗仔拍到的，不可能事隔一两个月才爆出来。再者，狗仔也不可能只拍到他俩没拍到你，单是艺人和经纪人传绯闻比起当红流量私生活混乱，你觉得哪个更能引爆网络？”

我：“……”

我：“我觉得你需要一包去污粉洗脑子。”

“我是在给你阐述真相。”顾明卓不满道，“你爆料的可能性确实最大。不过动机说不过去，你和简黎发展方向完全不同，图啥啊，图刺激吗？”

我第一次觉得顾明卓散发出了智慧的万丈光芒。

他想了想，又说：“还有一种可能。”

“什么？”

“有人故意要让你背这口黑锅。”

“简黎不是这种人！”我挥拳反驳。

顾明卓翻了个巨大的白眼：“我没说是简黎。算了，这事儿过去那么久了，追究也没意义。所以，你认为，这次简黎带资进组，单纯是为了打击报复？”

我忧郁地点点头。不然，还有什么理由，能用来解释简黎那宛如毒奶粉般的可怕演技……

顾明卓望天叹息：“林浣，你给自己设定的剧情非常峰回路转啊，这么绝的脑回路你真的不考虑去精神病院当讲师吗？”

我：“……”

我挽起袖子准备动粗。顾明卓一把抓住我，无奈道：“人家一个顶流，为了硌硬你这个废花，跨界来演戏，自己投了大笔钱，还冒着脱粉的危险和你拍吻戏……你对‘报复’这两个字是不是有什么误解啊？我由衷怀疑简黎根本是为了捧你才加盟《定渊》的。如果这是顶流报复一个人的方法，我也想得罪简黎呢。”

我沉默片刻，忽然想起简黎知道我拍过吻戏时那副分分钟要爆炸的模样，不由得诚恳地劝：“你离简黎稍微远点，我有种不祥的直觉，你可能已经在大佬的黑名单边缘疯狂试探了。”

“呸。”顾明卓啐了一句，“你以为我脑神经跟你一样啊？不是我吹，就我的情商，搞定爸爸不是梦好吗？！等拍完这部戏，我打包票，简黎绝对和我称兄道弟！”

我望着自信的顾明卓没有吭声。

顾明卓又道：“反正，简黎不像是要来整你的，你把心放回肚子里吧。再说了，有我在呢，只要你别自己掉进坑里，他拿你没办法的。不管发生了什么事，我都会坚决地挡在你身前，替你扛住敌方的大招攻击。”

我沉默着。

顾明卓抱住我的手臂：“怎么样，感不感动？”

“不敢动，不敢动。”

“没良心。”顾明卓戳一下我的脑门，拿出手机道出了最终目的，“我还差一星上星耀，拿你的小香香带我一把。”

我怨念地盯着他：“搞半天，你是觊觎我的技术……”

“也不止技术啦，我还觊觎你的美貌。”

我：“……”

“貌美如花的小浣浣，带人家飞飞，好吗？”

猛男撒娇，最为致命。我情不自禁地打了个哆嗦，麻木地掏出手机：“走起！”

我没踩进简黎的陷阱，反倒先中了顾明卓的圈套。等我回过神来，已经被这低水平玩家连坑了两把。我俩挤在无人女厕的小隔间里，正在进行艰苦卓绝的第三次排位反击战。

“顾明卓！你这钻石镶的是五毛钱一颗的玻璃吗？能不能再坑一点？！”

“这能怪我？肯定是钻石镶的位置不对！”

“就该镶到你裤裆上！”

顾明卓拿着手机左右摇晃，实地表演人机合一，双向走位。我被他猛地一撞，脑袋磕到了马桶水箱上，疼得我龇牙咧嘴：“你悠着点行不行！我好痛！”

“我的错、我的错，浣浣别生气。浣浣，你屁股挪下，挡着我了。”

我刚操控着我的小香香钻出草丛，就被敌方三人齐齐围攻。我一时激动，扯着嗓门就吼：“顾明卓！奶！快！奶给我！”

“来了来了！”

我成功拿下一个人头。

“高潮就是此刻！”

我一顿操作猛如虎，刚要双杀，小隔间的门发出“砰”的一声巨响，被人从外面用力踹开了。顾明卓首当其冲，被门撞飞，一屁股坐在了地上。我劈叉坐在马桶上，险险避过一劫，惊魂未定地抬起了头。

惨白光线下，我的“爱豆”简黎，头顶阴云，眼光如利刃，整个人形同来自地府的鬼差，要索我俩狗命。这时，我想起了《定渊》剧本上的一句话——

天子之怒，伏尸百万，流血漂杵……

我一动不动。

顾明卓也一动不动。

偏偏这个时候，顾明卓的手机还应景地发出一句微弱的——

“Double kill（双杀）……”

两秒后，顾明卓小心翼翼地举起手机，对简黎说：“开……开黑吗？”

简黎默不作声，视线掠过顾明卓，钉在了我的身上。他的碎发略显凌乱，下巴上还戴着一个黑色的口罩，手里也拎着一袋东西，不知道是什么。我头皮发麻地与他对望。过了好一会儿，简黎拧着眉头把手里的东西径直丢在我脚边，旋即拉起口罩，头也不回地离开。我愣怔了许久，低头一瞅，那是一盒热气腾腾的海鲜粥……

简黎……去给我买粥了？还是说，他刚刚太生气，想随意拿个东西扔我头上，只是没扔准？

我认真思考，觉得后者的可能性比较大……

我慢条斯理地把海鲜粥捡起来，也顾不上烫手，重新盖好了塑料盖子。然后，我目不转睛地打量顾明卓的脸。顾明卓没好气地揉着屁股，问：“看什么？”

“我在看……你的脸被打肿了没有。”

顾明卓：“……”

顾明卓很快想明白我是在嘲讽他和简黎要称兄道弟的那句话，怒而摔门：“林浣！友尽！”

我的人生真可谓是……起起落落，落落落落落……

回到片场的时候，没见简黎的身影，我和顾明卓坐上最后一辆车，拖着疲乏的身体赶回酒店休息。途中，我就先前的状况进行了一番逻辑严密的分析。

首先，这碗海鲜粥，应该是简黎买给自己吃的。导演让他收工后，他很可能待在休息室没有离开，直到深夜肚子饿，点了一份造价不菲的外卖。

其次，由于某种诡异的巧合，简黎原本打算带着海鲜粥回酒店，走到路上，他急需解决生理问题，来到了公共卫生间。

最后的结果，是我和顾明卓的高声喧哗导致了大佬排泄困难，以致大佬暴怒扔粥。

……

顾明卓神情复杂地看着我。

我也期待地看着他，等他为我的推理画上圆满句号。沉默少时，顾明卓啪啪鼓起掌来。我问："你也觉得事实是这样？"

顾明卓点点头："你的侦探气质令人折服。"

我哭笑不得，也不知是该喜还是该愁。

顾明卓又道："现在，我有点同情简黎了。"

我还没想明白他怎么会说出这句话，车子刚好到了酒店。在小晴的催促下，我匆匆赶回房间。抱着不能浪费粮食的心态，我把海鲜粥吃了大半，才洗漱上了床。

我迷迷糊糊地想着，不管怎么说，我也吃了大佬的饭，必须对他再好一点。等明天，我一定好好哄他，实在不行，我就去买个方便小马桶，放在他的休息室里，让他能毫无后顾之忧地解决屎尿问题。打定主意，我再也抵抗不了困倦，眼皮一搭，沉沉睡了过去。

第二天一早，我掐着时间赶赴片场，那时我才发现，我把世界想得太美好了……

简黎一生气，那简直堪比一场毁灭性的龙卷风，方圆百里，寸草不生。整个化妆间压抑到极致，几乎所有人都噤若寒蝉。胆子大的，时不时还冒死瞅一眼低气压的发散中心；胆子小的，恨不得挖个洞把自己埋起来。很显然，我就是属于胆子大的范畴。

我不知死活地主动找坐在边上的简黎搭话。第一句，我说：“简黎，早上好呀！”

大家向我投来了钦佩的目光。

正主压根儿不理睬我。

我再接再厉，说了第二句：“昨晚你睡得好吗？酒店的床挺软的，我睡得可香了。”

简黎没睁眼，但我听到他的指关节似乎握出了“咔嚓”一声响……

我撇撇嘴，联想到昨晚的事，忙不迭掏出手机，翻开淘宝，选了一个大小合适的成人方便马桶，递到简黎眼前：“简黎，你看，这个怎么样？”

简黎总算开眼。他瞄了瞄我的手机界面，又冷冷冰冰地瞄向我。我晃着手机献殷勤：“这个是免安装的，实用还便携，材料环保，做工精致，采用高分子化合物，抗污抗变形！”

简黎：“……”

简黎面无表情地觑了我好几秒，开口道：“你想说什么？”

我环视一圈四周，觉得以下话题难登大雅之堂，于是凑到简黎耳畔，小声道：“我把这个买来放你的休息室，你就不用去挤公共卫生间啦！老婆粉们再也不用担心你的三急问题，你好我好大家好，你值得拥有哦！”

简黎：“……”

奇怪，这么好笑的广告词，老铁不笑一下吗？

简黎目光幽深地望着我。我有点害怕，摸着椅子退回了原位。

须臾——

简黎慢声道：“林浣，有病就去看病，别耽误了治疗的时机。”

我：“……”

我哑口无言。简黎理好了妆发，起身走出了化妆间。我凄凄惨惨地盯着他的背影，沉痛反思，这大佬是不是也太难哄了？！

开工的第二天，整个剧组在大佬的黑脸加持下，集体遭殃。首当其冲的是顾明卓，B组的副导演突然给他加了不少武戏，还异常严苛，导致他在血浆和泥地里打了一天的滚，苦不堪言。我所在的A组情况也不妙，以简黎为圆心，三米半径内，他头顶的阴云都能直接压死人。由于李忘殊的设定和他眼下的状态实在相差太远，导演一遍又一遍地喊“咔”，让所有人身心俱疲。

这一天，剧组的进度越发迟缓。要是换成别的组，导演和制片人估摸早就破口大骂了，可偏偏简黎是资方，大家敢怒不敢言。

到了晚上，我和顾明卓双双在微信上哭天抢地，后悔昨晚打游戏时太过激动。

一连三四天，这糟糕的情况都没好转。顾明卓要么被吊在威亚上大半天，两条腿走路都一瘸一拐；要么就是在拍打戏，一双手磨得全是水泡。我和简黎也从早到晚都在疯狂NG，我变着法子和他说话，他却始终冷漠疏离，甚至吝啬得连眼角余光都不愿赏给我。我不晓得自己犯了什么大错，才惹他这么不痛快。左右被磨得没了脾气，我干脆和简黎陷入了冷战。

俗话说得好，今天你对我爱搭不理，明天我要你高攀不起！不过就是吵着你放屁撒尿了吗？！有什么大不了的！

一转眼，到了六月中旬。我和简黎还卡在慕苏忆初进宫时的剧情。导演愁得天天薅头发，我也是寝食难安。

冷战还在持续。

我和简黎拍摄一场用膳闲聊的戏份时，原本画面应该比较温情，然而，由于简黎过于冷淡，我也是火上心头，含情脉脉的台词一出口，就变得硝烟味儿十足。导演气得想掀桌，责令我俩各自调整状态。

我气闷地坐在摄影棚外的院子里，一边声讨大佬，一边想发条微博来表达自己的不满。可我生怕自己说的话会被人过度解读，趁机给简黎泼脏水，反复衡量，还是打消了这个念头。我看着手机桌面上某人的剪影，气不打一处来。我以前是越看越开心，现在是越看越糟心。我咬了咬牙，飞快地在百度上搜了一张莱昂纳多的精修图，替换成手机桌面。

我的心情顿时舒畅了！

我捧着手机尽情欣赏，边上冷不防传来一个声音："换回去。"

我打了个激灵，转头一瞅，简黎正居高临下地站在我旁边。这十天，据我统计，他和我说了三句话——

1. 林浣，有病就去看病，别耽误了治疗时机。

2. 出去。（这句是我之前觍着脸去休息室找他时，他对我的拒绝。）

3. 换回去。

除了嘲讽，就是命令式口吻，还真当自己是皇帝了？老娘可是脱离了封建思想的新时代女性！我傲娇地别过头，坚决道："不换！"

简黎一言不发。

我到底还是心虚，瞥了他一眼，梗着脖子道："我喜欢他，把他设为我桌面怎么了？您老是不是管得有点宽？"

简黎脸色铁青，直直地睨了我半晌，就在我快要承受不住这股巨大的压迫时，他冷冷出了声："喜欢？有多喜欢？"

这个问题……略艰难啊！准确地说，大概就是后辈对于前辈的尊敬和仰望吧。

我纠结着该怎么表述这个中心思想，简黎却抢话道："喜欢到为了这个人进入娱乐圈拼命吗？喜欢到哪怕遭遇了狂风暴雨也会坚定信念，站到他的身边吗？”

我：“……”

等等，我并没有这样讲啊？你这是去哪里学来的台词？！关键是，人家一个好莱坞大腕，我就算拼一辈子也没能耐站到别人身边啊！

我起身要反驳，忽然又记起，咦，这台词似乎有点熟，貌似……是我中二时期说过的。可……可简黎怎么会知道？

我抓耳挠腮地思考，简黎估计又脑补了一出戏，涩声道：“林浣，你不是说喜欢我吗？”

我一惊，本能地后退了一步，惊悚地望向他。

简黎瞳孔骤缩，面上表情风云变幻，一时间让我看不分明。那双深邃的眸子里，像是盛着我读不懂的痛苦，又像是极致的失望。

“林浣，你的喜欢太廉价了。”

我当场怔住。

这是我喜欢了整整七年的人，我为他风雨无阻，我为他披荆斩棘。因为太想与他并肩，我从黑暗里走出来，迎接阳光。即使这光芒刺眼，即使我可能会引火自焚，我都没有丝毫犹豫，直到，我听到这一句伤人的话。

我的冷静顷刻间消失，眼眶发热，胸腔也不断起伏。我埋下头，咬牙道：“您说得对。简黎老师粉丝众多，多一个少一个没什么差别。您这尊大神，还是别放在我庙里了。我的偶像，大部分都是在演戏上能给我带来正能量的，您能给我带来什么呢？”

简黎自然下垂的手五指一收。

我明知自己在说违心的话，明知自己在口不择言地伤害他，却还是管不住自己的嘴：“您与其花时间管我的手机桌面，不如多琢磨一下您的演技吧。在我看来，就连顾明卓都比您好太多了。”

话音落地，我不敢去看简黎的模样。我的耳里嗡嗡鸣响，心痛到难以呼吸。短暂的僵持后，简黎说了唯一的一个字：“好。”

他转身离开。

我摇摇晃晃地踉跄了半步，浑身脱力，一屁股跌坐回了椅子上，两只手捂住脸，大片大片的泪水从指缝里溢了出来。

我和简黎吵了这一架，下午他就向导演请了半天的假。导演不肯放过情绪低落的我，又赶着我去 B 组和顾明卓赶拍对手戏。

彼时，顾明卓刚从威亚上下来，满脸都是黏糊糊的血浆。化妆师赶着上去给他整理妆容，我就呆呆地坐在宽阔校场的石梯上，远目发呆。

这个布景是定渊会的根据地，在一间气势磅礴的议事厅前方，是定渊会众用以训练的校场，四周则是寝居。顾明卓这段时间的戏份，都集中在这个场景里。譬如，眼下他拍摄的，是姜知临早期勤练武艺，在和他人对招的过程中，不慎受伤。

顾明卓补好妆，自己拿了一张湿巾擦手，慢悠悠地朝我走来。趁着工作人员还在调整布置，这货抓紧时间和我嚼舌根：“我听说，下午得加两场咱们的对手戏？”

“嗯。”我抱着膝盖应声。

顾明卓叉腰嘚瑟：“终于轮到你等戏了！哈哈！”

我默默看着他那智障的笑容，还没严厉抨击，他就皱了眉头：“你眼睛怎么这么红？刚拍哭戏了？”

我不吭声。

顾明卓想了想，怒道：“简黎那臭小子欺负你了？整一个女人算什么英雄好汉，爸爸这就去替你出气！”

说着，他挽起袖子就要走。我内心毫无波澜地看着他表演，甚至有点想打负分。

顾明卓忍不住回头问：“你怎么不拉一下我？这个剧情发展不符合言情剧标准啊！”

我：“你也不符合言情剧男二的高光设定。”

“我怎么就是男二了？！搞不好我是男主呢！”

我冷笑一声，把头埋回了膝盖间。

顾明卓重新坐到我边上，拍着我的背问：“发生什么事了？要是他真欺负你，我绝对会重拳出击！”

我无暇辨别顾明卓这话的真假，只蔫蔫地回：“没有。”

“那你这一副纵欲过度的虚脱模样是怎么来的？”

这……会不会说话！不会说就把嘴巴打个蝴蝶结好吗？

我狠狠瞪了顾明卓一眼，郁闷道：“我也不知道事情为什么会变成这样。明明一开始我和他相处还挺融洽的。说来说去，吵着他上厕所他也不至于气这么久吧！我都给他赔礼道歉了，甚至还想过给他买个便携小马桶呢，可他死活不搭理我，今天还……”我欲言又止。

“便携小马桶……”顾明卓重复了一遍，扑哧笑出声，“你这几天是不是没看娱乐新闻？”

“没啊！”我茫然眨眼，这货的思想跳跃性也太大了，我有点跟不上，刚想摸出手机看看微博消息，顾明卓岔开了话题：“我跟你说，这几天我仔细想过了，敌我实力悬殊，咱们现在这处境，乍一看是五五平局，其实是二带三个挂机的，得出其不意才有胜算。”

“……”

我幽幽看着顾明卓。

“简黎这个人呢，我打听过了，吃软不吃硬，最大的爱好，就是赛车和跳舞。”

“我知道……”

“所以呢，为了改善目前胶着的战况，咱们好汉不吃眼前亏，得主动去示好。”

我：“我依稀记得刚刚有人说要重拳出击。”

“咯。”顾明卓呛了一口口水，讪讪道，“那他不是没对你下黑手吗？咱也没必要主动送出人头啊！”

我：“呵呵。”

“顾机智”转移重点：“我特意去查了，明年三月，中国赛区上海站有一场赛车比赛，我托人弄几张 VIP 票，咱们邀请简黎一起去看，先打下良好的友谊基础。”

我鄙视地说：“你还打听过，人家简黎就是赛手好吗？！”

“他要参赛？”顾明卓惊呆。

我翻着白眼点头。何止是参赛，简黎现在是车队主力，去年积分赛上他就拿了个很不错的成绩。

顾明卓沉吟半天：“那要不……咱们送他份高额人身意外保险吧。”

我：“……”

我气得拍屁股就要走。

顾明卓急忙拉住我，改变策略：“那这样，我那儿还有一个好东西，是我出门前去找一个大师求的幸运符。那大师可灵验了，圈子里不少人排着队找他转运呢。等晚上收工回了酒店，我就去找简黎的助理。先定它个小目标，送出幸运符，以后再慢慢送点别的。一来二去，肯定能消弭咱们之间的隔阂。”

我琢磨了一遭这个方法的可行度。

送礼，的确是中华传统里维系人际关系不可或缺的一部分。送得太重，怕别人不收。一个幸运符，只要吹得天花乱坠，还能衬托几分自己虔诚的心意。我认为，顾明卓这个狗头军师还值得再信任一次。念及此，我道："你把幸运符给我吧，我去送给他。我和他一个楼层，比较方便。而且……"中午我不该用他的演技作为炮轰点，我现在不仅心疼，还后悔得肠子都青了。

后面的话我没说出来。顾明卓不知想到了什么，眸光微闪，许久没有答应。

我不满道："你怕我私吞了你的幸运符啊？！"

"怎么会。"顾明卓皮笑肉不笑地扯了扯嘴角，深吸一口气，拍我的肩道，"行，那你去送。他日大佬对你和颜悦色，可别忘了是你背后的男人——我的功劳。"

我打了个干呕，顾明卓和我插科打诨了几句，听见副导叫他，急忙跑去开工。我闲着没事干，开了两把游戏里的排位局。大概是为了应和我此时此刻的心境，队友坑得如同敌军间谍，我愣是连跪了三把。得亏我背负着女明星的枷锁，否则我的手机可能会当场尸骨无存。

到了下午四点，轮到我和顾明卓拍对手戏。我俩每场戏几乎都是一条过，全组乐得轻松愉快。

夜里，我难得地提前收了工，回到酒店时，刚过八点。我手里握着顾明卓助理送来的幸运符，思考该怎么饱含歉意又不失风度地赠给简黎。我在走廊上来回逛了大半个小时，腹稿打了一遍又一遍，却始终没勇气去敲响简黎的房门。我想，就算现在放起战歌，也无法让我重振雄风。反复抬起手又放下，我不甘心就此退缩，只好把耳朵贴在简黎的房门上，想听听里面的动静。就在我全方位无死角地用脸擦门的当头，电梯间"叮咚"一声响，下一秒，简黎和陈柯齐齐迈着大长腿出现在了走廊里。

我："……"

有哪句说哪句，这个画面，真的是相当尴尬了……

我保持着贴在门上的姿势，呆呆看着迈步走近的两位男士。他俩冷不防觑见我，也是稍稍一怔。简黎的眉头不经意地挑了挑，很快恢复了拒人于千里外的漠然。那模样，使我恍惚想起了我刚进公司时，无意间碰上简黎，他对我这个陌生人冷漠又傲气，我连入他眼角余光的资格都没有……

我的心尖儿狠狠抽搐，局促不安地退到走廊中间，强迫自己镇定。简黎只是停顿了少时，继续阔步前行。错身时，我还以为他会和我说点什么，我也做足了准备，低低地喊了句："简黎。"

可是，没有回应。

他完全无视了我，自顾自打开房门，然后，"砰"的一声关上。

此处，应有一首扎心配乐……

寒叶飘零，洒满我的脸。"爱豆"绝情，伤透我的心。你做的事像是冰锥刺入我心底，我是真的很受伤……

我晃了晃，忍不住扶住墙。我看着手里的幸运符，泪流三千行……

一天之内接踵而来的挫折已经让我的心跌到了谷底，嘴里仿佛嚼了根黄连，苦涩自舌尖迅速蔓延全身。我落寞地抱住双臂，实在缺乏走回房的动力，想自暴自弃地坐在地上，刚要蹲下去，简黎的房门忽然又开了。我当即抬头站端正，眼中止不住地冒出一丝期盼的小火苗。

陈柯走了出来……

好的，火苗熄灭。

有外人在，我也不好再表演弱小无助的模样，只能抬起灌铅般的蹄子迈了一步。陈柯叫住我，道："浣姐，你在这里等老板吗？"

我回头瞅瞅他，没有给出准确答案。

陈柯三两步拦到我跟前，神情是不符合他那张圆脸的严峻，如同在看阶级敌人。我被他瞪得毛骨悚然，正想出声，他却道："您是不是给我老板说了什么？有关他演戏的事？”

我唇一抿。

陈柯瞬间了然：“还真是。”他气得直握拳头，我想解释，他却抢先道，“浣姐，你对别人真正上心过吗？你了解过我的老板吗？知道他……”

我认真聆听着小助理的训诫，可小助理不知怎的，卡在了这个重要关头。

陈柯面红耳赤：“你知道他……”

我眨巴眨巴眼。

“你知道他……”

我：“……”

我实在听得难受，学着他的模样张了张嘴，关切道：“你的网络连接不顺畅？需要缓冲？”

陈柯咬牙切齿地白了我一眼，赌气道：“浣姐，你村里是不是没通网，需要换光纤吗？”

我莫名其妙地睨着陈柯，说话卡顿的人又不是我。陈柯约莫怒火上了头，扔下一句：“你对老板说的话，你将来会后悔的！”

末了，这小子大步流星地走向了电梯间。

我望着那道胖嘟嘟的身影，心想，开什么玩笑，我对你老板说的话，不是将来会后悔，是现在就后悔死了好吗？天哪！谁来教教我，该怎么哄暴走状态的大佬啊！

六 爆裂的荷尔蒙

这一晚，我做了一个梦。

梦里，铺天盖地全是恶意。我被许多人围攻，诅咒和怒骂声不绝于耳。所有人的表情都可怕而狰狞。他们用最难听的词汇侮辱我，说着——

林浣，你个猪狗不如的东西！

你就和你妈一样，是条养不熟的疯狗！

畜生！活该遭天打雷劈，以后断子绝孙！

有东西在往我身上砸，是烂掉的菜叶，是生鸡蛋。还有人扑上来用力揪我的胳膊，一巴掌一巴掌地往我脸上扇。我单薄的身子像残破的布娃娃，任这些人推来搡去。我明知是在做梦，可我无力自救，那是一片沼泽，一旦陷入，只能毙命。

绝望中，我看到层层围拢的人群后，出现了一张精致迷人的脸。他的轮廓分明，他的眼眸如星。我朝他伸出手，喊："简黎，救救我。"

简黎向我看来，和所有人一样，眼中充斥着明显的厌恶与憎恨。他决然地转身离开，我的咽喉顿时像被一只手扼住，难以呼吸……

从梦境脱离时，枕头已被我泪湿了大片。我打开床头灯，迷迷糊糊地觑了眼四周。汹涌的情绪仍未平复，我忍不住咬住被角，呜呜咽咽地哭出声。

这些年，噩梦隔三岔五就会光顾一次，但还没有哪一回，能让我如此心碎。我一边哭得缺氧，一边还细致地做了个总结，我认为，我的难过，绝大部分来自最后简黎的不管不顾。毕竟，时间过了这么久，我对被人围殴的情形，已经能用平常心对待了。说到底，大概还是由于昨晚简黎的无视，给我造成了严重的心理阴影……

我掏出枕头底下的幸运符看了看，哭得越发收不住。

下半夜我难以入眠，辗转熬到去剧组的时间，起床洗了把脸，拖着疲累的身体出门找小晴。在酒店门口和小晴会合，坐上了剧组的车，我的精神还有些恍惚。小晴照旧给我准备了豆浆包子。她把吸管插上，将豆浆递给我。我蔫蔫地接过。小晴瞄我一眼，忍不住惊呼出声："浣姐！你的眼睛怎么回事？肿得能和金鱼当同类了！"

我下意识地揉了揉眼。

小晴抱怨道："你该不会又熬夜打游戏了吧！我的姐啊，你这状态，化妆师等会儿要脸上笑嘻嘻，心里三字经了。"

我没说话，由着小晴老妈子念叨。

到了剧组，化妆时我没碰上简黎。他的位子空荡荡的，我不由得多看了几眼，这一看就是万分的伤感，鼻头一酸，又有点想哭的冲动。

化妆师确实和小晴说的一样，皱眉嘀咕着我这肿泡眼要怎么掩饰。小晴比我会做人，立刻笑嘻嘻地给化妆师又是递饮料，又是捶肩膀。被吹了好几通彩虹屁，化妆师这才压下了情绪。身后的顾明卓约莫也察觉我的状态不对，特意发了条微信来慰问我，我没精神搭理他，直接将手机调成了静音。

等到定好妆发，我匆匆赶去A组摄影棚。按照通告，上午我会和简黎拍摄一场刺客入宫行刺李忘殊的戏份。

在小说里，这个时期因朝中左相只手遮天，李忘殊碍于他是开国功臣、三代元老，对其极为尊重敬仰。左相倚仗自己是帝师，间接把控朝政，多年来欺君罔上，隐瞒百姓疾苦，谎称盛世太平，已引得民怨沸腾。不少民间死士潜入宫中，意图行刺李忘殊，从而改朝换代。慕苏忆从自己眼线口中得知这次的刺客行动，急忙赶去李忘殊的书房，并替他挡下了致命一击。

这场戏的难度主要在于，我一个柔弱的女子得徒手去挡剑，还要恰到好处地只被伤到手臂。而简黎，也会献出人生的第一场打戏……

导演和武术指导不厌其烦地给我讲着走位和动作，还重复强调道具的安全性绝对有保障，让我不用担心。我脑袋昏昏沉沉的，只一个劲儿地点头。

到了七点半，简黎还没出现。我忧郁地坐在李忘殊的位子上，目不转睛地盯着大门口。导演也在不停地用手机发消息，还时不时走出摄影棚去打电话。我直觉不妙，连带着眼皮也突突直跳。

手机界面上的时钟跳到九点，屋外的阳光惨白而猛烈，热气不间断地钻进摄影棚里，我的汗水从后脖颈淌到了背心。所有人都静默地等待着主角，只有角落里的风扇发出焦躁不安的响动。

当导演第五次要走出摄影棚打电话时，简黎总算姗姗来迟。他穿着一身月白色的戏服，衬着那飒爽的发型，显出了几分恣意的少年气，只是那面上的冷淡依旧和李忘殊格格不入。我长舒一口气，以为导演多少会骂他两句，可导演出人意料地迎上前，拍了拍他的肩，低声说："再试试吧。"

我五指一缩，一颗心顿时提到了嗓子眼，再想到昨晚陈柯不明不白的话，我不由自主地产生了一个惊悚的念头。

难道……

简黎要辞演《定渊》？

为什么？

因为我之前的口不择言吗？我不是真心想拿他的演技说事的。

我蓦地起身，绕开书桌疾走几步。简黎正巧抬眼向我望来，我又停下了步子，与他遥遥互视。我希望他能读懂我眼里的愧疚，等到今天收工，我一定会鼓起勇气承担过失，给他好好道歉的！

过了许久，简黎面无表情地收回了目光。顷刻间，我像只泄了气的皮球，耷拉着脑袋。

在导演的指示下，简黎练了几遍走位，旋即绑上了威亚，站在书桌后准备。我站在书桌前方，脑子里一团乱麻。随着场记喊出“第三十二场第一次”，一身夜行服的刺客眨眼间破窗而入，我一秒入戏，快速回身，眼看刺客举剑飞向李忘殊，我毫不犹豫地侧步挡在了李忘殊身前。然后……

然后我就智商下线，忘了该干什么了……

睡眠不足加上心事太多，导致我把武术指导说的话抛去了九霄云外，该怎么挡下这把道具剑？嗯……

这是个致命挑战。

我站在原地一动不动，五大三粗的群演算着距离太近，已经开始疯狂地左右摇摆。我生怕跟上他的频率，来个加速碰撞，只得僵立着。就在这千钧一发之际，我眼前一花，有人使劲拽了我一把，用手在我脸前一挡，堪堪改变了那把剑的运动轨迹。我吓得魂不附体，还处在呆滞中，简黎平地惊雷，在我耳边怒吼：“你在干什么？！眼睛有问题还是脑子有问题？！都不知道躲开吗？！”

我一噎，凄凄惨惨地扭头觑向简黎。简黎的脸色阴郁得像能滴出水，不知是被气的还是被惊的，整个人都在微微颤抖。工作人员纷纷围上来，有些在安慰我，有些在平复简黎的情绪。我眼睛一红，涩声道：“简黎，我……”

“林浣，如果你连自己都照顾不好，只能给他人带来麻烦，那你还谈什么演戏！因为你一个人的失误，剧组会承担多大的负面影响和风险，你知道吗？！”

我哑口无言，木讷地看着对面的人。

这样的简黎，让我很陌生。他向来是高冷少话的，这么激烈地指责，让我有些无所适从。我勉力吸了吸鼻子，垂头道：“是我的错，我不该走神……”

“工作的时候，还想着别的事，你的职业素养同样令人失望。”

说完这意有所指的一句，简黎拨开人群，走出了摄影棚。导演和大部分的工作人员尾随出去，只有小晴几步跑到我身边，问我：“浣姐，你有没有受伤？”

我摇摇头。

小晴抱住我：“没事的浣姐，人都有失误的时候，只要没大碍就行。”

我咬着下唇，一言不发。

过了好半天，导演一脸沉重地回来了。我赶紧抹了把脸，三两步走上前，认错道：“导演，对不起。”

导演打量我须臾，苦笑道：“算了，咱们这一行，出点小意外有时候是难免的。”

“导演，我……”

“今天你状态不佳，简黎……简黎也累了，咱们就到这为止吧，先收工回去休息。”

我想说点什么，导演摆手打断我：“这两天剧组可能会有一些变动，你先放两天假，具体开工时间，我会在微信群通知，好好调整心态，别想太多。”

“是……是因为简黎吗？他要辞演？”

导演明显怔了怔。我屏住呼吸等他的答案，他却什么都没说，唉声叹气地走了。我恍惚地挪到摄影棚外，热风扑面，刺眼的太阳悬在天顶，洒落下一地金黄。我像感觉不到炎热，心里只剩一片凉意。B组的摄影棚距离不远，我还能听到清脆的兵器交接声。屋子里的工作人员收拾好道具，抬着从我身旁走过，神色里尽是疲倦。我脱力地坐在石梯上，茫然地看着前方。小晴也跟着坐下来，安慰我道：“浣姐，不要灰心呀，拍戏的意外咱们也不是没遇到过，都会过去的。”

我没吱声。

小晴又劝：“胖哥可说啦，咱们浣姐是打不死的小强，生存能力一级棒！”

这个夸奖，我不知当收不当收……

“有一次胖哥去《长平公主》剧组探班，你还记得吗？”

当然记得，《长平公主》是我和顾明卓结缘的戏。胖哥来的那天，正是零下十几摄氏度，我拍一场水下戏，因为工作人员失误，导致我足足憋了四分钟才被人捞起来，直接送去了医院，差点被冻成脑瘫。胖哥为这事，没少和剧组吵架。

小晴故作轻松地回忆：“胖哥说，他见过能当花瓶的女演员不少，可像你这么吃苦耐劳的，整个娱乐圈也数不出几个！”

我：“……”称赞一个女性明星吃苦耐劳……我是没其他地方好夸了是吗？

“浣姐，你以后一定会很红很红的，过了人生最难的坎儿，别的都不是事儿！只要往前冲，总会到达终点的。”

“是啊。”我望天道，“两眼一闭双腿一蹬，可不就终点了吗？”

小晴的心灵鸡汤没成功灌入，依稀有点怅惘。她沉默了会儿，重整旗鼓，又道：“浣姐，你别看简黎那么凶，我觉得，他刚刚肯定是紧张你才会生气的。”

我歪着脑袋想采访一下她这偏激的看法从何而来，她接下来的话，却给了我一记重锤。

“咱们开拍的第一天，简黎不是邀请你一起吃晚饭吗？他大概知道你肚子饿没吃饱，收工以后，还亲自去给你买了一碗海鲜粥。”

我瞳孔一缩：“你怎么知道那碗海鲜粥是买给我的？”

“他拎着海鲜粥回来的时候，专程问了我你在哪儿。而且后来回酒店，你不也拿着海鲜粥吗？”

我：“……”

小晴自顾自地道：“因为买这碗粥，简黎被私生饭认出来了，遭上百个人围堵。当时他就一个人，我看微博上旁观者的照片和叙述，场面十分危险，幸好他最后脱身了，不然后果不堪设想。”

我双手颤抖着握紧了拳头，因用力过度，指关节都隐隐发白：“你为什么……没和我说？”

“你难道不知道？”小晴诧异地反问，“浣姐平常不是喜欢刷微博吗？这段时间热搜榜第一一直是简黎买粥被围堵。”

“……”

这一刹，我恨不得一掌拍碎我的狗头。以前我喜欢刷微博，是因为见不到简黎，我只能从网络得知他的消息。现在他在我的身边，一举一动都那么真切，我根本不想浪费多余的时间在手机上。那一晚，他的处境有多惊险，光是想想，我都能后怕到手脚发软。可那当下，我又在做什么？我和顾明卓躲在厕所小隔间里打游戏，还被他听到了那些不明不白的话。他生活作风那么古板，肯定误解了我和顾明卓的关系。我明明有那么多机会了解真相和他冰释前嫌，我却提出要给他买个方便马桶？林浣啊林浣，你脑子是世界第五大洋吗？装的全是水！

我重重鞭挞着自己的良心，小晴还在继续说：“还有一件事，是陈柯私底下告诉我的。之前制作方开电话会议，说是要给三个主要角色增加武戏，简黎坚决反对，才让浣姐你躲过了吊威亚的悲惨命运。”

“武戏……也是别的资方让加的？”

“是啊。说感情戏太少了，得从其他方面增加爆点。”

我抱住头埋在膝盖间，眼眶止不住发烫，视野一片模糊。每一次的呼吸，都像有密密麻麻的针扎在我的肺上，让我火辣辣地疼。我一开始以为，顾明卓是被简黎整了，才会成天拍打戏，这会儿看来，自始至终，心胸狭隘的，都是我。我压下想哭的冲动，疯了一般抓住小晴的胳膊，说：“你有陈柯的联系方式吗？”

小晴呆了呆，忙道：“有加微信。”

“问他简黎在哪儿！”

“好……好的。”

小晴慌张地掏出手机，给陈柯发了一句话。我焦躁地等着回应。过了约莫两分钟，小晴的手机“叮”的一声响，陈柯的消息回过来了。我抻长脖子一看，上面写着——

我老板手受伤了，我去给他买药，他现在人在酒店房间。

简黎……受伤了……

我心口一阵猛抽，来不及多想，拔腿就往酒店跑。小晴在后面喊着什么，我也没听清楚。大约跑了一公里后，我精疲力竭，终于察觉到不对劲了。

我还穿着戏服！难怪我九十几斤的体重愣是跑出了一百五十斤的感觉！

我蹲在路边大口喘气，朝小路前后看了看。目前的情况略严峻，首先，如果现在联系剧组的车来接我，穿着戏服狂奔的我搞不好会成为今年娱乐圈最大的笑柄，我建议自己别这么做。其次，从片场到酒店，前不着村后不着店，连只过路的苍蝇都没有，更遑论搭个顺风车……

这还真是……天要亡我！

怪谁呢？怪自己愚蠢好了。我对自己的智商几近绝望，左右无计可施，只好催眠自己是个马拉松选手，闷头前进。老天爷兴许是为了增加故事的曲折性，中途还变本加厉下了场暴雨。我在满是泥泞的乡间小路上撒丫子狂奔，尽全力摧残着剧组的宝贵财产。我差不多能想象，当我把这件戏服拿回剧组，等待我的，将是导演泯灭人性的辣手摧花。

没关系，我可以，为了简黎，我无所畏惧！

用了将近一个小时，我长跑了三公里，前脚刚迈进酒店，暴雨停了……

很好，我怀疑老天爷收了大佬的贿赂。我哀叹三声，整理好心情，加快步子走进了电梯间。

到了顶楼，我先回房找出了小晴备好的急用药箱，连衣服都没换，就迫不及待地跑到隔壁，敲响了简黎的房门。我屏着呼吸等了半天，还以为简黎铁了心要把我踹进黑名单时，房门总算慢悠悠地打开了。简黎紧抿唇线站在门后，穿着干净的白 T 恤和宽松的休闲裤，见着我一身狼狈，他似有些意外，眉头细微地拧了拧。可很快，他又恢复了冷漠，意简言赅地问：“有事？”

我本能地想退缩，但想到简黎受了伤，我又鼓起勇气抬头：“我……我有外伤用的药……”

“不用。”简黎作势要关门。

我手疾眼快地扒住门，闭上眼等着被夹。结果，简黎及时停下了动作，默默地看了我好几秒，转身进了房。我抚了抚狂跳的小心肝儿，也跟着他走了进去。

关好房门，我换上拖鞋，畏畏缩缩地打量简黎的房间。比起我的住处，简黎这间房更宽敞，除了多一个门厅，卧室和客厅也是分开的。此时屋子里的空调开得有些低，吹在我湿透的衣服上，让我禁不住打了个寒战。我抱着手臂搓了搓，简黎坐在沙发上，虽然没正眼看我，却仍是拿起空调遥控器，体贴地将温度调高了。我感激地睨着他，小心翼翼地挪到了客厅中间。

落地窗的窗帘拉得严严实实的，不透丝毫光线。吊顶中间的大灯没有打开，只有墙角的灯带晕染出晦涩的黄光，像是为了应和主人阴郁的心情。我局促不安地东看看西瞅瞅，等不到简黎开口，我只好把药箱谨慎地放在茶几上，挑了个稍近的距离，半跪下来翻着药品问："你……你伤在哪儿了啊？严重吗？"

简黎不语，目光如炬地注视我。他的身形逆着光，恰巧整张脸都笼在暗影中，平白增添了几分慑人的气势。他不说话时原本就让人胆战心惊，眼下表情还特别不友好，我分分钟就要被吓得尿裤子。我在逃跑和留下这两个选项之中挣扎徘徊，理智的小人儿已经在催促我保住狗命，留得青山在，不怕没柴烧！我咽了口口水，刚要开溜，简黎忽然伸出右手，我定睛一看，登时倒吸了一口凉气。

简黎的无名指，指甲被钝器戳掉了一半，露出血淋淋的嫩肉。

十指连心，他是怎么忍住的？

我的胸口像被人重重打了一拳，有种强烈的痛感迅速蔓延开来。眼前的场景被泪水模糊，我埋着头用力吸了吸鼻子，才手忙脚乱地去找药物。

不能用酒精，简黎会疼。也不能用双氧水，会伤到简黎的皮肤。我咬紧牙关，克制着喉头的哽咽，把碘伏和纱布摆在茶几上，用棉签蘸了碘伏，再轻轻捧住简黎的手，一边替他擦拭伤口，一边呵着气，试图缓解他的痛感。

沉闷的氛围中，简黎冷不丁地问：“怎么穿着戏服？还弄得浑身是泥？”

我默然不答。

他又说：“怎么回来的？”

“跑回来的……”

“剧组没安排人送你？”他的语调隐带怒意。

只这一句，仿佛点燃了引线，瞬间炸开我积压在心底的后悔与自责。眼泪汹涌而出，接二连三地砸在简黎的手背上。简黎一怔，无措地道：“发生什么事了？工作人员为难你了？”

“没有，没人为难我。”我轻轻抽泣，一边稳着颤抖的手替他包扎，一边声如蚊蚋地说，“我那么误会你，还对你说出了过分的话，你为什么还要关心我啊？明明害你受伤的人是我……”

简黎不动声色地盯着我。

我呜呜咽咽地把纱布缠好，抹了下眼睛想止住泪水，可不知怎么的，水珠儿越擦越多。擦到最后，我干脆放弃，坐在地上没形象地号啕大哭：“我真的不知道那碗粥是买给我的，我也不知道你那晚遇到了些什么。如果我知道你有危险，哪怕是冒着被爆头的可能，我也会赶去你身边的啊！”

简黎：“……”

“我不该和顾明卓躲在厕所里打游戏，我和顾明卓真的是清白的……”

“……”

“你今天骂得对，是我拍戏不投入，是我害人害己。要不是我分心，也不会连累你受伤。你的手，该有多疼啊！”

我号得伤心，哭得惨烈，一句还比一句高亢，毫无逻辑毫无头绪地吐着字句，就差没剖心明志了。约莫是我哭得太丑，简黎被震住了，半天也没个动静。

过了好一会儿，他看着我一把鼻涕一把泪地挥洒，无奈地揉了揉眉心，命令道：“林浣，起来。”

这么快就要赶我走吗？大佬果然是嫌弃我了。

我努力地收住哭声，想要依他的意思爬起来。可因发泄得太肆意，手脚早就没了力气。我试了两次，还是跌坐回地上。我痛苦地捂住脸，低声道：“再让我哭半分钟。只要半分钟，我会自己离开的。”

简黎叹了一口气。

我寻思着自己的形象已经成了反面教材，干脆破罐子破摔，正要放声号啕，简黎两手一伸，架住我的胳膊，将我整个人提起来抱到他的腿上坐下。我霍然一惊，余下的哭声被猛地咽回了肚子里。

这个姿势……很危险……

我分腿坐在简黎身上，他的手从我的胳膊下转移到腰间，搂紧了我的腰肢。距离太近，近到我能从他的眸子里清晰地看见自己的倒影。我僵直着不敢动弹，简黎睨我片刻，柔声问：“林浣，你在……心疼我吗？”

当然心疼啊！你是我放在心尖儿的人，伤到毫发也能让我如受重击。这肉麻的内心独白我没能说出口，只是点点头，拖着浓浓的鼻音回：“嗯……”

简黎轻笑一声：“我很开心。”

我一呆。

他又道：“我不疼。”

“怎么会不疼，半边指甲都没了……”

“好，我疼。”简黎顺着我的话说，“倒不是手疼。”

“……”

我，林浣，年方二十四，虽然没谈过恋爱，但也看过别人谈恋爱，按着这话头，下一句怕不是要接个——我是心疼。

等等，这恶俗的台词，我是会跳戏的！

还好，简黎让我的判断产生了偏差。他抬起眼皮，依稀是盯着我的唇，喉结滚了滚，哑声道：“我还以为，你根本不会在意和我相关的事，如果早知道受点伤就能让你说出心里话，那我……”

“打住！”我皱眉警告，“以后，你都不许受伤，你要保护好自己，不管什么原因，都不能让自己陷入危险。买粥的事是这样，挡剑的事也是这样，不能再有第二次了，不然，我……我会很难过。”

简黎双眼一眯，手上顷刻收紧了力道。他的呼吸略显急促，好看的眼睛里盛满了欲望的火热与压抑的隐忍，仿佛正在经历天人交战。我对男女之间的事反应有点迟钝，可也不至于到了这会儿还看不出简黎的心思。加上这实在令人感到威胁的坐姿，我神经紧绷，忙不迭地想用别的话题转移简黎的注意力。

“简黎，我这个人，有时候会比较笨……”

简黎专注地望着我，笑：“不是比较笨……”

“嗯……”我贴心地道，“表面上看起来我还是挺聪明的哈？”

简黎的眼角轻轻抽搐，没出声。

我觉得大佬看人水准还挺清奇的，于是心情也跟着浪起来：“很多时候，别人也许一秒钟就能想到的事情，我要用很久才能想明白。我读书那阵儿就是这样，一道简单的数学题，同桌半分钟解开，我日思夜想，也得两三天才有答案。演戏也是这样，我下了很多功夫，找了很多窍门，才稍稍有了点起色。”

说到我演戏的事，简黎脸上蓦地闪过一丝愠色，但很快，又消失无踪。我正疑惑，他却温声答：“我知道。”

我无暇细思简黎的表情变化，慢慢斟酌道：“在人际交往上，我其实很自闭，因为一些过往的经历，我没法做到像胖哥和小晴那样，八面玲珑。像你说的，我不温不火，并不全是胖哥的责任，我本身也不太会混圈子。”

“你这样，就很好。”简黎安慰我。

我笑笑：“我和你说过，我是早产儿，是真的。小时候医生断定过，我的智商会受影响，能发育到现在这样德智体美劳样样不落，已经是我的主角光环在发光发热了。”

简黎扑哧一声：“那个庸医是哪个医院的？我去起诉他。”

我被简黎逗得笑弯了眉眼。他的温柔，像是牵丝的蜜糖，将我的心脏一圈一圈地包裹起来，甜到了我身体的每一个细胞。我贪恋着他的气息，迷恋着他的温度，本能地朝他靠近。我抵着简黎的额头，呢喃道：“我说的这些，只是想告诉你，我不聪明，很多情况下，我可能没法通过别人的举动明白背后的付出，所以，你能不能对我说明，让我知道你在想什么、要做什么。所有我和你之间的误会，都会让我备受煎熬。”

“好。”简黎蹭了蹭我的脑门，问，“那你今天走神的时候，在想什么？”

“想……想你。”

大佬瞬间情动，我急忙后退一点，问：“你是不是打算辞演《定渊》？”

简黎顿住，点点头：“和导演提过，他没同意。”

“是因为我说的话吗？”

简黎不置可否。

我忧郁道：“我不是有意说那些话的，我当时一说出口，就后悔了。

那天在走廊等你，也是想郑重地向你道歉。没有哪个演员天生自带演技，这本来就是个漫长的学习过程，只要你愿意，我可以天天陪你对戏。你做任何事都能做到极致，这一次，也不要半途而废。请你……留下来，好吗？”

简黎眸光微闪，扬起嘴角道：“是你想让我留下，还是只是出于对剧组的负责？”

“有区别吗？”

“有。”

我略一沉吟，说：“我想……”

简黎猝不及防地在我唇上一啄。我吓了一大跳，按住他的肩道：“你干什么？！”

大佬满脸的奸诈笑容，一只手不由分说地扣住我的后脑勺，强行拉近我和他之间的距离：“想让我留下，这是代价。”

我：“……”

眼看他又要吻上来，我捂住自己的嘴说：“你这是明目张胆的威胁！”

“嗯，就是威胁。”

话音落地，简黎拽下我碍事的爪子，离我越来越近。他温热的气息蒙蔽了我并不坚定的意志，我心跳如擂鼓，耳朵里一阵嗡鸣。在我两眼昏花间，简黎又在我的唇上蜻蜓点水似的碰了一下。

注意！

这不是演习！这不是演习！

我脑中警铃大作，明知我俩还不是情侣关系，这也不是在演戏，用理智分析，我该推开他再火速逃离现场的。可我能怎么办！他是我“爱豆”！我认命地低下头。简黎则像一个尝到了甜味的偷糖小孩，满足地抿了抿唇，随即眼色一沉，如同蛰伏在暗处的猛兽，分分钟要将猎物吃干抹净。干柴烈火即将开启，我裤兜里的手机却不合时宜地响了起来……

“即使未来漂泊无依，即使梦想渺小如蚁，青春是一场盛大的旅行，我们无悔前行……”

我一个激灵，立刻睁开了半眯的眼，从简黎身上弹跳了起来。我的手机铃声，是FT的第一支单曲，在这种情况下被正主听到，还能不能更致命了？老娘不要脸的吗？！

我咬牙切齿地跑去窗边，掏出手机，按下了接听键。顾明卓咋咋呼呼的调子炸开在我耳边：“浣浣！我听说A组出事儿了？你怎么样了？！”

安静的室内，顾明卓这吃过炮仗般的音量简直威力十足。我怯怯地回头看了眼简黎的后脑勺。他还坐在沙发上一动不动，可不知为什么，我似乎能看到他的身体冒出了不幸福的黑色气息……

我不禁打了个寒战，尽量压低声音：“吼什么呀，我没事，有话晚点再说。”

“浣浣，我……”

我按下了挂断键，顾明卓的话戛然而止。收拾好躁动的情绪，我转回茶几前收拾好药品，尴尬道：“我……我先回去了。”

简黎抬头赏了我一记眼神。从这一眼里，我隐约读到了一个信息：撩了就跑，这是人干的事？

……

有哪句说哪句，也不是我想撩的啊！

顾不上简黎追责的目光，我转头就开溜，刚刚把房门打开一条缝，某人却追上来，从我背后将门重重合上。突遇“背咚”，我惊得头皮发麻。简黎似是不达目的不罢休，胸膛贴在我背上，也不管T恤被浸湿了大片，几乎是咬着我的耳垂说："我现在受伤了，你这么扔下我就走，是不是不太人道？"

如果我留下，我感觉你才会很不人道……

我皮笑肉不笑地回："伤着手就要好好养着，别……别做激烈运动。"

简黎嗤笑一句，拉住我转过身，又将我禁锢在他的两手之间。

好嘛，"背咚"完了换"门咚"，不愧是你。

简黎似笑非笑地问："你想……和我做激烈运动？"

我眨了眨眼，然后灵光闪现间迅速领悟到了"爱豆"的黄色思想。我面上发烫，心脏狂跳，弯下腰想跑，简黎一把握住我的肩膀，与我鼻尖抵着鼻尖，说："先收点利息也行。"

"你这是要流氓……"

"你要这么想，我也能接受。"

完了，今天的"爱豆"，句句撩中红心。他长期竖立的高冷人设已经坍塌，剩下的，是无边无际的闷与骚……这个男人爆裂的荷尔蒙将我层层围困，我的胸口剧烈起伏，濒临窒息。微弱的光亮笼罩在他的身后，将他分明的五官衬托得越发迷人。我满心满眼都是他，他的步步紧逼已让我无路可退。我收紧五指，指甲在门上刮过，发出了轻微的响动。我的不拒绝成了一种无声的邀请，简黎睨了我片刻，仿佛再也无法克制，正要吻下来，我的手机第二次响了……

"即使未来漂泊无依，即使梦想渺小如蚁，青春是一场盛大的旅行，我们无悔前行……"

我："……"

简黎："……"

简黎眼中的欲望之光，"刺啦"一下灭了，非常彻底。取而代之的，是能具象化出一架加农炮的浓郁火药气息。我抖若筛糠，顶着巨大的压力摸出手机，一看，又是顾明卓。很好，明年今日，顾明卓的坟头草恐怕就有三米高了……

简黎拧眉盯着我的来电显示，我见他没有丝毫撤退的打算，只好咬着后槽牙接听。

“喂……”

顾明卓：“浣浣，开门，我来看你了！”

我愣了愣，以为顾明卓知道我在简黎房里，惊慌之下，我闷头往前一撞，不留神磕在了简黎的锁骨上。我疼得“呜”了一嗓子，电话那头的顾明卓当即沉默了。

过了许久，顾明卓这货贱兮兮道：“浣浣，你在看盗版片？”

我：“……”说话能不能挑个好时机了？！不知道大佬正处在冰与火的边缘吗？！

我心惊肉跳地看简黎，简黎下颌线条紧绷，非常冷酷！

顾明卓接着道：“你看盗版片怎么能不等我呢！有些深奥的地方不需要我现场给你解说演示吗？”

“……”

顾明卓这作死天赋，我给九十九分吧，多一分怕他死得太快。我小心翼翼地瞄了眼简黎此刻瘆人的神情，下意识地抱住了他的腰，冲手机吼道：“哪儿来的滚回哪儿去！”

“怎么能这样啦？人家特意早点收工来找你的。需要人家的时候你喊小卓卓，不需要……”

我沉着脸挂断了电话。

顾明卓这孙子，怕不是一米七八的身体里住了一个纯天然嗲精，也不管别人到底受不受得了。我甩着脑袋打了个干呕，松开简黎的腰身，把手机调成了静音。末了，我解释道：“我和顾明卓只有塑料友谊，你……你别多想……”

简黎默然不语，垂着头深吸了一口气，猛地拽紧我的腕子，将我往卧室里拉。我一看苗头不对，拼命挣扎，扯开嗓门吼：“简黎！你冷静点！简黎！不要这样！冲动是魔鬼！我还没做好心理准备！”

我站在卧室门口捂住脸，生怕下一秒就看见简黎粗暴地撕开自己的白T恤，用肉体勾引纯洁的我。然而，简黎只是拿出一张宽大的浴巾，兜头罩在了我的脑袋上。

我拉下浴巾瞅他。

简黎哭笑不得：“你在念些什么玩意儿？”

“……”

简黎：“……”

我：“还有一句……”

简黎望天叹息，随即无奈摆手：“去洗个澡。”

我嘴角抽抽：“这……这不合适吧，我回自己房间再洗好了。”

“行。你现在出去，碰上顾明卓，正好给他一个脑补的机会。”

我想了想，默默收回还没迈出去的脚。简黎气结：“你怕他误会？”

“不是。”我哭丧着脸说，“我怕他看见我把戏服弄脏成这样，回头去找导演打小报告。”

简黎做出精辟总结：“你和顾明卓，还真是塑料友谊啊！”

我忧愁得不知该不该点个头以示回应。

僵持少时，简黎从衣柜里翻出一套干净的家居服塞给我，催促我去卫生间。我老脸绯红，抱着有他气息的衣物，低声道：“我在你房里洗澡，万一被人看到……”

简黎深呼吸：“林浣，你想什么呢？谁能闯进我房里看到你在洗澡？”

“呃……”说得也是，是我思想出问题了。

我咽了口口水，慢吞吞地挪到客厅，脱下了最外层的戏服。简黎抱手站在窗边，目光四处游移。我回头瞟瞟他，继续脱第二层戏服。

等脱到只剩一件白色的里衣，我把手机也拿出来放在了茶几上。我的手机设置了密码，简黎应该没法解开。给自己吃了一颗定心丸，我这才踏着小碎步走进卫生间，仔细把门反锁好，以防发生某些偶像剧里狗血恶俗的情节。随后，我打量了一圈四周。圆形的浴缸安置在最里面，旁边是淋浴分区，一道玻璃门之隔，则是洗漱台。我盯着雪白的浴缸走神，冷不防就想到简黎赤身裸体泡在里面的情形……

他那精瘦的躯体沾着晶莹的水珠，抬高的双腿修长而笔直。葱白的指尖抚过健硕的胸肌，再是轮廓明显的八块腹肌，然后是倒三角的人鱼线……

“啊——”我面红耳赤地发出了土拨鼠尖叫，为自己幻想的画面感到无比羞耻。

简黎在外面使劲拍门，大喊：“林浣！你怎么了？！”

我回过神，急忙按住门道：“没事！我没事！”

世界安静了。

我好好鞭挞了一番自己肮脏的脑回路，勉强收敛了不该有的心思。当温热的水从花洒头喷出，打在我脸上，我才开始进行自我反省。

林浣啊林浣，胡思乱想些什么，自己几斤几两，心里没点数吗？简黎于我而言，那就是喜马拉雅山上神圣的白雪，那么干净，那么纯粹，而我，满身的尘埃，有什么资格靠近他？保持理智，保持距离，这才是我该做的。

我用了半个小时强化这点中心思想。洗完了澡，我穿上家居服，把浴巾搭在湿漉漉的头上，踱出了卫生间。简黎正坐在沙发上玩着手机，相当专注，像是没察觉到这屋子里还有第二个人的存在。我好奇他在看些什么，悄无声息地绕到沙发背面，一边擦头发，一边弯腰去瞅。这一瞅，我竟莫名有点心慌。

奇怪……这手机……似乎略眼熟？

我看了看茶几上，我的手机早已不见了踪影，再一看简黎翻开的相册，恰巧是我进组第一天偷拍的他的影子。我整个人立即奓毛，夺过手机口齿不清地号：“你这大佬肿么肥事（怎么回事）！为什么偷看别人手机？！”

简黎半侧过身子，云淡风轻地赏了我一记眼神。

我不满地抱怨着，蓦地又停下，问：“等等，你怎么解开我手机密码的？”

简黎勾手指：“想知道？”

我正色点头。

他示意我凑近，我便乖乖挨了过去。孰料，大佬臂力惊人，一只手揽住我的背，另一只手护住我的脖子，带着我来了个浮夸的三百六十度转体高难度动作，直接把我从沙发后摔平在了他的大腿上。

我：“心好累，你这操作经过当事人同意了吗？万一我有心脏病被你吓出屎了你负责洗裤子？”

简黎忍俊不禁地拿着浴巾搓我的头发，道：“林浣，你这满口的网络语不知道的还以为你是未成年。”

“别转移话题，你究竟是怎么解开我的手机密码的？”

说着，我就要撑起身。简黎霸气地把我按回他腿上躺好，命令道：“别动。”

好，我不敢动。我委屈巴巴地撇嘴看着大佬。大佬笑容明朗，淡淡道：“随便试的。”

“你是有多自恋才会试自己的生日？！”

这话一脱口，我分分钟陷入了自闭。被正主听见了他的单曲当了我的手机铃声就算了，现在还被正主知道了我的手机密码就是他的生日，这不是上赶着花式表白吗？怎么办？我猥琐不见光的暗恋面临了前所未有的危机。我不敢去看简黎的表情，只能望着天花板道：“哎呀，实在太巧了呢，你的生日正好是我隔壁七姥爷他二舅的侄子的小宝的生日呢，我特别喜欢那个小家伙，不满四岁，嘴巴可甜了。”

“你再编。”简黎无情击破我的谎言，“你说过，你的手机密码是你很喜欢的一个人的生日。春光无限是他，秋冬雨雪也是他，你想摘下满天的星辰月亮，作为真心捧给他。这是你对小孩子该有的态度？”

我：“……”

我的思路眨眼切回两年前。那时我刚进娱乐圈，因为太穷，一直用的我妈给的老年手机，直到演了个龙套赚了第一笔钱，我才换了智能机。由于年少轻狂不懂事，加上微博粉丝几百人，我一时没忍住手贱，发了一条肉麻至极的表白博，具体用词，请参考以上简黎说的话。

我诡异地沉默了，讷讷问：“你怎么知道我早几年发的这条微博？”

简黎手上一顿，同样陷入了沉默。

这个话题可能过于犀利了。我怕揭穿了大佬不愿示人的往事导致他杀人灭口，索性打消了追问的念头。我闷闷地拿起自己的手机，解开屏幕锁，正想看看简黎都干了些什么，一定睛，我却惊悚地发现，手机屏保被换了！莱昂纳多不见了！取而代之的，是简黎精致的单人照！

我抬起眼皮看向大佬……

大佬面无表情地薅着我的头发，唯独耳尖上一抹淡淡的粉色出卖了他此刻的状态——

假装镇定。

我哽了哽，说：“自恋也得有个限度不是。”

简黎别开头，特别傲娇：“不喜欢，你可以再换。”

我哼唧两声，看着手机屏幕，竟是爱不释手。简黎长得好看，人也十分上镜，圈子里的摄影师都说，最喜欢拍的艺人就是简黎，因为后期不用太过精修。他给我换的这张照片，网上还没曝光。他坐在屋顶，背景是灿金的落日余晖，他穿着简洁的短袖T恤，戴了一副圆框眼镜，手里拿着一个红苹果，洋溢着满满的少年气。

我不好当着正主的面流口水，赶紧锁上屏幕，喃喃道：“这张照片，怎么没在微博上见过？”

“是工作室采拍的。”

“哦。”我应了一声，忽然想起什么，挣脱简黎的手坐起来，跪在沙发上盯着他问，“你之前让我换屏保，该不会是……”

简黎眉梢一挑。

我紧张道：“该不会是……你对所有粉丝都有占有欲吧？不许粉丝爬墙头？”

简黎搂住我的脖子，在我脑门上弹了个栗暴：“林浣，我要带你去做个脑CT。”

“啊啊啊，我错了，大佬我错了！”

我俩在沙发上打闹得不可开交，正是你来我往间，门锁“啪嗒”一声响，紧接着，陈柯的声音出现在了门厅：“老板，我买药回来了。”

我一惊，顷刻花容失色，完全是出于本能反应，用力推了一把简黎的胸。但是，简黎瘦归瘦，浑身有肌肉，下盘还异常稳固，导致我没能推动他，反而由于力的作用，一个反弹，躺在了沙发上。

走进来的陈柯并没意识到事态的严重性，还在说：“我先给你擦药，药房的人说了，这伤……”

后面的尾音，生生消弭在了陈柯看见我的那一刹。

我咸鱼挺尸地望着陈柯。简黎好整以暇地理着头发，无端营造出了一种事后既视感。

约莫过了几十秒，陈柯才呆呆道：“这伤只要按时换药，不要沾水，问题……就不大……”

讲道理，我认为，问题有点大……

小助理妥妥是误会了啊！

我慌张摆手：“我不是，我没有，你别瞎想啊！”

陈柯：“浣姐，你……”

陈柯艰难地觑向他老板，他老板也泰然自若地瞟回去。不知出于什么心理，陈柯圆滚滚的身子打了个寒战，继而瞬间了悟，把装着药的塑料口袋放在茶几上，转身就往门口冲：“我没看见！我什么也没看见！老板你继续！”

我欲哭无泪，弱小无助地挥着爪子：“朋友，请留下，听我解释！我可以证明自己的清白尚在人间！”

陈柯头也不回。

好在这时候，简黎缓缓开口了：“等等。”

陈柯当场驻足。我松了口气，以为简黎是在帮我，于是非常严肃道：“是这样的，我和你老板……”

简黎插话：“这几天，不要到我的房间来。”

我一呆，首波会心攻击还没消化，简黎继续补刀：“另外，没有重大的事情也不要打我电话。”

没关系，我还有一丝机会挽回清白，扶我起来，我还能再战三百回合。我组织着语言要出声，简黎及时道：“把林浣的助理也照顾好，不要让她找林浣。”

我：“……”

全方位封死后路，大概就是形容简黎这种毫无人性的存在吧！我气得想掀桌，眼前这个，还是全身闪光、充满正能量的“爱豆”吗？！您这分明是要吃人不吐骨头啊！不明真相的，会以为咱俩要“春宵苦短日高起，从此君王不早朝”啊！

我咬着浴巾恨恨瞪简黎，陈柯如同接到了上级指示，拍胸保证：“好的，我绝不会让人打扰您和浣姐！”

说罢，小助理再不顾我凄惨的反抗，风一般消失在了目光尽头。我郁郁寡欢地注视简黎，问：“你不是说，不会有人进你的房间吗？”

简黎正直甩锅：“陈柯不是人，是吉祥物。”

我：“呵呵。”

干笑完这一嗓子，简黎把我捞起来，揉进了他的怀里。我寻思着这家伙怕不是要把我就地正法，结果，他只是拿起电视遥控器，按下开关，点播了一部几年前大火的古装偶像剧。

我不禁诧异：“怎么开始看电视了？”

他刮了下我的鼻尖，笑：“那你想做什么？”

“没……没有的事！”

简黎在我额头上轻轻落了一吻，平静道：“你不是说，让我多看看类似的表演吗？我没有你想的那么完美，我也并不是任何事情都能做到极致，但我想尽全力去学，因为……你。”

我呼吸一滞。

“所以，你愿不愿意陪着我？我不懂的地方，请你多指教。”

这是第一次，简黎放低了姿态对我说话。我曾经以为我的保护永无用武之地，他是那么高高在上，他是那么坚不可摧。直到这一瞬，他卸下了防备与冷漠，露出了他柔软纯澈的内心。我知道，天将降大任于我肩上了！思及此，我壮志雄心地点头：“来，教你什么叫五连超神！”

简黎笑得眉眼弯弯，他说：“好。”

七 落入了他的魔掌

将近一周，我都被大佬锁死在了他的房间里。

在简黎受伤的第二天，他就向导演婉转表达了不再辞演的想法。导演自然是欢天喜地，毕竟简黎的热度实在是太高，就算……咳，就算他的演技真的是坨屎，那也能凭借第一次出演古装剧的话题度，分分钟把《定渊》捧上神坛，这是毋庸置疑的。历经了一番神转折，导演在电话里差点喜极而泣，打算呼吁尽早开工。简黎一句受了伤需要休息，又把导演打回了冰窖。斟酌再三，导演忍辱负重地答应了大佬养伤的要求，转念刚提出让我先拍女主戏份，大佬再度无情且任性地拒绝了……

我当时在边上偷听，从导演过于长久的沉默里，我几乎都能感受到他突破电话屏幕的暴躁心情……

犯浑，是犯不过大佬的，导演只能毫无骨气地选择妥协。从这天开始，我就彻底被世界遗忘，落进了大佬的魔掌。

简黎心安理得地拉着我陪他看电视，从早到晚，不知疲累。我见他如此这般渴望吸取知识，也不好打马虎眼儿，说到底，自告奋勇要教他演戏的人，是我，是我，还是我……于是，我强行打起十二万分的精神，每到角色飙演技的关键点，我都会按下暂停，仔细地跟他讲解人物的微表情，以及该用哪种合适的方式去表达情绪，并抓住人物心理和眼神。

简黎听得专注，如有和李忘殊剧情相似的地方，他还会翻开剧本，和我来两场即兴对戏。

有哪句说哪句，我的“爱豆”，天赋异禀，十五岁出道，但凡喜欢上一件事，都会尽全力做好。譬如跳舞，业界称他为踩点狂魔，舞林天骄！譬如赛车，年纪轻轻勇夺国际大奖赛，成为跨界最成功的艺人。再譬如演戏……

咯……

进展奇慢，不管我怎么指正，他都能坚持在霸道总裁的道路上飞速狂奔，甩我千里……

总而言之，想让简黎演好李忘殊这一角，我是无计可施了。

是在下输了，输得彻底……

我以为简黎迟早会对自己的演技有个正确的认知，从而承担起用脸征服观众的重责大任，然而，我低估了我“爱豆”的执着程度。当然，他执着的究竟是我还是演技，我已无从得知，我只知道，这整整七天，我除了回房拿了几件换洗的衣服，就再也没能走出由简黎控制的1508号房……

弱小、可怜又无助，说的就是我……

吃的饭是陈柯点来的外卖，洗澡等个人卫生问题也是在简黎的房间进行的，至于睡觉……

我作为一个透明三线女演员，肯定不敢和大佬争床位。我非常自觉地占据了客厅的沙发，和大佬隔房而眠。可不晓得怎么回事，每每我醒来，都莫名其妙地上了简黎的床，还像条八爪鱼似的死死缠着简黎。简黎给我的说法是，我会梦游，还做噩梦，三更半夜总是自主爬他的床，染指他的清白。

呵呵，做噩梦我信，梦游……

我信你个鬼啊！老娘活了二十四年，睡觉通常是怎么躺下的怎么起来，中途连姿势都懒得变一个好吗？！扯淡能不能稍微靠谱一点啊？！

我给大佬隐晦地阐述了一下我的观点，还在睡觉前专程关上了卧室的房门，想借此击溃大佬的谎话。结果，第二天早上的我依旧在简黎的床上。

我和他四目相对。

简黎微微笑："小林子，你好厉害哦，梦游还会开锁。"

我败了，论不要脸，大佬是 MVP。

我反抗不了，只好接受这件事，从一开始早上看到旁边睡了个野男人我会诈尸式尖叫、扔枕头，到最后我已经相当淡定从容。偶尔醒得早，我睁眼恰好能对上简黎那春风和煦的笑容。我也不太懂他究竟在盯着我看个什么劲儿，懒得去细究，我咂了咂嘴，背过身裹紧被子继续睡。这个时候，简黎就会一把把我捞进他的怀里，用他的胸膛紧紧地贴着我，让我感觉温暖又踏实。

过了好几天，简黎总算放我离开了他的房间。我重获自由，忙不迭拉着小晴外出，呼吸新鲜空气。小晴没有多问我这几天的动向，只告诉我，《定渊》的支线剧情一直在拍摄中，顾明卓也是每天按时开工。剧组里，只有我和简黎缺席。其间，胖哥也来了几次电话询问情况，估计很担心，让我一有时间就给他回个电话。

不管怎么说，胖哥作为我的经纪人，远在千里外也不得安生，让我十分愧疚。我拨通了胖哥的电话，胖哥劈头盖脸就问我和简黎的相处怎么样，并三番五次质疑我和简黎是不是产生了巨大矛盾。我好说歹说，才让胖哥勉强相信我和简黎目前很和平。胖哥又语重心长地叮嘱了我许多话，总结下来，其实也只有一句——

照顾好大佬。

怎么说呢，我对这个资本决定一切的市场，突然就有点绝望了呢，呵呵。

在附近闲逛到傍晚，我心惊胆战地回了酒店。一想到早上发生的事，我的发际线就在迅速后退，生怕简黎晚上又命令我去他的房间里睡觉。幸好，一直到夜里八点半，简黎也没打来电话，我提着的一颗心刚放回肚子里，导演的电话倒是打来了。他通知我，明早开工。我兴奋得差点跳起来。和导演闲聊了两句，我匆忙洗漱完，早早地睡了个美容觉，力保明天的状态达到巅峰。

一夜无梦。

第二天一早，我神清气爽地跑下楼，就见简黎在酒店大堂里等着我。关起门时，这人可以放飞自我，一出门，他分分钟竖起高冷人设。简黎没有多说一个字，径直带着我坐上了他的私人保姆车，奔向片场，并把陈柯和小晴安排在了另一辆剧组的商务车上。我寻思着给简黎说以后不用刻意等我，谁知这话刚出口，简黎就递来了一个极具威胁力的眼神，于是我话锋一转，秒变谄媚的态度："我的意思是，你几点出门，我等你就行……"

那一瞬，司机大叔向我投来的鄙视眼神，让我很怀疑这个世界的友好程度……

简黎摸了摸我的头发，温声说："以后，你五点五十下楼。"

"不行吧，剧组的车五点半就开走了。"

"没事，有我在。"

我撇着嘴想，大佬果然是咖位不同，非得搞点特殊待遇来凸显存在感，我一介小虾米，哪敢和他一样任性。

简黎大约是看穿了我的心思，解释道："剧组的车是就近租的，还要赶着去接其他组的演员，只能那个点出发。你上妆一个小时，剧组差不多七点开工，五点五十出门正好，不会白等。”

我诧异地眨了眨眼。这几天和简黎同居一室，他多少了解了我的某些坏习惯。譬如，我很赖床，每次进组，我的闹钟都要设置十五六个，从五点十分开始，每隔两分钟响一次。通常情况下，我也得等闹钟响过三四次后，才能挣扎着醒来，洗漱时鸡飞狗跳，下楼时手忙脚乱，为此，小晴没少鞭挞我。

我稍一沉默，不禁问：“你……你是想让我多睡一会儿，才提出等我一起的吗？”

讲道理，女方提出这种疑惑，按照大佬高冷的设定，普遍会傲娇地回一句“你想多了”，以此来维系自己在感情里的绝对主导权。可简黎不走寻常路，他淡淡地瞟我一眼，反问：“不然呢？我是日子太悠闲还是工作不够忙才会去帮你计算这种细微的时间差？”

我：“……”

明明是句深情的话，但从大佬嘴里说出来，我居然有种要向他三拜五叩感激他为我着想的念头。简黎这高高在上的毛病，到底还有没有得治？

我呵呵干笑了两声，没再纠结这个话题。他靠在椅背上合眼小憩，车子经过一家二十四小时便利店时，他又下车给我买了盒热牛奶。我犹豫地告诉他自己不喜欢喝牛奶，喜欢喝咖啡。简黎望着牛奶盒想了想，就在我以为他要命令司机掉头开回便利店，给我换一罐咖啡的当头，他拆下吸管，不由分说地插进了牛奶盒。

简黎：“早上喝咖啡对胃不好，把这个习惯改掉。”

我：“……”

他把牛奶盒塞给我，充斥着王霸之气地说：“喝完。”

我：“……”

好的。看来，简黎这高高在上的毛病已经是绝症了。

我咬着吸管以龟速喝牛奶，到了片场时，东边隐隐泛起鱼肚白。工作人员还在忙碌地准备着，我从车上跳下来，呼吸了一口新鲜空气，发自肺腑地感叹，有戏拍的日子真是好，至少，比被大佬关在房间里用电视剧洗脑好太多了！思及此，我心情愉悦，脚下轻松地往换衣间走。简黎慢悠悠地跟在我身后，我俩没走几米，冷不防觑见导演和制片主任双双蹲在道具组做的假花树下，一口接一口地抽着烟。我想着给两位大佬打个招呼，还没吭声，导演就背对着我凄凄惨惨地抱怨："这样下去，不是办法啊！"

制片主任："唉……"

导演："虽然简黎是资方，拥有话语权，可咱们也不能什么事儿都顺着他的意思来。《定渊》是个好本子，毁了太可惜。"

制片主任："唉！"

我为导演捏了一把汗，背后说人闲话还被正主碰见，扎心榜排行第一。我刚想提醒他一声，导演道："林浣和简黎这对冤家到底是怎么回事嘛？这男女主不合，传出去实在很影响咱们剧组的正面形象。之前我说让林浣先开工，简黎也不同意，我琢磨着，他会不会起了换女主角的心思。"

制片主任："唉！"

我扭头看了简黎一眼，简黎一副云淡风轻的模样。难怪，昨天我给胖哥打电话，胖哥那么在意我和简黎的关系，估计是听说了我要被换掉的风声。我和简黎互相用眼神较劲儿，导演又说："现在圈子里颜值不错的女明星一大堆，能演的却没有几个。林浣的演技还是挺出彩的，论气质，也和慕苏忆贴近。当初我看原著，第一个就想到了让她来演。这会儿进度都过四分之一了，要真换女主角，你说这折不折腾啊？！"

制片主任重重地叹了一声：“唉——”

“除了叹气你就不能说点别的？”

制片主任：“我觉得，你说的都对。”

导演惆怅了，狠狠抽了一口烟，低声说：“要不这样，咱俩去给简黎做下心理疏导，林浣毕竟是个难得的人选，能不换就不要换了……”

“谁说我要换她？”

导演背影一僵，制片主任也跟着一僵。周围气氛瞬间尴尬。我为了起个调和作用，咧着嘴冲木讷回头的两人笑道：“王导、肖主任，早上好！”

导演看看我，再看看离我不远的简黎，呛了一嘴的烟。制片主任的状态也没好到哪儿去，咳嗽个不停。两人讪讪站起身，点了点头以示回应。简黎意简言赅地问完好，转而盯着我：“牛奶喝完了吗？”

我一个刺溜，晃晃空盒子：“喝完了。”

简黎嘴角微微上扬，接过我手里的盒子还检查了一遭，才扔进附近的垃圾桶。末了，他折返回来摸摸我的头发，柔声说：“乖，去换衣服吧。”

这当着外人的亲昵语调让我禁不住老脸一红，低着头应：“哦。”

等到简黎率先走远，导演和制片主任目光相当复杂地看向我。

过了半晌，导演拍我的肩，沉重说：“小林，辛苦你了。搞事业的路上，我们注定会付出自己珍视的某些东西，但你要相信，这一切都是值得的。好好拍戏，终有一天，你一定能靠演技吃饭！”

我目瞪口呆地思考着导演话中的深刻含义，目送导演叹息着离开后，制片主任同样拍了拍我的肩：“保护好自己，该做的预防措施一定要做，这种事圈子里不是没有，你用平常心对待就行。不过你现在正是事业上升期，别让狗仔拍到你去医院妇科。”

说完，制片主任也匆匆追导演去了。

我呆呆地站在原地，莫名其妙地寻思我为什么要去医院妇科，思路千回百转间，我突然悟了……

他俩以为我是被大佬潜规则了吧？！脑洞这么大为什么不去拍黑洞纪录片啊？！我无力地挥着爪爪，喊："等等，我没有，我不是，你们别瞎想……"

没人搭理我。

我无语望天，今天的乌云好像格外厚重呢，呵呵……

换好了戏服，我气鼓鼓地来到化妆间。简黎早我一步，已经在座位上开始上妆。几个配角老师坐在第三排，顾明卓照旧在第二排的位置。这货一见我，脸上的兴奋简直溢于言表，甚至有种兴奋过头从而脸部紫红的过激反应，我正奇怪，简黎适时睁开眼，道："林浣，过来上妆。"

顾明卓愤愤地翻白眼，我也郁闷地坐到了简黎旁边。我搜肠刮肚地组织着语言，想给大佬阐述观点，在片场时，咱俩必须保持合适的距离，以免别人产生不必要的误会。各种切入点还在我的脑子里打转，裤兜里的手机就震了震。我拿出来一看，是剧组的微信群，顾明卓在里面发了个跳脚的表情——

@林浣，出来！

我飞快回以一个黑人问号脸。

顾明卓的背影一颤一颤的，很快发送了第二句话——

你把我拖进黑名单了？

我继续黑人问号脸——

顾明卓气结地截了两张图丢进群里，一张是微信消息被我拒收，提示要先加好友。另一张是给我打了无数个电话。可我清楚地记得，这些天电话并没响过，更没未接来电……

我身体里潜藏的福尔摩斯细胞蠢蠢欲动，种种线索串联到一起，我分分钟把目标锁定了身旁的嫌疑人。我被关在1508房间里，除了这位大尾巴狼，还有谁能碰到我的手机？没想到简黎平常一副稳重成熟的样子，居然能干出这种事呢，可真是……

太幼稚了吧！

这是一个二十二岁的成年人应该干的事吗？！我气得脑部充血，拿着手机张牙舞爪地问简黎：“请问，你还干了些什么？”

简黎面无表情地瞅瞅我，再瞅瞅我的手机，冷静道：“清理了内存。”

这个，我可以忍。

“清理了软件。”

这个，我也可以忍。

“清理了相册。”

这个……

我忙不迭打开相册一看，里面除了我自己的照片和风景照还留着，和男性的合照以及莱昂纳多的写真已经被删得干干净净。此时，我只有一种想法，幸亏简黎的照片都被我存在了私密云盘里，否则，被他发现我有几千张他的照片，这家伙怕不是要上天。我握紧拳头，皮笑肉不笑地道：“你晚上是不是都不用睡觉的？全和我的手机作斗争了？”

这话一出口，我当即后悔。因为，给我俩上妆的小姑娘全用撞破了惊天八卦的眼神来回瞄着我们俩。我咬咬下唇，刚要岔开话题，简黎眼睛一眯，丝毫不避嫌道：“嗯，想和你作斗争的，可你不愿。”

我：“……”

我面皮子烫得快要冒出火星，恨不得封了简黎的嘴。简黎云淡风轻地挑挑眉，又说：“还解除了你游戏里的不正当关系。”

我捂住心口："什么是不正当关系？"

"就那些基友、闺密、死党，对了，还替你退了战队。"

顿时，我感到头晕眼花："为什么呀？"

简黎的脸黑了一个度："因为战队里有个男的看见你的号上线，跟我说想处 CP。"

我咽了口口水。

算了，游戏可以不打，人权不能不要。我压着满腹的三字经，勉强笑道："没事，以后，别再玩这种恶作剧啦。"我依然试图挽回自己的清白，但简黎不肯放过我："对了，还清理了闲杂人员的联系方式。"

"闲杂……人员……"

我翻开通讯录。OK，除了胖哥和几位作风优良一致好评的导演，没剩几个男的了。想必顾明卓也是被简黎打着这个旗号，踢进了黑名单。我忍无可忍，点进短信界面暴怒地给简黎发送消息——

你这小学生行为让我很难做啊，大家都是好青年，控制欲这么强，你干脆买条链子把我拴在身边好吗？！

我指天发誓，我这是一个嘲讽句。然而，大佬若有所思地盯着手机看了两秒，竟然问我："可以吗？"

我力图找出大佬眼中一点玩笑的意味，可惜，没有。他认真且诚挚的目光告诉我，他的确想这么干。

我输了。我放弃了和大佬叫板，气馁地瘫回位子上，心如死灰地任化妆师上妆。

顾明卓约莫是等不到我的回应，在群里发了个掀桌的表情——

@林浣，你有本事删我，别藏着躲着不吭声啊，信不信我五百表情砸过来，让你体验三连跪的快感！

我懒得回答。简黎不厌其烦地打开微信界面，皱着眉头打字。我见手机再次震动，出于人类强烈的求知欲，看了看微信群。简黎只发了一句石破天惊的话——

你的微信是我拉黑的，你的联系方式是我删的，林浣的手机是我做主，你还有什么想说的？

我表示呼吸不畅。

大佬为了跟上年轻人斗图的步伐，还特意追加了一个表情，那是一位老阿姨，端着一杯红酒，背景全是鲜花，旁边一排五颜六色的鲜明字体：让我们为你的愚蠢干杯！

我猜，顾明卓一定会被这张图彻底征服。毕竟，没有人能抵抗住老年表情包的彪悍攻击力。

果不其然，在化妆间众人都盯着手机与我们两位当事人默不作声时，顾明卓透过镜子深深望我一眼，旋即，脸色惨白地放下了手机，闭眼上妆。我想说点什么，可简黎句句属实，我根本没有解释的空间。左右清白都喂了狗，我只能干巴巴地瞪着简黎，发泄怨气。

这个离间计，我给满分，轻而易举地打破了我和顾明卓的塑料联盟。不得不说，这个小我两岁的朋友是个人才，我甘拜下风道：“爸爸，是我败了。”

简黎笑笑：“换个称呼。”

“换什么？”

他勾手指头，我犹豫着靠近。简黎温热的呼吸扑在我的耳郭，他说：“老公怎么样？”

“……”

来人！把这货打出片场！

八 男二号的黑化

整个上午，我的脑子里都在不停地刷屏——

已知：简黎的闷骚全组皆知，所有人都认定我已沦为敌方俘虏。

求问：该用什么方式洗刷冤屈，并逃出敌方攻击范围？

我想了很久，终于得出了答案：还是放弃那微弱的求生欲吧。

有了这种觉悟，当别人再用暧昧不清的眼神打量我和简黎时，我差不多能脸不红心不跳地正面迎接了。唯一令我头疼的是，顾明卓似乎很介意我和简黎的关系，自打出了化妆间，他都没拿正眼瞧过我。我跟在他屁股后面喊了他好几次，他依旧不理不睬，直接去了B组摄影棚。我愁到秃顶，暗暗下定决心，一定要找个机会跟他说清楚讲明白，我俩的联盟坚不可摧！

团战可以输，基友不能丢！这是我做人的核心思想！

临近七点，A组的准备工作将近尾声。上午，我和简黎需要继续拍摄书房遇刺的戏份。导演很忧虑，反复检查着道具的情况，还给我们着重强调走位和动作。我一再保证我的精神状态非常好，就差没表演原地后空翻了。

导演还是不安心，一遍又一遍地问：“小林，你最近真的休息好了？

不会再走神了吧？”

我小鸡啄米似的点头。简黎实在听不下去，插话道：“她最近的确休息得不错，每晚我都保证了她的睡眠时间，不会再出岔子。”

我脚下晃了晃。哥……不，祖宗！求您闭上您那张金嘴吧！

导演一愣，来回睨着我俩，笑容逐渐变得猥琐。他两手一拍，喜笑颜开道：“行！那我就不多说了，准备开工。”迈出两步，导演忽然掉头，“话说，你俩体力还跟得上吧？到底是打戏。”

我一度自闭到不想说话。

简黎似笑非笑地瞄着导演，导演一尿，急急溜回监视器后。我想明白了，这个剧组，应该真的是猴子派来的一群逗×……

所有人就位，场记高喊：“《定渊》第三十二场第一次！”

刺客破窗而入，我回身挡开刺向“李忘殊”的寒锋。血浆袋被我捏破，营造出手臂受伤的既视感。千钧一发间，我脚下后挪，“李忘殊”见我受伤，怒喝一句“放肆”，随后飞身跃起，与接踵而来的数名刺客缠斗。

原著中的李忘殊年纪轻轻，武学造诣却深不可测，对付一群刺客根本不在话下。我作为一个足智多谋的女主角，大部分时间在充当背景板，偶尔提醒一下“李忘殊”刺客的弱点，他就能迅速取对手性命。我屏住呼吸，望着英姿飒爽的简黎，这场打戏，很中肯地说，实在是精彩绝伦。恰到好处的打光，拳拳到肉的真实感，加上凛冽的刀光剑影，暴力美学糅杂了传统中国风，所有动作都是一气呵成，看得出武术指导和导演花费了不少心思。边角的鼓风机呼啦啦地吹，简黎衣袂翻飞，晦涩的光线烘托出他眉眼间的凌厉，一招一式都显得利落而洒脱。

我之前一直担忧没有拍戏经验的简黎遇上打戏会非常困难，可大佬再次用事实证明，没有他做不到的，只有你想不到的。诚然，简黎常年的舞蹈功底肯定造就了他强大的肌肉记忆，让他能出色地完成这场戏。但我更清楚，每一个演员，在光鲜亮丽的表面下，隐藏的，是无数的汗水和挫折。

这世上，不存在天才一说，所有的天才，都是刻苦努力的积累。简黎在进组前，一定进行过相关的严格训练，他是真的很在意《定渊》这部剧。

我一想到不久前他还因为我俩的误会差点辞演，心口就忍不住泛起一阵酸涩。

刺客入宫的戏顺利拍完，导演和工作人员都有点不敢相信，直到简黎去问导演的看法，导演才咂了咂嘴，用花式拍马屁的手段夸了五分钟简黎的进步。

其后的剧情，是李忘殊将受伤的慕苏忆带回寝宫，命太医们治疗。慕苏忆幼年时期被其义父李涵捡到，因李涵醉心蛊术，慕苏忆自愿成为李涵研究的蛊人。她的蛊血可为百病药引，却独独无法自医。太医们束手无策，李忘殊只好带着慕苏忆回到义父家中。

这下好了，李忘殊碰上白月光苏悦了，此处应有两人的感情戏。

按照剧本，在慕苏忆养伤期间，李涵沉迷于研究义女身上的疑难杂症，给了李忘殊和苏悦单独相处的机会。事实上，这两人没有任何逾矩的行为和言辞，只有一场李忘殊陪苏悦在房顶上喝酒的戏份。

当时，导演提出，李忘殊看苏悦的眼神必须缱绻，必须温柔，要有一种看见她就像看见了全世界的炙热爱意。

简黎一言不发。等到开拍，我恰好在片场嗑瓜子儿围观，那场景，怎么说呢，冷硬到让人怀疑横店八月飞雪……简黎的眼中不仅没有爱意，甚至还幽幽地散发着可怕的怨气。导演喊了几次“咔”，绞尽脑汁地调节简黎的情绪。演苏悦的豪爽糙妹子则让助理赶紧给自己买一份高额的人身意外险。她说，她觉得简黎不是在拍感情戏，反倒像是在拍复仇戏。

我笑得眼泪狂飙、前仰后合，深感全天下的女生都是一个脑回路，遇上生人勿近的大佬，第一个想到的就是买保险。

我持续乐呵十几分钟，简黎又被喊了四五次“咔”。我实在不想再感受现场的惨烈，刚想拔腿开溜，鬼才导演突然道：“林浣，你去房顶。”

我：“啊？”

“快去！”导演推着我爬梯子。

我丈二和尚摸不着头脑，一脸茫然地在房顶上站稳了脚跟，随即就被导演勒令蹲在女二身后。失去了风扇的我被蚊子叮得满腿是包，欲哭无泪。第七次开拍，简黎望向白月光，我以为他又要面无表情地背台词，孰料，他的眸光越过了女二，定格在我的身上。那一刹，简黎微微一笑，日月星辰都显得暗淡无光。

……

从这开始，我和简黎的绯闻在剧组里算是坐实了。我心好累，我一个三线小演员，天天都活在可能会被黎粉手撕的恐惧里。而导演也像发现了新大陆，为自己的奇思妙想沾沾自喜，但凡需要简黎表现柔情的一面，我都会被当作道具，安排在简黎目所能及的角落。

好难一部剧。

好惨一女的……说的就是我。

我从内心里是拒绝和简黎当众炒 CP 的，可鉴于简黎的演技因此有了质的飞跃，我也只能忍辱负重。

我在床上躺拍了三天。慕苏忆醒来后，她和李忘殊的感情进入了转折点。无意中，慕苏忆发现自己的义母就是李忘殊的白月光，宫里的十里血茶花，也是李忘殊按照苏悦的喜好种下的。虽时过境迁，但慕苏忆清楚，李忘殊并没放下苏悦。长达数年的陪伴换来的只是对方的包容与愧疚，这非是慕苏忆所图。冷静思考之下，慕苏忆放下了所谓的儿女情长。

李忘殊见她伤势好转，匆匆赶回宫，下令封锁王城，严查刺客。慕苏忆召回身在定渊会的姜知临，暗中推波助澜，用刺客一案牵扯出左相隐瞒的民间怨怒。在她的引导下，王相离心，李忘殊开始收拢权力，并派出眼线深入民间，探查百姓疾苦。

我和顾明卓在这期间有几场对手戏，这货不知在气些什么，对我爱搭不理的。我给他递眼神做小动作，他也没个回应，还害得我一回酒店就被简黎抓进房间，进行了惨无人道的心灵加肉体双重教育。

这里我要特别声明一下，肉体教育才不是各种黄色边角料呢，而是……

弹脑门！

没错！大佬尤其热爱弹我的脑门，大概是嫌我不够笨，想让我再创智商新低。有哪句说哪句，摊上这么个占有欲过强、某些方面还格外幼稚的男人，我总有种和小学生处对象的错觉。

总之，顾明卓不理我，我怕被简黎体罚，也只好不理他。“梅香CP”就这么陷入了危机。好在，拍戏的进度太赶，导演每天都发挥着地主本性，把我们当牛当马地使，晚上一两点收工是常事。我实在太累，也就没了心思琢磨顾明卓是在生哪门子的闷气。

到了八月底，剧情进展过半。

左相查出刺客之案实乃慕苏忆有意促成，目的是离间他与李忘殊。左相当即推出替死鬼，并在宫中长跪三日，挽回李忘殊的信任。李忘殊心慈仁善，始终不忍苛责开国老臣，在左相的舌灿莲花下，他再一次产生了动摇。

其后，李忘殊出宫暗访民间，留慕苏忆独守后宫。左相趁机与慕苏忆摊牌。

这是一场重头戏，也是慕苏忆崭露锋芒的第一场戏。饰演左相的，是一位出名的老戏骨，圈子里的人都尊称他为林老师，曾获得过百草奖的终身成就奖，给我带来的心理压力非比寻常。在开拍前的一个星期，我都在琢磨怎么把握人物的状态和眼神，力图不被林老师的气场镇压。林老师在剧中手执一根龙头拐杖，说话时语气沉稳老练，眼神锐利如鹰，那拐杖在地上一杵，就能让人感到心惊胆战。慕苏忆当时还处在病弱时期，要和林老师平分秋色，必须在面部表情下功夫。

简黎也知道这场戏对我来说十分重要，有好几天都没有打扰我，给了我充足的时间潜心钻研。

拍摄当天，横店下了场绵绵细雨，我兴奋地起了个大早，撇下简黎，坐着剧组的车赶到片场。上妆时，简黎和顾明卓都还没到，我听见几个配角演员小声讨论，说是B组进展不顺，顾明卓最近的状况不大好，导致进度拖延，副导没少暴怒掀桌，不晓得能不能按时拍完内景戏。

我算了算时间，原定九月中旬内景戏就会全部完成，然后剧组得赶赴贵州山区，去拍外景。顾明卓这情况，怕不是和我有关系？我虽猜不透顾明卓究竟在想什么，可左右衡量，我认为，为防一颗老鼠屎坏了一锅粥，还是有必要给顾明卓当下知心大姐姐。打定了主意，我闭上眼默背台词，等到开工，我打起十二万分的精神，气势汹汹地迈进了摄影棚。

林老师上妆比我快，已经坐在了道具组搭好的石桌旁。我乖巧地给老前辈打过招呼，又和林老师对了两遍戏。随着场记拍板，我霎时睁眼，从容不迫地对上了“左相”的视线。

慕苏忆伤情未愈，拍的又是冬天的戏，我裹了层夹棉的狐裘，眼下头皮上全是黏腻的汗，痒得我浑身难受。我忽略了这些外在因素，定下心神，目光坚毅而敏锐。“左相”与我眼神交锋，率先开口：“王后身子可有好转？老臣听闻太医院之人转述王后的伤势，不禁忧心忡忡，特寻来千年老参，为王后调理。此参百年难得一遇，且长在悬崖绝壁，最是难以采摘。十人之命可换一株，是以，名为肉参。举目燕国，此物不过三数，望王后能明老臣之忠心。”

我睇了眼桌上锦盒，掀开盒盖，很快又关上：“左相有心。本宫不过受点小伤，岂敢劳烦左相挂怀。这盒内之物，既是采参人以命相换，本宫自觉无福消受，还请左相收回。”

“帝后之躯乃国之根本，若伤及一国本源，何以立足中土之上？”

“国之根本乃万民，民若汪洋，政权不过一叶扁舟，人命关天，左相又何以看得如此轻贱？”

……

二十分钟的长篇大论，我俩愣是引经据典，口若悬河。此处，应给作者和编剧加鸡腿。

慕苏忆和左相彼此试探，且攻且守，双方均不露丝毫破绽。最后左相破釜沉舟，以宫外李忘殊的性命为赌注，才迫得慕苏忆情急之下呕出鲜血。左相自认抓住了慕苏忆的弱点，嘲讽她到底是一介女流，得意地离开了王宫。可左相没料到，就连这吐血，也是慕苏忆精心设计的。可以想见，当左相知道慕苏忆捅了李忘殊，这位老狐狸的心情有多复杂。

林老师快步走出镜头，摄影师给了我一个特写，导演终于喊了“过”。

我背上的汗水几乎把戏服浸透，下巴上还沾了少许血浆，比拍打戏还累。小晴忙不迭跑来替我擦脸，我赶紧脱下狐裘，走到导演边上，一边享受小风扇，一边让化妆师补妆。导演看了一遍回放，满意地鼓掌。林老师也绕到我身旁，夸道：“小林，你演得很有灵气。”

我一怔，根本没想到在我短暂的演戏生涯里能得老戏骨的赞赏，我忘乎所以地握住林老师的手，无比激动：“谢谢林老师！我还是差得远，林老师您才是真的演技好。您一开口，我顿时觉得在我面前的，就是一位位高权重、只手遮天、压得人喘不过气的奸臣！”

林老师：“……”

导演：“……”

我一噎：“不是，我的意思是，林老师您演什么就像什么。”

林老师豁达地哈哈大笑：“再过几年，你一定能在影视界大有发展，我看好你。”

我估计林老师是在说场面话，却还是忍不住喜上眉梢：“借林老师的吉言，我一定会加倍努力的，我还得向您多学习！”

“好丫头，很不错！”林老师笑着对导演说。

导演也站起来：“是啊，林浣这个人，没那么多花花肠子，不炒作，也不争热度，比起那些整天发通稿、只会争艳的女明星好太多了。您是不知道，她的第一部戏就是跟我合作的，她来试镜一个小配角，那演技，啧啧，拉个民工都比她好，我听她说完第一句台词就把她淘汰了。”

我的笑容很僵硬。

导演还在乐呵道：“不过，这丫头很执着，后来愣是追着我跑了三天，非要让我再看她演一遍。我那电影本来是个小成本制作的写实向，在大环境里根本激不起什么水花，很多女演员都不愿意出演。我想着死马当成活马医，就让她再试了一次。结果，一锄头下去挖到个宝，林浣演戏，确实有悟性。”

我感觉导演是在夸我，于是笑容又自然了点。

林老师慈祥地点点头，接着和导演闲聊了两句，就去边上休息等戏了。我也想和导演忆苦思甜，话还没脱口，导演立马变脸，斥道：“愣着干什么？准备下一场戏啊！”

好的，导演就是个见风使舵的坏人！

一天之内，我拍完了在宫中联系定渊会暗中搅弄风云的几场戏，还给义母写了封匿名信，告知她李忘殊在宫外可能会遭遇危险。大概是看我这段时间熬得眼袋下垂、发量减少，导演难得地让我收了个早工，赶去监督简黎。我兴高采烈地跟着钻去隔壁棚打酱油，彼时，简黎还被吊在威亚上。据我所知，他拍的这场，是左相刻意泄露李忘殊微服私访的行踪，将自己派去的杀手混进了因河东涝灾从而对王权不满的民众当中，挑拨百姓围攻李忘殊，意图让这个心无城府的年轻帝王知难而退，重回自己的掌控。李忘殊既要突围，又不能伤及群众性命，这场打戏，相当有难度。

我琢磨着，简黎今天应该要很晚才能收工，得此间隙，我必须趁机去找“盟友”搞个坦白局。我咔咔抓拍了几张简黎的照片，存进私密云盘，然后撒丫子奔出摄影棚，找生活制片打听顾明卓的下落。生活制片一脸疑惑地瞅着我，说：“小顾啊，今天请假了，说是身体抱恙。”

我转头要走，生活制片开启了抱怨模式：“咱们开机是不是时候选得不对啊？你和简黎不折腾了，换顾明卓折腾了。现在你们这些小年轻，都不顾中年人有‘三高’症状的吗？”

我咽了口口水，急忙回身给制片捶肩：“顾明卓这小子，是太不懂事儿了！我这就去看看，轻伤不下火线是咱们的原则，怎么能轻易请假呢！”

生活制片皮笑肉不笑，对于我这甩锅的功力给予了低度的肯定。他摆摆手，示意我快速撤离他的视线范围。我也没好多停留，屁颠颠地奔出了片场。

回到酒店，刚好是晚饭时间，我为了表示诚意，特意点了两份麻辣小龙虾外卖。等拿到餐盒，我跑去四楼敲顾明卓的房门，没人回应。我正惆怅地在走廊转着圈，碰巧顾明卓的助理从外回来，告知我顾明卓在酒店花园里散步。

这……生病了还散步，扯犊子呢！

我气哼哼地谢过助理，一溜烟儿下了楼。

花园里设施齐全，有塑胶铺成的步行道和室外游泳池。毕竟是艺人常住的地方，私密性和环境都很不错。路灯明晃晃的，照在幽深的小径上，两边草丛有蛐蛐聒噪的叫声，平添了几分夏夜的祥和。我拎着一袋小龙虾找了好几圈，都没碰见顾明卓。

我这小伙伴该不会出什么意外了吧？

我想到早上配角演员们说的顾明卓精神状态不佳，脑子里又冷不防钻出无数艺人自杀的新闻。我打了个激灵，望着游泳池的方向，仿佛开辟了一条新思路——

这货会不会压力太大想不开啊？！

我三步并作两步冲到游泳池边上，弯腰跪下来，仔细察看池底有没有人影，正是专心致志时，一个声音猛地在我身后响起："你干什么呢？"

我一惊，重心不稳，险些就要栽进水里。我尖叫出声，双手乱舞，有人拽住我的后背衣服，将我一拉，天旋地转间，我再定神，已经直挺挺地压在了顾明卓身上……

我看着顾明卓，顾明卓也看着我。

这一刻，我俩的姿势……非常像偶像剧的画面。他的一只手还停留在我的背部，我的一只手则搭在他的胸前。我抿了抿唇，出于应该送去人类进化研究院的奇怪脑回路，我居然用力捏了把顾明卓的胸。

我："你什么时候练的胸肌？说好一起当个快乐小胖子的承诺呢？"

顾明卓眼神一闪，毫不留情地搡开我："滚开。"

我被他推得坐在地上，噘着嘴拍膝盖上的灰。顾明卓也就地坐直，目不转睛地睨我片刻，又觑向池边的塑料袋，问："那是什么？"

“小龙虾。”我没好气地答。

顾明卓再次诡异地发问：“熟的？”

我有理由怀疑这货也是从人类进化研究院跑出来的病友。我翻了个白眼，道：“我买生的做什么？”

“我以为你在游泳池给小龙虾洗澡。”

我咬了咬牙：“你这病得有点重啊，医生下病危通知书了吗？”

顾明卓咬了咬牙，干脆不答话了。

时隔大半个月，我再仔细打量顾明卓，竟然生出一种沧桑的颓废感。他消瘦了不少，脸颊不如之前饱满，颧骨下方都凹陷进去了，下巴长着稀疏的胡楂儿，眼皮底下的瘀青显示出他的疲累。我有点于心不忍，抬高他的下巴问：“你是怎么了？被副导潜了还是女神跟人跑了？憔悴成这样……”

顾明卓一动不动地望向我，眼里充斥着化不开的浓浓伤感。

我一呆：“还真被副导潜了？不得了啊，就你这张学生脸，副导也下得去手？就没觉得自己在干违法勾当吗？你放心，作为你坚强的后盾、真诚的盟友，我不会不管你的。这样，咱们改明儿用麻布口袋把副导套起来，扔公厕里反锁三天！”

顾明卓面无表情，甚至没有为我的冷笑话点赞。我迎着他深沉的目光，头皮不由自主地开始发麻。

这氛围，很微妙啊……

顾明卓的笑点一般都长在胳肢窝上，我随便一挠他就能笑个天崩地裂，今天是怎么了？演起苦情剧了？我看着顾明卓不动也不说话的模样，忍不住拿手在他跟前晃了晃：“嘿，老顾？”

他没反应。

“嘿，小明？”

他依然没反应。

我忍着满身的鸡皮疙瘩，拖长尾音喊：“嘿，小卓卓——”

顾明卓突然开了口：“林浣。”

“啊？”他怎么不叫浣浣了？为什么这么严肃？这是要月黑风高杀人夜的节奏吗？我是该现在跑还是看看情况等会儿再跑？

我谨慎地盯着顾明卓，顾明卓道：“我们……恋爱吧。”

晴天霹雳，平地惊雷。我张大嘴巴，逐渐定格成“O”形，当场不敢置信地愣住了。

顾明卓没有任何玩笑意味，语调平淡，像在说一件很温情的小事：“我们挺合适的。你喜欢打游戏，我可以陪着你。你打输出，我打辅助，让你把把都拿 MVP。我们的名气差不多，即使对外宣布，也不会掀起太大的波澜。我的粉丝很善解人意，他们也喜欢梅香 CP，会乐意接受你的。我的资源虽然不多，但我愿意和你共享，我们能一起打拼。如果哪一天你不想待在这个圈子了，我也没什么放不下的，我和你远走高飞隐姓埋名，去哪儿都好。”

我眨了眨眼。

“林浣，你想和我试试吗？”

我震惊了许久，好不容易回过神，摆手道：“不……不必了吧？我们现在就挺好的，你是我在这个圈子里唯一的朋友，也是我觉得少数能打出彩的辅助，我……我不想改变现状。”

“如果，将来我有女朋友了呢？那我就不能再和你有过多的接触，也不能再当你的辅助。”

“那……那我也可以独自美丽的，你别担心，没有辅助我照样是 MVP。”

顾明卓：“谁担心这个！”

他号了一句，脸色变得一阵青一阵白，做了个深呼吸稳住情绪，沉声道："林浣，我们可以更进一步。我了解你的性格，知道你的被动，没关系，我可以做主动的那一个人，你只要待在原地等我就好。"

说着，这货朝我凑了过来。我满脑子都是"老娘到底哪里被动了"这个念头，眼睁睁看着他越过安全距离，我下意识地想往后撤，然而手一软，下一秒，我躺平在了地上。

顾明卓趁机压住我，我忙道："别误会，老娘不是在邀请你啊！你给我滚开！"

顾明卓一反常态，强硬地扣紧我的手。我挣扎不了，被迫对上他的视线。他眉间微拧，额头青筋暴起，在清冷的月色下，他的表情狰狞而可怕。

"林浣，不试一试，你怎么知道自己喜欢的不是我？"

"我又不是幼儿园没毕业！喜不喜欢，我自己分得清楚！"

"那你喜欢谁？那位高高在上的大佬吗？你不过是被他牵着鼻子走，你不过是逆来顺受！"

"放屁！"我勃然大怒，"我喜欢简黎，我就是喜欢他！"

吼完这一嗓子，我觉得，我今晚可能要栽了，因为没分清敌我之间的实力差距，就贸然刺激了对方。我看着顾明卓眸色一暗，心知不妙，想说点什么挽救，他却发了疯似的向我吻下来。我侧着脑袋躲开，他的唇就贴在了我的脸颊上。我拼命反抗，可完全没有成效。实在没了法子，我只好寄希望于语言攻击："顾明卓，这是在酒店！你是不是怕自己上不了头条？！"

"我不在乎。"这浑蛋吻着我的脖子。

"松开我！老娘把你当朋友，你却想着糟蹋老娘，你是禽兽吗？！"

顾明卓一言不发，摸索着撕扯我的领口。我刚要高喊救命，顾明卓突兀地从我身上飞了出去。我还没来得及反应，有人抓住了我的胳膊，把我拎了起来。我红着眼眶一看，是简黎。简黎不知是什么时候出现的，他的脸色出奇的阴沉，整个人紧绷得像一把蓄势待发的弓。他顿了两秒，健步冲到顾明卓身前，揪起顾明卓的衣领，如同打沙包似的，一拳一拳砸在顾明卓的脸上。我见状不妙，死死搂住简黎的腰，劝道："别打了！停下！"

这要是被人拍到，我们三个人分分钟要上热搜。我没关系，我糊成锅底灰也行，但简黎不可以！

我哭着喊："我没事，我真的没事！简黎，别打了行不行？"

简黎看我一眼，停下了手里的动作。他的胸腔剧烈起伏着，表情相当凶狠，毫不夸张地说，这一刻的他和死神有得一拼，可我知道，这个人对我特别好。我抹了把脸，哽咽地说："我们回去吧，我真的没事。"

他不动声色地睨了我一阵儿，冰凉的指尖温柔地替我拭去眼角的泪水。他将我揽进怀里，护着我走回酒店大堂。

顾明卓躺在地上，干巴巴地笑了几声，尾音里，竟拖出了颤抖的哭腔。他说："林浣，我是真的很喜欢你啊！"

简黎作势要回头，我急忙双手收紧，连拖带拽地把他带离了事发现场。

回到房间，我后知后觉地坐在沙发上号啕大哭。简黎抿着唇看我，默默地给我递餐巾纸。我是一把鼻涕一把泪，每隔两秒就要换一张餐巾纸，全然没了刚才镇定的模样。简黎也清楚我哭起来那惊天动地的威力，一言不发地陪着我。后来看我哭得打嗝，他才揉揉我的头发，也不顾我满脸的鼻涕泡泡，直接把我搂进了怀里，让我的脸贴着他温暖的胸膛，听他强有力的心跳声。

我抽抽噎噎地嗫嚅：“衣服……衣服弄脏了。”

“没关系。”简黎温声答，“你给我洗了就行。”

我抬起头瞪他，这是安慰人的正确方式吗？！

简黎挤出一丝笑：“我说笑的，我会自己洗。别哭了，你再哭，我可能会忍不住去把顾明卓埋了。”

我咬了咬下唇，为了简黎的前途着想，我慢慢收了哭声，靠在他身上平复情绪。简黎见我终于安静下来，轻轻推开我，起身去了卫生间。我疑惑不解地望着他的背影，发现他走路一瘸一拐的，像是腿部受了伤。我一个激灵，紧张得想跟过去，简黎却拿了一条湿毛巾出来，随即打开冰柜弄了些碎冰裹在毛巾里，转回沙发前递给我，道：“敷一下眼睛，照你这哭法，明早化妆师要罢工。”

我接过毛巾，说了句谢谢，又盯着他的腿问：“你受伤了吗？”

简黎没应，坐回位子上，转移了话题：“顾明卓的事，你有什么想法？”

我一怔，摇了摇头。

他似是不满地拧起眉头，沉声道：“发生这种事，你和他再留在一个剧组里，恐怕不合适。”

我当即领悟了大佬的中心思想，断然拒绝：“不行。现在剧组进度已经过半，不管换掉我还是顾明卓，对剧组来说都是巨大的损失。作为演员，不能把私人生活和感情带到工作里。”

“林浣。”简黎双眼一眯，沉重的压迫感直击我的心灵深处。我硬着头皮低声说：“你是《定渊》的资方，中途换人会直接让你的利益受损。”

“我从来不会把钱看得比人重要。”

我脸皮一红：“不止利益……选角的事，也不是你一个人能决定的。姜知临这个角色，是导演和制片人经过了重重考量，才会选定顾明卓。换角牵涉广泛，前期戏份要重拍，还不知道短时间内能不能找到合适的替代人选。假设《定渊》就此夭折，所有人的辛勤付出就都白费了。我……不能让你去冒这个风险，以后，你想在影视界立足，这会是一道难以跨越的鸿沟。”

简黎不吱声。

“而且，我想顾明卓只是一时冲动，即使你没出现，他也一定会停下。”

“林浣！”简黎咬牙切齿，像是随时要爆发的火山。我忙不迭握紧他的手，认真解释：“我相信自己看人的眼光，我和顾明卓认识不是一天两天，对他的人品和习性，我是了解的。”

“了解？林浣，不要自以为是地以最大的善意去看待这个世界的人，那是愚蠢。”

“不是的。”我低下头，“我从来没有以最大的善意去看待世界，相反，我认为大部分人都是冷漠而麻木的。”

我下意识地觑了眼自己手腕上的刀疤。简黎也顺着我的眼光看过去，不自觉地收紧了拳头。我喃喃道：“我对自己的判断有信心，能让我用宽容来对待的人并不多。顾明卓是我曾经唯一的朋友，而你，是我……”

话音戛然而止。

简黎等了半晌，问：“我是你什么？”

我的面部神情骤僵，意识到情动之下说出的话实在太掏心窝子了，有损我的矜持形象。沉默片刻，我干脆岔开话题道：“刚刚我看你走路不太对劲儿，你是伤到哪儿了？我给你擦药。”

“擦药？”简黎眼神飘忽，似是想到了什么。

我点点头：“我那儿有木瓜膏，上次你伤了指甲，我也是给你擦的那个，对皮肉伤特别管用，我这就去拿药箱。”

我刚要起身，简黎蓦地拽住我的腕子，让我一屁股坐回了位子上。

他虎视眈眈地瞅着我，不怀好意道：“真要给我擦药？”

我哽了哽，察觉这话的苗头不大对，可鉴于“爱豆”是我的心肝儿宝贝，我还是义无反顾地应下：“嗯。”

“这可是你自己说的哦。”简黎狡黠一笑。下一秒，他就握住我的爪子，按在了他的大腿根内侧……

简黎忍俊不禁：“今天威亚吊得太久了，腿被勒到。隔着裤子不好擦吧，需要我脱掉吗？”

我看了简黎两秒，然后也不知从哪来的勇气，抓起沙发上的抱枕，用力砸在了他的头上。简黎边笑边躲，最后由于力量的差距，我这只弱鸡还是被他制伏了。我两只手被简黎钳制在沙发靠背上动弹不得，他隔着咫尺的距离注视我，充斥着情欲的眸光流连在我的唇间，喉结不断地上下滚动。

我猜，在这长达半分钟的沉默里，简黎应该在默背清心咒……好不容易克制住蠢蠢欲动的念头，简黎闭眼道：“顾明卓这禽兽，我和他不一样，我能等！”

说着，他就要退开。

我差点笑出声，大佬真是幼稚得可以，这事儿也得和别人比一比。我迅速捧住他的脸，主动在他唇上印了一吻。简黎震惊地望向我，我正想给自己找个冠冕堂皇的理由，他没给我机会，狠狠堵回了我想说的话。

在这种暧昧旖旎的氛围下，我想起了一个来自灵魂深处的疑问。

我和简黎，算是情侣了吗？

可他……好像还没正式给我表白呢，怎么办？我该主动出击吗？

我迷迷糊糊地回应着他的热吻，等我气喘吁吁时，他松开我，以脸颊上的一记轻吻结束了缠绵。他埋在我的脖颈间呵着热气，那酥麻的感觉使我思绪一片空白。我绵软无力地念着他的名字，他一声一声地在我耳畔低低回应。我想问我们之间的关系，可迟迟说不出口。简黎猝不及防地咬了下我的肩膀，抢先道：“林浣，我吃醋了。”

我一呆。他那语调，活像小学生被抢了零花钱向老师告状，带点霸道，带点委屈，如同一把小钩子，撩拨着我的心弦。见我没反应，他又不轻不重地咬了一口。

我斥道：“你属小狗啊？”

“嗯。”简黎盯着我道，“顾明卓能当你唯一的朋友，我却被你摒弃在你的生活外整整两年，我听不见你的声音，看不见你的人，一想到他能和你联系，我就嫉妒。”

这番控诉，命中红心。我霎时心软得一塌糊涂，抵着他的额头说：“你是万众瞩目的焦点，和他不同。这两年，我其实都在悄悄地关注你呀。”

“我不需要做别人的焦点，我想做你眼里的唯一。”

我呼吸一滞：“我怀疑你在撩我，并且我有证据能发朋友圈。”

简黎眉头一皱，翻身坐了起来。我以为他是生气了，刚想说自己是开玩笑的，绝对不会公开和他的牵连，结果，他出人意料且酷炫狂霸跩地抄起手：“发吧，我刚想了个文案，再配张咱俩的结婚照就行。”

我输了输了，大佬果然技高一筹。有哪句说哪句，即使他想公开，我还得为我的小命着想呢。那一个亿的女友粉，难道是吃素的吗？我怕是嫌命长了。我讪讪地干笑两声，跳过了这个话题。简黎看看我，问：“你和顾明卓，是为什么交好？”

“呃……打游戏吧。以前我俩拍《长平公主》时，发现对方都喜欢打手游，于是经常约在一起上线。他意识不行，只能给我打辅助。我俩配合得挺默契的……”说到这儿，我又无比忧郁，从今往后，我一届野王 ADC，再也没有强力辅助了。

简黎瞅着我郁郁寡欢，捏了捏我的脸颊，质疑道：“你之前哭得那么伤心，该不会是因为少个人陪你打游戏吧？”

我不说话，转头望天。

简黎气结地咬牙：“还真是……你这脑回路，是不是有点过于奇怪了？”

“我能怎么办，我也很绝望啊！排位不是那么好上的，缺一个队友感觉离本赛季的王者更远了呢。”

简黎摇摇脑袋，摸出裤兜里的手机，点开 APP 商店。末了，他问我：“这种手机游戏，操作应该不难吧？”

“呃……”我诚恳地道，“得看什么角色。射手法师是主要输出，需要走位意识。打野要带节奏，上单是个孤儿，如果是新手而且从没接触过游戏的话，我建议从辅助玩起。”

简黎面无表情地说：“你让我打辅助？”言下之意，他这种帅得逆天的存在怎么可能打辅助？！

我了悟，皮笑肉不笑地说：“当……当然，你也可以选其他角色的。”

“什么角色最厉害？”

“嗯，本赛季的话，铠爹吧。”

“可以。”简黎大概对这个“爹”字十分满意。

花了十分钟熟悉游戏操作，简黎信心满满地让我建了个小号，说要带我冲上王者。我那时候的想法无比单纯，我的“爱豆”毕竟是个无可挑剔的完美存在，初涉演戏就能完成高难度的武打动作，证明其肢体协调能力绝对远超常人，十指合作应该不在话下。我雄心壮志，展翅欲飞，和简黎组队打了三个小时的排位赛。

然后，他就在游戏里被人抨击到产生了自我怀疑。简黎活活把本赛季的铠爹打成了小铠。

不愧是你。

我心惊胆战地劝简黎天不早了还是睡觉吧，孰料，他愤怒地关掉游戏，坐在沙发上沉默了四十秒，接着拨通了某个电话，问：“王者手游能收购吗？问问多少钱。”

啊，哥……不，以后，我还是直接叫您爸爸吧。爸爸，别这么任性了啊我的天！

我好说歹说，总算打消了大佬荒唐的想法。要是真让他知道这款手游的市值，估计他还得再自闭两天。对于一个生活规律的“老年人”来说，一个破游戏如此值钱，实在很挑战他的价值观，我不忍心让他受到摧残。

我心力交瘁，想着回房躺尸。简黎以受到了暴击伤害为由，强行把我留在了房间里。我数次声明今晚我一定要睡沙发！简黎答应得云淡风轻，然而，第二天一早，我发现自己依然像是条八爪章鱼，在床上紧紧搂着简黎……

我想，这世上最长的路，妥妥就是大佬的套路了，好累，想在线举报他……

九 他的感情冷淡期

花园事件后，顾明卓在剧组微信群请病假，导演暴怒，认为顾明卓是故意拖延进度。顾明卓说不过导演，只好甩了一张自拍发在群里。他鼻青脸肿的模样顿时引起一片哗然，我心里也是五味杂陈，一个字都说不出来。导演沉默了将近两分钟，才发出了一个疑问——

你这是怎么了？

顾明卓回：酒店散步摔的。

导演先是打了一串省略号，紧接着又说：你这摔得很有艺术感啊！

这一回，换顾明卓无语。

总之，在顾明卓的铁证下，导演同意了他的病假，让他养好伤就赶紧滚来剧组。顾明卓连声应下，随即就开启了潜水隐匿状态。

B 组出了岔子，导演把重担全压在了我和简黎身上。我俩昼夜不停地赶工，每天的睡眠时间不超过三个小时，中肯地说，哪怕是耕地的牛都比我俩轻松。这样一来，我和简黎基本上没有了独处的时间。早上出门时，我瘫在他的保姆车上打盹儿，晚上收工时，我继续瘫在他的保姆车上打盹儿。有好几回，由于我睡得太熟，还是简黎把我抱回房间的。目睹了这一幕的小晴，少女心泛滥了好几天，一看我和简黎同框，就捂着嘴嗷嗷直叫，说什么偶像剧成真甜掉大牙了。

我恨不得缝了小晴的嘴，有一个这么没见识的助理，是我的疏忽。我该给她多灌输一下在娱乐圈谈恋爱是件风险不亚于死亡蹦极的事，所有的粉色泡泡都有可能成为粉丝手撕你的理由，哪有那么多所谓的甜蜜啊！

我这么想着，一个不注意，撞进了简黎含笑的眼眸……

好，我死了，在娱乐圈谈恋爱确实太甜了！

导演没人性的压迫持续了七天，顾明卓总算回归。

那天刚好是教师节，天才微微亮，我昏昏沉沉地坐在化妆室里上妆。顾明卓一脚踏进来，精神饱满地和几个配角演员打招呼。他是个见人就笑的性子，在剧组里的人缘很不错，大家都乐意跟他插科打诨。寒暄了一阵儿，顾明卓慢条斯理地走向自己的座位。透过镜子，我见他恰好也向我看来，他的嘴唇动了动，似乎想说什么。我收回视线，默默地垂下了头。

直到现在，我还没能原谅顾明卓的所作所为。即使我认定那是他的一时冲动，但这不能成为他犯错的借口。我们以后能不能恢复交情我不确定，我目前唯一能确定的就是，迈出第一步的，不会是我。

我叹了口气。简黎宽大的袖袍忽然甩到我腿上，说："你摸一下，我袖子里有个什么东西。"

我傻乎乎地眨眨眼，当真把手伸了进去。简黎一把握住我的手，冲着我窃笑："摸到了吗？"

我老脸瞬间滚烫，有种当着老师的面早恋的惊慌刺激感，想缩回手，简黎却不允许，我只好偷偷摸摸地与他十指紧扣，一面担心被人看穿，一面还享受着这糖分超标的待遇。两位化妆师小妹面面相觑，都是一副早已看穿了事实真相的淡定样，最后还是我的化妆师实在忍不住，低声提醒：“浣姐，别笑了，该抹口红了。”

我急忙板着脸，严肃道：“好，我会尽全力和失去了控制力的嘴角做斗争。”

简黎“扑哧”一声，笑得眉飞色舞。

上午开工，我和简黎是分开拍摄。李忘殊在民间微服私访，慕苏忆继续在宫里统筹全局。中午我和简黎一起吃过饭，在他的休息室里小憩了十分钟。到了下午四点，有一场戏是慕苏忆的义父义母带着姜知临入宫探亲，李忘殊作陪，五个人一起在王宫内用膳的情形。

那阵儿，太阳偏西，热浪扑面，活像把人放在蒸笼里烤。我们五个演员围坐在水阁里的石桌边，气氛相当微妙。简黎垮着脸凝视顾明卓，顾明卓也假笑地看着他，两人你来我往，眼神火光四溅。我没法插足这两个男人的战争，一口接一口地喝着茶杯里的白开水，额头上冒出了密集的汗。两位配角老师见状，也跟着不停喝水。

第一次拍摄，简黎如同没有感情的机器人，面无表情地背完了台词，把茶杯“砰”的一声搁在桌面上，五块钱一打的道具杯子碎了……

导演：“咔！”

导演心疼地检查了简黎的手，确认他没伤到后，十分生气地斥责了道具组买东西不重视质量。这一波彩虹屁，吹得很走心。我们一群人遥望天边，都不敢去目睹导演是如何亲身示范狗腿二字的。

第二次拍摄，顾明卓按着剧本道：“你若护不好亚父，就放她离开王宫。”

原本，当李忘殊听见这句话，就该陷入沉思，自责慕苏忆替他挡剑一事，由苏悦出面打圆场。结果，简黎一激动，直接跳戏：“你再说一次？”

顾明卓：“……”

导演：“咔！台词里没这句！”

第三次拍摄……

顾明卓可怜巴巴地拉着我的袖子要蜜饯。要知道，蜜饯是原著里非常重要的一个梗。姜知临身子羸弱，长期需要吃药调理。慕苏忆知他不喜欢苦涩的药味儿，每年都会按期采摘杏子，做成蜜饯，带给他。姜知临后期犯下大错，与慕苏忆产生了隔阂，可直到他身死，都一直随身带着慕苏忆亲手做的蜜饯。他悲剧的收尾让人唏嘘，世事无常，命途多舛，也让他这个人物成了一个催泪点。

所以，姜知临难得见慕苏忆一次，自然会想方设法博得慕苏忆的关注。他当着李忘殊的面要蜜饯，确实有挑衅的意思。不过，姜知临内敛，面上不会显露。顾明卓没演出这种内敛，反倒有些浮夸，拉着我衣袖撒娇的模样，让我恨不得给他一个螺旋式降龙腿。简黎快我一步，立刻拍案而起。

导演暴躁地喊：“咔！咔！你们今天是要干啥？！”

我抹着汗夙成一团，导演叉腰踱近，指指点点：“接台词为什么这么慢？你俩是机关枪卡子儿了吗？要不要我给你俩上点润滑油？！”这是骂两位配角老师。

配角老师们双双表示，自己真的很无辜。

“还有你，仔细看剧本了吗？该是这种油腻的表情吗？你一个年纪相仿的干儿子对着干妈嘤嘤嘤，不怕被送去浸猪笼吗？！”这是骂顾明卓。

顾明卓忧郁地堵了堵耳朵。

“你又在干啥？昨晚嗑药上头了？一副‘我是谁、我在哪儿’的状态，是不是要我手把手教你演戏啊？”嗯……这是在骂我。

我认错，我悔过，我不该被这两个野男人影响发挥……

“还有你！”

全场寂静。

导演的手指距离简黎的鼻尖只有0.5米。我倒吸一口凉气，觉得这是我离世界大战最近的一次！只见简黎面色不善地瞥向导演，随即，导演一哽，忽然雨过天晴：“今天状态为什么这么不好呀？是不是昨晚没睡好呢？我那儿还有几瓶安神补脑液，等会儿让你带回去呀？”

我：“……”

所有人：“……”

简黎慢悠悠收回了极具威胁力的视线。

导演：“拍戏可不能乱加台词的哟，这是不好的哟，以后咱们还是注意一点，好吗？”那过于令人不适的语气，让我想到了一条摇着尾巴的阿拉斯加……看来，在这资本决定一切的市场，我，林浣，还算有骨气的了。

约莫实在是心累，导演让我们先休息半个小时，各自调整。天气太热，简黎转身往休息室走，顾明卓没好气地哼唧两句，也溜了。两位配角老师跑去边上对戏，我反应慢了一拍，刚想跟上去慰问简黎，导演就声色俱厉道：“林浣，你过来！”

我：“……”

怎么又是我背锅？我欲哭无泪，看了眼导演迎风飘扬的头发，还是惨兮兮地挪了过去。走到角落，导演左右瞅瞅，确定没人靠近后，拿出一支烟点燃，深吸一口，才惆怅地看向我：“说吧，他俩是怎么回事儿？火药味儿隔着屏幕都快把我炸飞了。”

我咽了口口水，一时不知道该怎么解释。

导演见解精准道：“之前顾明卓说在酒店里摔伤了，根本不是那么回事儿对吧？他和简黎产生了肢体冲突？”

我埋着脑袋不答话。

导演薅了把头发：“这都是些什么事儿啊，咱们剧组是请了你们三位镶金边的佛祖啊？”

“导演，我……”

导演摆摆手：“林浣，我不管你们三个私底下发生了什么，也不想去插手你们年轻人的爱恨情仇，我只是想提醒你，这是你的第一部女主剧，一旦扑了，你以后再想接一番的好本子，难如登天。你是我看着打拼出来的，这条路走得多不容易，你比我清楚，别因为个人的感情，影响你赖以生存的事业。简黎是资方，我承认，我待他确实宽容些，他有咖位，有雄厚的资金，还有背后的……”导演话音一顿，心虚地瞅了我一眼，干咳着跳过了这一茬，“总而言之，即使《定渊》扑了，对简黎的影响也有限。可你不同，咱们都是普通人，得向人间烟火低头，你仔细考虑考虑这中间的利害关系。”

“……我知道了导演。”

“嗯。”导演拍拍我的肩，“现在剧组里，就属你和简黎关系最热络，男主和男二需要配合，不能有心结，这居中调解的任务，交给你了。”

我：“不是，导演我……”

导演用看尽了世事的沧桑语调道：“男人嘛，一哄二哭三撒娇，也就心软了。我相信你的演技！”

我还想反驳，导演没给我机会，轻飘飘地吐了一嘴的烟雾，只手揣进裤兜里满怀忧愁地走了：“麻烦啊麻烦，镶金边的大佛还得我这种老家伙天天上香。”

我还能说什么，只能打落牙齿和血吞了。

十分钟后，我蹲在片场外的小树林边缘，凄凉望天。眼下，我有两个选择：一是去简黎那儿替顾明卓说好话，然后被简黎徒手活撕；二是去顾明卓那儿主动冰释前嫌，然后出卖自己的贞操与尊严……

呵呵，导演可真是善解人意呢，居然叫我这只弱鸡居中调解，怎么不干脆让我打包回家种地算了！

我气得心口疼，正是左右为难时，身后冷不防有人递过来一罐咖啡。我顺手接过，还以为是小晴，刚说了句谢谢，回头一望，顾明卓露出小虎牙对我笑。我出于条件反射，登时脑中警铃大作，双手抱胸，随便打算喊救命。

顾明卓一秒敛了笑意，撇嘴道："我去，你这是什么反应？"

"戒备的反应。"我正色道，"我警告你，这是片场，只要我一叫，所有人都会过来的。"想了想，又气势汹汹地补充，"简黎也会过来的！"

"知道简黎和你同仇敌忾行了吧！"顾明卓没好气地翻着白眼，一屁股坐在我身边，抢过咖啡拧开瓶盖，才又递给我。

我不放心地睨了睨瓶中的液体，问："你下药了？"

顾明卓扶额："林浣，你把我当什么人啊？"

还能当什么人？当然是禽兽不如的人……

这句吐槽，我没敢说出口。

顾明卓闷闷不乐地沉默片刻，哀怨道："拱过一次猪就够我受的了，我可不想再拱第二次。"

"等等，你说谁是猪？！"

顾明卓苦笑一嗓子，隔了好一会儿，他郑重地道："林浣，那晚的事，对不起。"

我一怔。

"我知道，这不是一句对不起就能弥补的事，我没有资格请你原谅，我只想以后能用行动补偿。那时……我的确是疯了，不管你相不相信，林浣，我从没想过要伤害你。”顾明卓目视前方，“我不该为这件事找任何理由推卸责任，可有些话，我仍然想告诉你。当我第一次在《长平公主》的片场见到你，当我第一次和你打游戏，当我看到你溺水被人送往医院时，我的心脏都快爆炸了。我想，我爱上你了，我不可自拔地陷入了这份单方面的感情。从小到大，我虽然不是在特别优渥的环境中长大，可也算得上顺风顺水，对于你，我志在必得。我的经纪人告诉我能和你二度合作时，我兴奋到三天睡不着。我以为自己一定能和你有个好的结局，可偏偏，简黎出现了。我看到了你对简黎的态度，我明白，自己出局了。我想找一个突破口，但一切都是徒劳的，你只看得到他。他出现时，你的眼睛会发光，这让我嫉妒得跟疯了一样。”顾明卓摇摇头，长舒一口气，“那晚之后，我想过辞演，也想过逃避，不过都被我否决了。老子一个纯爷们儿，敢作敢当，犯错后挨打，是我活该。反正，缘分这事儿，我努力了，也求不来，就放手吧。”

我听着顾明卓的长篇大论，心情十分复杂。

他反倒像如释重负般耸了耸肩：“你如果觉得简黎下手不够重，要追加俩耳光，我接受。但是林浣，能不能再给我一次机会，我想重新成为你的朋友，单纯的朋友。”

我想了想，问：“你确定？还能追加耳光？”

顾明卓正色点头。

我举起巴掌，迟疑少时，又放了下来。顾明卓眉开眼笑，刚要耍嘴皮子，我在地上摸摸索索，捡起了树下的一块砖头。

顾明卓抬起手挡在我面前：“朋友，过了。”

我：“你刚不是说，犯错就要挨打吗？怎么着，老娘的清白只值一罐咖啡啊？你不给我表演个铁头砸板砖，我肯定不同意。”

“你这是要搞出人命的！想过你爸妈养你这么大的辛苦吗？想过导

演的‘三高’症状了吗？想过资方爸爸的钱会被龙卷风刮走吗？”

“也是。”我若有所思，旋即，我把板砖递给顾明卓，“来，自己动手，丰衣足食。”

顾明卓看了那块砖三秒，在生命和爱情之间，他果断选择了前者：“我想起有泡尿还憋着，我去趟洗手间，你就不用跟来了。”

我咂咂嘴，顾明卓仓皇开溜。我释然地笑了笑，这货没走多远，又作死道：“浣浣啊，作为老铁，我劝你一句，简黎这喜马拉雅山不好爬，可别摔死了。”

我“呸”了一声，板砖脱手飞出，顾明卓跑得比兔子还快。

不管怎么说，解决了一个难题，还剩另一个难题，任重而道远！我喝完手里的咖啡，打起精神，准备继续闯关。磨磨蹭蹭地来到简黎的休息室门前，我琢磨着该怎么有说话艺术地切入中心思想，既能不激怒这位外表高冷内心幼稚的大佬，又能使我全身而退。

有哪句说哪句，这题太难，我真的不会……

我正要打退堂鼓，简黎从里面打开了房间门，一见是我，他嘴角顿时扬起了好看的弧度：“这么热，你站外面做什么？”

“我……我来找你。”

简黎忍俊不禁：“你不找我，这儿也没有别的人。”

说着，他自然而然地牵起我的手，要把我往休息室里带。

我断然拒绝：“马上要开工了，就不进去了。”

“好，那去摄影棚吧。”

“等下，我……我有话想对你说。”

简黎停下步伐，不解地看向我。约莫是我的表情有些严肃，他也渐渐收了笑意，默不作声地等着我的下文。我左右想不出婉转的表达方式，只得硬着头皮道：“那什么，顾明卓给我道歉了。”

一刹那，简黎抿紧了唇线，眸光由柔和变得锋利，如同晴天突兀地刮起了十二级台风。我紧张到大气都不敢喘，明知这话会让他生气，还是小心翼翼地道：“顾明卓知道自己做错了，对我的感情，他也放下了。现在，我们都在同一个剧组，如果总是带着情绪工作，会影响到其他的演员和工作人员。我算了时间，还有一两个月就要杀青，为了《定渊》将来的播出效果着想，你能不能……”

“所以，你认为，是我把情绪带入工作，影响到所有人了？”简黎闷声质问。

我浑身僵直，低着头不敢看他：“不是，我不是这个意思……”

“林浣，我只问你一次，你原谅他了？”

“我……”我喉头猛地哽咽起来。兴许是这段时间简黎对我太温和，以致他稍微冷漠些许，我就会难过到想哭出来。我咬紧牙关，努力用官方腔调说：“我们是一个剧组的同事，是利益共同体，你对《定渊》的投资也需要……”

“我是问你，你是不是原谅他了！”简黎一拳打在休息室的门上，拔高的音量和撞击的闷响，吓得我顷刻间抖若筛糠。视线被泪水模糊，我把头埋得更低，声如蚊蚋地回：“是……”

寂静。

如死一般的寂静。

除了呼吸，我再听不见别的声响。不知过了多久，简黎沉声道：“林浣，你让我很失望。”

他要离开，我慌忙拽住他的手，一个劲儿地道歉：“对不起，简黎，对不起……”

“你对不起的，不是我。”简黎的声线冷得瘆人，“你把自己看得不重要，我一个外人，也改变不了什么。”

“不是，不是这样……正是因为有你在，我才能鼓起勇气去面对这件事，去坦然接受他的认错。”我的有恃无恐都是源于你的保护。

后面的话，我说不出口。

简黎睨着我，问：“我是你什么人啊？凭什么给你勇气？”

“你……你是我的朋友。”

“朋友……”简黎冷笑出声，“所以，在你的认知里，朋友就是可以亲吻、可以牵手的存在吗？林浣，松手，别逼我现在就全盘否定自己这两个月一厢情愿的所作所为。”

我一颤，讷讷地喊了声他的名字，松开了手上的力道。简黎头也不回地穿过道具区，身影消失在了转角。我无力地蹲下来，把脸埋进膝盖间，大片大片的泪从眼眶滴落，浸湿了戏服。

我想过我和简黎走不到终点，可没料到，我俩还没跑出起点，就被裁判罚了犯规。这感情的起起落落，实在太磨人。我越想越委屈，哭得双肩不停抖动。由于害怕哭声过大引来围观群众，我还死死咬住了戏服，也不管会不会损毁剧组财产。

过了好几分钟，我还沉浸在失恋的痛苦中，有个熟悉的声音突然传来：“林浣。”

我仰起头，满脸水渍地望着眼前人。

简黎去而复返，手里拿着手机，居高临下地看着我。我的妆应该花得很吓人，简黎的神情一时间阴晴不定。过了许久，他叹了口气，皱眉道：“我问你，我到底是你什么人？”

我抽噎着咬紧下唇不说话。

简黎蹲下身，与我目光交缠：“你说我是你的朋友，顾明卓也是你的朋友，你会愿意他吻你吗？就像这样。”

简黎在我唇上迅速啄了一下。

我睁大眼打了个哭嗝，觑着他退回原位，懵懂地摇头。

简黎的眉梢稍稍有了上扬的意味：“那牵你的手呢？”

我依旧摇头，含混不清地回：“除……除非演戏，否则……否则他牵我，我就……我就打他。”

简黎的笑比较明显了：“那……这一句话呢？”他举着手机屏幕面向我，我看见上面是条短信，意简言赅地写着：对林浣好一点，她说，她喜欢你，就是喜欢你。如果不是因为这句话，我一定不会放手。

我看了看顶上的陌生号码，尾数是 0881……如果我没有老年痴呆，这貌似是顾明卓的手机号……

所以，这货私底下给简黎发短信，间接替我表白了？

……该给他颁个年度最佳月老奖吗？

我说不出肯定的回答，也不能违心地否认，索性一动不动。

简黎擦了擦我眼角的泪，喃喃道：“对别人说出这句话，会比对我说出更容易吗？”

“什么？”

“你喜欢简黎。”

哪有这样让别人说喜欢还带上自己大名的啊？是不是自恋过头了些？！

吐槽归吐槽，简黎清润的音色道出这五个字，对我来说，还是一次标准的会心伤害。我面红耳赤，恨不得把头钻进水泥地。

简黎笑盈盈地把短信截了屏，保存进相册，再秒变脸，嫌弃地把顾明卓的手机号码拉进了黑名单。我抹着眼睛相当无语地看着他这种幼稚的举动，听他恶狠狠地说：“如果不是顾明卓及时发了这个短信，他现在肯定被我推进火葬场了。”

我没忍住：“你……你确实成年了吗？”

简黎瞄我："需要我给你证明一下？"

我一哽："不……不用了。"

简黎轻轻地弹了一下我的脑门，一边替我擦花掉的妆，一边说："林浣，你的所有，都值得我珍惜，我不能容忍的，是你明知有危险，还要义无反顾地靠近。我害怕……自己来不及保护你。"

我木讷地望着简黎，融融的暖意从心尖儿开始扩散，抵消了所有的难过。简黎刻意避开了我的视线，看起来和平常一样淡定从容，唯独耳朵上的一抹粉红，彰显出他此刻的不安与局促。我吸着鼻子，道："你已经很好，有你在，我就很安心。我会保护好自己，不会让你担忧的。"

"嗯。"简黎抬起眼皮，"所以，林浣，再说一次那句话。"

"什么话？"

"你喜欢我。"

凭什么是我！表白不应该是你们男生打头阵吗？！让我一个女人放下矜持这合适吗？！你的良心就不会痛？！

我麻木地站起身，拎起裙摆举步就走："别以为你是我'爱豆'就能为所欲为。今天的天气不错，我们不如建议导演拍个通宵吧。"

简黎似笑非笑地追上来："你害羞了？"

"我没有！"

"逃避不能解决问题。"

"我不是！"

"你喜欢我的事全世界的人都知道了，早说晚说不都得说吗？"

"你别瞎说啊！"

我正义地抛出拒绝三连，还是扛不住简黎的狂轰滥炸，便百米冲刺般跑进了摄影棚避难。简黎一到人多的地方，分分钟恢复了高冷，不再纠结于那个致命问题，总算让我得以喘息。彼时，顾明卓和两位配角老师已经就位，导演见着我俩回来，对我挤眉弄眼了好一番，无声询问着我的战果。我心累地冲他比了个“OK”的手势，他瞬间喜笑颜开，招呼工作人员开拍。

我原本还担忧顾明卓和简黎会重蹈覆辙，然而，这次的拍摄竟异常顺利，不仅顾明卓全身心投入角色，就连简黎对李忘殊状态的把握也十分到位。用导演的话来说，简黎这段时间的进步确实很大，已经能还原百分之八十的原著人物了。

对导演的彩虹屁，简黎无动于衷，只淡淡应了句：“多亏老师教得好。”

导演得意地薅地中海。

简黎补充：“林浣没少在我身上花心思。”

导演捂着心窝子一步两晃地退回了监视器后。片场爆发出一阵暧昧的起哄声。

我咬牙切齿地瞪着简黎，在旁人暧昧的注视下，我知道，我洁身自好的正能量女星形象，已经被这位大佬彻底终结了。

这天过后，剧组拍摄逐渐走上了正轨，我们三个让人操碎心的主要角色都没再搞出任何幺蛾子，每天兢兢业业，积极开工。顾明卓为了赶定渊会支线的进度，常常是超负荷运转，睡眠时间少得可怜。我看着他早上化妆时都在打呼噜的场景，幸灾乐祸地想，这可真是天道好轮回，苍天饶过谁。谁让这家伙前几天旷工的，把我和简黎累得够呛。

A 组为了配合 B 组，我们的拍摄反倒放慢了进度。我通常是晚上九点钟左右准时收工，回酒店睡个美容觉，日子过得还算有滋有味。当然，如果没有简黎隔三岔五就逼我表白的话，那就更完美了……

做人不能太贪心，道理我都懂，但我依然想吐槽我的“爱豆”。鉴于此，在某个闲暇的夜晚，当我又被简黎拦在走廊上做了长达十分钟的抗争后，我忧郁地回到房间，发了一条来自灵魂抱怨的微博，内容如下：搞不懂某些人的牛脾气，这是天然缺爱的表现吗？

配图为一头正在耕地的老黄牛。

末了，我就安稳地睡了一觉。第二天早上醒来，我上微博看评论，发现第一条是我发出微博后的一分钟，那个叫双木成林的小号回复的，很简单，只有四个字：你皮痒了？

我眼角一抽，不知道为什么，我居然隐隐有种乌云盖顶的不祥预感。我想了想，当即举报了这个小号。然后，大佬就莫名其妙地和我冷战了一整天，最后我还是靠牺牲色相，才艰难地挽回了大佬的迷人笑容。

怎么说呢，大佬真是非常任性！

时间一晃，到了十月。

我和简黎的对手戏差不多接近尾声，剧情的发展也已到了后期。定渊会在慕苏忆的扶持下逐渐壮大，吸纳了数以万计的民间志士，要推翻大燕王朝的统治。此时姜知临已能独当一面，坐镇定渊会与宫中的慕苏忆相互配合，使定渊会占据了墨水东岸几个重要的关卡城镇。随着皇城军与定渊会的战争愈趋白热化，慕苏忆决定以自身为饵，布擒王之局。她不惜亲自试毒，迫得重情重义的李忘殊带着她出宫寻药。

拍完了中毒这场戏，后面十天，我都留在了B组拍摄定渊会的支线。简黎的任务同样紧张，可即使如此，他还是会偶尔出现在B组摄影棚，幽幽地盯着我和顾明卓，监督我俩的一举一动。

论起占有欲，简黎绝对是王者。

约莫是我太过投入于拍戏，等我逐渐察觉简黎对我的态度不对劲儿，已经是国庆节之后了。他一反常态地不再等我一起收工回酒店，反而会和我保持距离。他平常不与我多说任何话，午饭晚饭也不再叫我陪着。

甚至连早上出门，他都把我踢出了他的同行名单。我丈二和尚摸不着头脑，开始郁郁寡欢，以为大佬是到了感情冷淡期，对我没有新鲜感了。直到某天深夜，我独自回到酒店，遇上几名蹲守在外的私生饭，见她们手中拿着各式各样的礼物，我才猛地反应过来，简黎快过生日了。

他的生日是十月二十六日，每年这个时候，黎粉们简直跟过年一样，普天同庆。她们会提前准备好大规模的应援活动：买广告屏，布置线下安利现场，拼了老命地打各种榜单，力图各项数据飘红排第一。我往年也会抽空参与，要么砸钱，要么做数据。可今年我是怎么了？竟把简黎生日的事忘得一干二净。

我痛定思痛，琢磨着肯定是因为现在简黎在我身边，我才会如此松懈，心安理得地享受他的关注，从而忽视了这个重要的日子。我禁不住狠狠敲了敲自己的榆木脑袋，决定弥补过错，给简黎送一份与众不同的生日礼！

思及此，我在网上买了一件纪梵希的简约男式T恤，打算重操小时候鬼斧神工的画技，通过勤劳的双手致富……啊不，是打动大佬。同时，我还用小号偷偷联系了简黎后援会，提供了一笔应援资金。

在我的三催四请下，网上的店家火速发货，我很快收到了T恤。这样一来，我从早到晚忙得头昏脑涨，晚上赶回酒店还得忙着画画刺绣。由于时间太紧迫，以至于我大大压缩了自己的睡眠时间，没过两天，脸就浮肿得和猪头一样。

简黎兴许是担心在这关键时期传出任何绯闻，有意无意地疏远了我，不再对我嘘寒问暖。我心里的落差形成了一个大瀑布，看着剧组里来探班的人络绎不绝，看着陈柯每天抱着大堆小堆的生日礼物，我突然察觉，原来我自始至终都徘徊在简黎的生活之外。

他于我，是指引前路的光明，是我努力止步却仍然不得不靠近的引力中心。而我于他……我不知道该怎么定义。我们有过亲密的接触，但他没有正面表示。也许……我只是他用来打发无趣时光的消遣对象？

我越想越心伤，喜欢简黎的人那么多，就连一些流量小花也趁机示好，我又能站在哪个位置上呢？阴郁的情绪就此一发不可收拾，我赌气似的接连好几天都没和简黎说过话，他也视而不见，没有半点安慰我的意思。

临到他生日前的第九天，整个剧组轰动了。不知道是谁，让代驾直接送来了一辆布加迪威龙跑车。当时，我和顾明卓一干人等在片场外围观，据顾明卓讲述，这辆跑车标价是2500万，稳居全球最贵的十大跑车之一……

我一听，差点就地晕过去。有哪句说哪句，依我现在的身价，把我肾摘了我都送不起这么昂贵的东西。

我以为简黎会拒绝，然而，他并没有。他接过代驾递来的车钥匙，听代驾说了几句话，随后打开了后备厢。几只五彩缤纷的气球顿时飘出来，每一个气球上都系着一条彩带，而彩带另一头，挂着一盒避孕套……

我看得目瞪口呆，有理由怀疑下一秒暴躁的大佬就会放火烧车，我都想好去哪拿灭火器了，可大佬再次出乎我的意料，他竟然好脾气地笑了笑，让陈柯收拾了气球，再把跑车开回酒店……

这一回，我是彻底失恋了。能送避孕套的，不可能是普通关系，我作为一个成年人，心知肚明。我咬紧下唇望着简黎，目送他转身回片场，与我擦肩时，他一个字都不屑多说。我心如死灰，恍然觉得，这几个月的相处，都是我的一厢情愿，都是不真实的虚假泡沫。沉浸在梦中的人，迟早会醒来。

顾明卓疑惑地瞅瞅我，问："你和简黎究竟发展到哪一步了？为什么还有人给他送避孕套？"

我狠狠地揉了揉鼻头，摇摇脑袋。

“这是几个意思？你俩结束了？还是吵架了？”

“没有。”

“没有什么？”

“我和他，没有关系！我们都没开始过，哪来的结束。”

说完这一句，我举步要走，顾明卓冷不防拽住我：“搞了半天，你只有在我这儿才英勇得像个炸碉堡的汉子啊？你有本事在我面前横，倒是把他吊起来问问为啥要收别人的避孕套啊！”

“滚开！”我拖着浓浓的鼻音斥道。

顾明卓弯腰看了看我发红的眼眶，眉头皱成了一条线：“林浣，这不是你自己选择的吗？我跟你说过，你和他的距离，不只是地平线和喜马拉雅山。有大路你不走，非得去爬山，遇上雪崩，可不就得尸骨无存吗？”

我继续揉鼻子：“顾明卓你能不能说两句好听的？”

“行。好听的是吧？”顾明卓想了想，凑近我耳畔，“我有个法子，能试探一下简黎的真实想法。”

我眼皮一跳，听着狗头军师接着分析：“他要是真在意你，是绝对容忍不了我和你再有过度接触的。男人嘛，都是醋缸子里泡大的。咱俩以其人之道还治其人之身，让简黎也尝尝陈年老醋的味道，怎么样？”

顾明卓摩拳擦掌。

我神色恹恹：“你说实话，你是想借机报复吧？”

“呸！怎么可能！”顾明卓望天，“我是那种人吗？”

“你是。”

“好哇浣浣，你这叫狗咬吕洞宾！我可把话撂这儿了，机会就这一次，你要错过了，等着喝简黎和别人的喜酒吧！”

我想撕烂顾明卓的狗嘴。

左右没了第二个选择，我抱着死马当成活马医的态度，虚心求教：“把你的想法说出来参考参考。”

顾明卓搓着爪子，概括了一下他的计划。讲道理，按照剧本，我应该离简黎的黑名单也不远了。顾明卓洞悉了我的犹豫，又花了五分钟给我描述简黎和别人生孩子的场景，我怒从心头起，恶向胆边生，决定依着顾明卓的建议，放手一搏。

十 糟糕，是心动呀

我依稀记得，那一天，是十月二十一日，皇历上写着，忌出行，有血光。我希望大家记住这个日子，因为这可能是我花样年华的终结点……

早上起床，我壮烈地奔赴片场，一如去送死。上妆时，顾明卓开始了作死的第一步。他当着简黎的面，故意和另外一名男演员聊天，说起了今天我要和他拍的一场亲热戏……喀，也就是姜知临强迫慕苏忆的戏份。

在原著末尾阶段，姜知临偏激的心性显现，慕苏忆知他不是正确的明君人选，在他和李忘殊之间产生了动摇。姜知临看穿慕苏忆的心思后，为全盘接掌定渊会，长期在慕苏忆的饭菜里下了定量的迷药，让慕苏忆陷入昏睡。可姜知临不知晓，慕苏忆身为蛊人，任何药物都会成为她的催命符。慕苏忆的身体每况愈下，定渊会的本质也发生了改变，从为民请命变成了彻头彻尾的争权夺利。这导致慕苏忆最终选择了李忘殊。姜知临得知后，兽性大发，强要了慕苏忆。

……

这男二，妥妥是个黑化的典型。顾明卓之前差点犯错，搞不好就是这角色的锅。

我惴惴不安地僵在座位上，眼观鼻鼻观心，压根儿不敢朝旁边瞅。

顾明卓冒着生命危险，依旧嘚瑟地说："我和浣浣是老搭档了嘛，也不是第一次拍亲热戏，不过之前拍的吻戏走的是唯美路线，这次导演说了，要激烈，要真实，要有肉搏感，啧，我一个大老爷们儿听了，心理压力都好大的。"

我闭着眼一动不动，恍惚间，总觉着我身边放了台制冷空调，正对着我哗啦啦地吹寒风。

顾明卓这聊天对象找得简直满分，是演我义父的男演员，年纪比我们几个稍大一些，性格嘛，一言以蔽之——钢铁直男。据小晴的小道消息，当组里所有人都认为我和简黎的关系暧昧时，唯独这位，出淤泥而不染，发出过反对的声音："别人哪里暧昧了，相处很正常啊，跟姐弟似的。林浣比简黎大了整整两岁，名气又差那么远，怎么可能凑一对儿，你们别乱说！"

我当时听完这话，差点气到颅内中风。

顾明卓没领教过这位直男的厉害，今天上赶着踢了这块铁板。他话音刚落，这位男演员就道："你俩那么熟，拍亲热戏肯定很自然。"

顾明卓笑着答："是哦。毕竟我和浣浣也认识三四年了，有深厚的抗战情谊。"

"那你俩为啥不谈恋爱？"

顾明卓正在喝水，估摸没料到这货如此大无畏，吓得一口水喷在了化妆镜上。我"义父"语不惊人死不休："你俩梅香 CP 的国民度挺高啊，这回又是二次合作，要能假戏真做，不仅能给剧组带来热度，粉丝们也会喜闻乐见的。小林人不错，你赶紧的。"

简黎捏响了指关节，在不怎么嘈杂的室内，显得刺耳还可怕。顾明卓想必也注意到了这个细微的动静，急忙打个哈哈跳过了这话题，生怕真的惹得大佬掀桌。

好不容易熬到上完妆，我跟在顾明卓的身后，正要去B组，简黎快步走出化妆间，叫住我：“林浣。”

来了！他总算要搭理我了，果然是见不得我和顾明卓有亲密接触，狗头军师真厉害！

我紧张得心脏狂跳，故作镇定地停下脚步，回头睨他。简黎眉头紧皱，与我对视片刻，说：“我的化妆师……”

等等，这什么奇葩切入点？

我不解地等着简黎接下来的话，他欲言又止地看着不远处，忽然浮现出满脸的无奈与厌烦。我一怔，听他道：“没事了。”

说完，简黎率先去了A组摄影棚，剩我一个人站在原地，茫然而无措。

简黎最后的表情，实在是给我带来了成吨的伤害，让我对顾明卓的计划瞬间丧失了信心。我恍惚地走进摄影棚，和顾明卓对完两遍台词，就呆呆地坐在床边走神。顾明卓练完走位，踱到床边挥挥手，问：“干吗呢？这么无精打采的。”

我抬头望着他：“你说……简黎会过来吗？”

“当然会啊！”顾明卓胸有成竹地说，“之前我俩就算隔两米远拍个对手戏他都得跑来监督，更别说今天是拍床戏了。简黎那个人，情绪都写脸上呢，刚才在化妆间，我看他恨不得徒手撕了我。”

“呵呵。”我想到简黎脸上的厌烦，不由得胸口发闷，“那要是他不来呢？”

“那他就是不在意呗。别怕，我给你兜底。”

“滚。”我没好气地啐了顾明卓一声。

眼看工作人员准备就绪，导演让顾明卓站远些，打算正式开拍。

根据现今的市场定律，大多数观众都有情感洁癖，对女主角在一部剧里亲完男主亲男二的容忍度相当低，是以导演运用的是远景拍摄手法。我和顾明卓只需要在开头几秒嘴碰下嘴，然后他就会暴怒地扯开我的戏服，转去啃我的肩膀……

嗯……用啃这个字眼，会让我稍微能接受一点。

我闭上眼，强行做了番心理建设，再深吸一口气，睁开了眼皮。这一睁，我还真的看到左边不起眼的角落里，站了一个浑身都散发着黑色怨气的身影。我既狂喜又焦虑，在这两种极端而复杂的心情下，场记第一次拍了板。

“亚父去见李忘殊，可是与李忘殊达成了什么协定？”顾明卓站在屋子中央，一秒入戏，不再是人见人怜的小白花，而是浑身充满戾气的野心家。他拿着药碗和汤勺，一勺一勺地舀着黑乎乎的药汁，清脆的碰撞声夹杂在他冷冽的声线里，让人深感压抑。

我顷刻间被他带动了情绪，凝神道：“李忘殊的生死关乎定渊会今后的走向，我必须亲自去确认。”

“是吗？”顾明卓冷笑，“那亚父手心的伤从何而来？”

那是慕苏忆以自己的蛊血为药引，医治因埋伏而身受重伤的李忘殊的证据。曾经要杀李忘殊的是她，到了最后，救了李忘殊的，也是她。

我用袖口掩住伤痕，从容背词：“现在不是杀掉李忘殊的最佳时机。帝王殒命，左相再无顾忌，势必一手遮天，独揽大权，朝中忠臣难逃劫数。三方动乱一起，战事无止无休，受苦的皆是百姓。”

“亚父是在骗我，还是在骗你自己？若你认定李忘殊不能死，又何必诱他入死局，甚至不惜亲手刺他一剑？”

“彼时朝中尚有太傅可与左相互相牵制，如今太傅病重倒下，时局不同，应对之策也自有变化。你知我所求，向来不是权力顶峰，我要的，只是还这无数百姓一个安乐盛世。”

“盛世……呵呵呵呵……”顾明卓笑得讽刺，“人命为棋，定渊会和皇城军皆是你手中的棋子，亚父这一盘棋，又将我放在哪个位置？李忘殊不是因时局留命，而是你动摇了。在你心中，他才是明君的不二人选！”

我皱了皱眉，没有接话。

“定渊会这十数万人，视你为信仰，把生死交托你手，他们万万想不到，兴许有朝一日，自己会成为你口中盛世的垫脚石，会成为你弃如敝屣的废棋！”

我的声音渐冷：“定渊会成立初衷便不是为了争权夺利，他们的信仰也不是我，而是为了所有的奴籍百姓争取平等的权利。我不在乎过程如何血腥，如何受人唾骂，我只在意结果是否如我所想。”

“那么我呢？！”顾明卓怒吼，“自始至终，你选中我，只是因为我是奴隶之子！是你给予大燕王朝一记重击的利器！当我没了利用价值，是不是也会成为你造就李忘殊的牺牲品？”

我沉默不答。

顾明卓重重把碗摔在地上，开启了接下来的重头戏。

“李忘殊可以做的，我同样可以！”

话音落地，顾明卓飞扑过来，将我压倒在床上。他形同一只暴怒的困兽，不由分说地吻住我，嘴唇一碰撞，我差点被这入戏太深的孙子磕出血……

顾明卓碰了两下我的唇瓣，随即埋进我的脖颈间，蛮横地撕扯我的戏服。我听到“刺啦”一声，肩膀一凉，小片的肌肤已经裸露出来。他一边借位挡住我的脸，一边低声说：“简黎来了！看到没？！”

“看到了，你激动个什么劲儿！”

顾明卓鸡贼地朝我一笑，我直觉不妙，这货完全不等我反应，张嘴就在我肩上咬了一口，我没忍住，当场哼唧出声。这个动静，不明真相的旁观者听进耳里，大概率会以为我被顾明卓亲得起了生理反应……

不是我自吹，现在要是我有把刀在手里，我能给顾明卓原地表演一套绝世刀法。

艰难地熬到导演喊了过，我一脚踹开身上的人，忙不迭坐起身整理戏服。简黎先前站的角落已经空无一人，我急急地环顾四周，没有发现他的身影，那一瞬间，我的心如同跌进了万丈深渊，灵魂悬在生死一线。导演夸我俩配合得不错，我只是敛低眼皮，没有半点的兴奋感。顾明卓“咦”了一声，也看看摄影棚，问：“简黎呢？奇怪，我眼皮怎么跳得这么快？”

我看了眼揉眼睛的顾明卓，恨恨道：“你咬我这一茬没有事先和我商量吧？”

“那不是怕咱俩做戏不到位，激不起大佬的醋意吗？”

我回了句“呵呵”，拔腿要走。顾明卓拉住我：“依你的见解，咱俩还要不要进行下一步？”

我嘴角抽搐：“依我的见解，咱俩先各自点播一首《凉凉》吧。”

如我所料，这场亲热戏后，我和简黎的关系算是一夜回到了解放前，没有火山爆发般的汹涌醋意，也没有任何幼稚的表达方式，简黎对待我礼貌而疏离，仿佛我于他而言，只是有着点头之交的人。偶尔有对手戏的时候，我俩会保持距离，认真拍戏。在片场碰到，他也会稍稍颔首，算是打招呼。可从头到尾，他都不会和我多说一句话，吝啬得连个语气词都没有。我不止一次主动找过他。第一回是在他的休息室门口，恰好碰见某杂志在做他的生日专访，我悄悄地溜了。第二回则是在酒店走廊，那会儿都过了十二点，我等了整整一个小时，才把他盼回来。我鼓起勇气拦住他的去路，想说点什么，他却是疲倦地按住眉心，道：“抱歉，我很累，可以让我回房吗？”

我愣怔地望着简黎，有那么一秒钟，我甚至怀疑他得了人格分裂症。换成以往，臭脾气的大佬是绝对不会用这种态度说话的。我张了张嘴，最终还是一言不发，默默地挪到了墙边。简黎快步走回房间，关门的时候没有丝毫迟疑。

至此，我彻底死心，把自己定位成了一个惨遭主人抛弃的玩具。我自怨自艾了好几天，每晚都靠在游戏里五连绝杀来发泄情绪。其间，顾明卓还想出损招，被我制止了。我初步阐述了一番自己决定放弃的观点。

顾明卓听后，摸着下巴嘲讽：“你嘴上说着喜欢，事实上也太容易退缩了。我要是你……”

我打断他的话：“这世上任何一件事都能迎难而上，但爱情不行。我的爱情，已经死在了这一年的夏天。”

顾明卓：“……”

我摆出一副历经世事的沧桑脸，哀叹连连地走远。顾明卓回过味来，反驳道：“等等，你那不算爱情啊！准确地说，应该是单恋！”

行，可以，我打算和顾明卓断绝邦交，为期三天。

对于顾明卓说的话，我从内心里其实是认可的。我和简黎从来没有正面确立过关系，当真算不上是爱情，毕竟所谓的爱情，是要两情相悦的。我明白自己是个胆小的人，当简黎黏着我时，我害怕自己的过去会影响他的未来，迟迟不敢迈出第一步。现在他不再黏着我了，我也就理所当然地退回了自己的领域，甘当一个缩头乌龟。爱情能不能迎难而上我不知道，我只知道，我没有那份孤勇。我宁可躲在远处看他，即使难过，也不愿去面对撕心裂肺的结果。

我，林浣，自认尽得有理有据。

这样的相处模式维持到了简黎生日这一天。

部分黎粉经过简黎工作室的同意，远赴剧组来探班，还给所有人准备了丰盛的午餐和甜点，给偶像撑足了面子。由于下午简黎还要进行一场生日直播，导演推算进度后，大发慈悲地同意提前收工。我站在不远处的树下看了会儿简黎被众星拱月的情形，他始终保持着微笑。但那笑容非常格式化，如同戴了张面具，和这段时间面对我时相差无几。我情不自禁地想起不久前，简黎说过的一句话，他说，他不想做别人的焦点，只想做我眼里的唯一。这原本是一句裹着蜜糖的情话，这会儿却成了最锋利的刀，凌迟着我弱小的心灵。我十分忧郁地抹了一把凄凉的泪水，抬头望天。

不管怎么说，简黎依旧是我"爱豆"。哪怕他伤害了我，还一笑而过，我都喜欢他，喜欢得要命。我要给他庆祝生日，这是我每年必须完成的事。思及此，我迅速打开手机上的专车 APP，定位到上海双子塔，让司机赶到酒店来接我。风风火火地跑回房间，我换上了准备送给简黎的白 T 恤，再给小晴叮嘱了几句，我就单枪匹马地踏上了短途旅程。

简黎的粉丝之所以在饭圈里被评为"壕"无人性，主要原因就在于浮夸的应援。譬如简黎九月的单人封面杂志短短五秒卖出了二十万本。再譬如后援会承包了双子塔大屏整整半个月，全天二十四小时不间断播放简黎的混剪视频……

要知道，双子塔的广告屏，贵得使人头秃。别家的粉丝顶多买一个星期，黎粉一出手，登时震惊了整个饭圈和我。我深刻觉得，粉随正主这句话是没错的，简黎和他的粉丝就是有钱，就是任性！

我坐在开着空调的专车后排，想了想，还是给导演发了个请假短信，以防明早回不来。导演约莫是看最近的内景戏已接近尾声，大度地回了我一个“好”字。我长舒一口气，头靠着椅背，昏昏欲睡地打盹儿。

从横店到上海，路上需要八九个小时。等我赶到视野较好的北外滩，已是夜里十一点四十五分。我把自己裹得严严实实的，口罩和渔夫帽几乎把整张脸都遮住，引来了好几个过路人的侧目。我无所畏惧地站在江边，挑了个较好的位置，摸出手机，打开相机，调成前置摄像头。看着背景里流光溢彩的大屏，我比了个剪刀手，按下了拍照键。

第七年，我依然在。不管你好还是坏，未来我都陪着你。

我把自己感动得一塌糊涂，揣回手机，看了许久大屏上播放的视频，深吸一口气，拉下口罩，放声喊：“简黎！生日快乐！”

我吼得声嘶力竭，余音消散在江风里。几个老头儿老太太被这动静吓到，还操着一口地道的方言责备了我两句。我点头哈腰地赔不是，刚把口罩重新戴好，对面树影下忽然走出来一个人。那人戴着鸭舌帽，帽檐压得极低，让人看不清他的容貌。他穿着一身休闲的卫衣和运动裤，止步在我一米开外，音色淡淡地说：“好，我听到了。”

我脚下一晃，忙不迭扶稳栏杆。那人微微抬起头，眉眼间绽开无比明朗的笑意，是传说中的绝世小甜饼没错了。我目瞪口呆，颤着手指着他：“你……你怎么在这里？”

简黎稍是收敛了笑意，踱到我跟前，照例在我脑门弹了个栗暴：“看见我，你似乎还不大满意？”

“没有。”我撇嘴捂头，“我只是奇怪，你现在不该在酒店里休息吗？”

简黎抿了抿唇，猝不及防地张开双臂，将我牢牢地圈进了怀里。我的侧脸紧贴着他的胸口，那强有力的心跳声在我耳畔有如擂鼓，顷刻间摧毁了我不堪一击的防线。

“我看见你离开了横店，不知道你要去做什么，我就跟来了。林浣，你为什么傻得这么可爱啊？明明我就在你面前，还要跑这么远来对着一块屏幕说生日快乐。”简黎胡乱揉着我的发。

我沉默了好一会儿，本想推开他，可最终还是在他难得的温柔里，选择了缴械投降。我吸着鼻子，喃喃道：“你整天那么忙，除了拍戏，就是在应付各种各样的生日祝福。我不是没想过当着你的面说啊，但是……你这段时间都不怎么搭理我。”

简黎一怔，和我拉开少许距离，与我四目相对：“你吃醋了？还是说，因为我不理你，你就悄悄地躲起来难过了？”

我咬紧下唇不回答。简黎静待了片刻，等不到想要的答案，正要略过这一茬，我蓦地认真道：“嗯，我难过了。”

大佬诧异地注视我。我脸上烧得厉害，却仍然强迫自己迎接他火热的目光。我不能再退缩，以前我和简黎都是他一味地靠近，而我只是待在原地，被动接受。他已经走了九十九步，这最后一步，理应由我完成。

与其畏惧那未知的结果，不如坦然面对自己的内心。我做了个深呼吸，埋着头道：“我其实一直把人际关系看得比较淡。我知道，每个人都是孤零零地出现在世上，生命的开始和结束，都是孑然一身，每个人都只是过客。之前我和顾明卓闹不愉快，我认为他不会再是我的朋友，我很难过，但我更明白，这难过会渐渐消弭在时间里，不久之后，我就能以平常心去对待。我以为这定律同样适合用在你身上的，可这一次，我好像过于自信了……”我仰起脑袋，直直地对上简黎漆黑的眸，“在你这儿，我像是摔进了沼泽地，越是挣扎，越是深陷。时间救不了我，只会让我溺死在里面。你不理我的每一天，我都觉得特别煎熬。会嫉妒的人不是只有你，我也会嫉妒的。看见你对别人和颜悦色，对我却是冷脸相待，我都快疯了……”

说到最后，我的嗓音越来越弱。

简黎呆滞了半天，猛地将我又按回他的胸膛，叹息道：“老实说，你这几天是不是闲着没事全看爱情片去了？你这情话水准都可以考级了。”

我脸一垮，当即要甩手走人。什么叫全看爱情片了？！以上都是我原创的好吗？！你这是在侮辱我的语文老师！

看我气得鼓着腮帮子，简黎嗤笑两声，把我死死禁锢住：“你能这么老实，让我很意外，也……让我很开心。林浣，你知道对我来说，你是什么吗？”

我愣愣地摇头。

“是我所有的喜怒哀乐。你的一举一动，我都会不自觉地无限放大。如果你对我笑了，那今天一定是晴天。如果你生气了，那这世界上就不会存在比这更糟糕的事情了。我拥有的东西很多，但我唯一不能失去的，只有你。”

我略一沉默，说：“所以，现在到我俩情话比拼的环节了是吗？”

简黎笑着捏我的鼻头。我挥开他的手，后退半步叉着腰，假装凶神恶煞地问：“说来说去，你也没解释为什么不理我啊！还有那辆跑车，那些避孕套，究竟是怎么回事？”

简黎看着我笑得越发灿烂，道：“哦，关于那辆跑车，我得先确认一个问题。”

“什么问题？”

“你是以什么立场来追责的？粉丝？朋友？还是……我的女朋友？”

我心脏一阵狂跳，迟疑少时，我镇定望天：“就……就最后一个立场吧。”

“什么立场？”简黎装傻。

我瞅着他那嘚瑟的模样，没忍住掐了一下他的肚子，恶狠狠地道："女朋友！"

简黎就着我的爪子一把将我又抓进怀里，活像八爪鱼似的紧紧缠着不放："这可是你说的，从现在开始，你是我的女朋友了，不许耍赖。"

"多大人了？这么幼稚，传出去还怎么坐稳你高冷爸爸的人设？"

"我不管，我就是要让你盖章确认。"

我想了想，踮起脚在他的唇上印了一吻："好了，我盖过章了。"

简黎瞳孔一缩，立刻就要乘胜追击，我慌乱地按住他的肩膀，提醒道："说正事呢，你不好好解释，我有权收回盖章的。"

简黎舔舔唇瓣："盖章被我吃掉了，没法收回了。"

论幼稚，还是大佬技高一筹，本人甘拜下风。我正无言以对，简黎温声道："不是我不想理你，而是这段时间，剧组里人多嘴杂。你还记得那天我跟你提过的化妆师吗？"

"呃……"印象里，貌似有这么一回事，不过，他当时话都没说完整，我也不清楚到底发生了什么。

简黎约莫是组织了一番说辞，慢慢道："她在网上爆出了一些料，被我的工作室提早发现了，及时封锁了消息，这事才没大面积传开。但是，还是因此招来了不少苍蝇。加上最近粉丝和同行探班比较多，我才会刻意和你保持距离。"

简黎寥寥几句，让我一时间百感交集。我分不清楚，他这是出于想保护我的目的，还是单纯地不想让我们的关系见光。事实上，依他现在的流量，不谈恋爱的确是正确选择。想到这儿，我的心情有些低落，闷闷地问："爆出的料，是关于我们的吗？"

"嗯。"简黎笑了笑，"别担心，已经解决了。"

"哦。那跑车又是怎么回事？"

“是我堂姐送的。她小时候父母发生了意外，一直寄住在我家里，和我们一家人感情很好。去年她过生日的时候，我送了她一办公室粉色公主布娃娃，因为她平常是女强人的形象，所以她觉得被我捉弄了，今年就以牙还牙。”

“请问你们姐弟之间还存在人和人的基本信任吗？”

简黎愣愣地回：“应该……不存在的。”说完，他兴冲冲地觑着我，“好了，该解释的我都解释了，现在，轮到你了。”

“我？”我丈二和尚摸不着头脑。

简黎阴森地道：“你和顾明卓胆子挺大啊，当着我的面拍吻戏，还……”

我手疾眼快地捂住简黎的嘴：“不是你想的那样！我没有任何回应！是他咬我！”

简黎的指关节咔嚓一声响，强行扒拉下我的爪子，眯着眼道：“让我不计较也可以，别人祝福我过生日，一般都会送些礼物。那么，你准备的礼物呢？”

我看着简黎摊开的掌心，陷入了深深的沉默。

脸皮厚的人我见过，但像大佬这样主动索要礼物的，确实还挺少……关键是，在我见识了送跑车这种大手笔后，我那点小东西，确实不太能拿出手……

简黎见我久久不语，脸登时黑了下来，活像要糖不成功的小屁孩要开始耍浑的节奏。我直觉不妙，刚要找个借口开溜，简黎不知想到了什么，眉开眼笑道：“实在没有的话，以身相许我也是可以接受的。”

你们男人还能不能有点积极向上的健康思想了？！

我暗中腹诽，嘴上却说：“礼物嘛……喀，有是有。”

简黎睁大了眼，大概是没料到我竟然在和他冷战期间还真的准备了礼物。他表情郑重且期待地等着。我犹豫了一会儿，一颗一颗地解开了外套的纽扣，露出里面刺绣的白T恤。

简黎一动不动地睨了我几秒，然后倒吸一口凉气，咽着口水说："你这是……同意我以身相许的提议了？"

我："……"

简黎："等等，我看看最近的酒店在哪里。"

我握住他想要摸手机的手，恨不得跳起来打爆他的头。当然，这行为毫无胜算，我只能选择放弃。忍了忍，我指着自己T恤上的Q版小人，怒道："你想哪儿去了！我是让你看看这T恤。"

简黎一脸绝望，前一秒的兴奋和激动顷刻间变成了麻木。他耐着性子低头观察我的T恤，发出了一个致命疑问："这是哪里批发的？这刺绣，看起来不太专业的样子。"

我闭上眼咬牙切齿地说："全球只此一件，没有批发。"

"那……那我家小林子的眼光……也很特别。"简黎十分艰难地讨好。

我气得脑仁疼，拉紧外衣忧郁地道："这是我自己画的Q版人物，以你为原型创造的。这刺绣，也是我自己一针一线绣上去的，的确没什么专业度呢！"

简黎怔住。

我皱着眉头小声抱怨："本来前几天日赶夜赶地绣完了，想着今天能送给你，谁知道还被你嫌弃……"

简黎猝不及防地从背后抱住我。我余下的话音一噎，再也说不出口。他贴在我的耳郭，用低沉的嗓音说："林浣，谢谢，这是我收到的最好的礼物。"

我心尖儿一暖，所有的怨气顿时烟消云散。

在过去的两年里，我和他弯弯绕绕，总是因误会错过，可从今往后，我会加倍努力地珍惜，不去猜测，不去怀疑，给予他我并不昂贵的信任，给予他我忠诚坚定的爱情，给予他我全部的身心……

有那么一瞬，我觉得我的人生，有他的参与，真是非常圆满。我和简黎在江边的夜风里深情相拥，接着……

产生了严重分歧。

我说要叫个车赶回剧组，简黎则提议，来都来了，不如多留一天。讲道理，就他这种危险的思想，迟早会被导演套个麻布口袋扔厕所里痛打一顿。我实在拗不过大佬，只得屈辱服从，跟他开车去了酒店。

简黎是自己开的保姆车来上海找我，我当时坐在副驾驶上，想到了一个问题。于是我问简黎："对了，你是怎么找到我的？上海这么大，找个人跟大海捞针似的，别告诉我你有超能力。"

简黎装聋作哑。

最后在我的分房威胁下，他才不情不愿地道出了实情。他，一个占有欲极强，行为还相当幼稚的大佬，居然在两个多月前，趁我陪他磨演技期间，给我的手机开通了GPS定位！

怎么办？我现在心好累，我想收回盖章，我想当一条被他忽视的咸鱼。求问如何让幼稚的男朋友一夜长大，在线等，急……

驱车到了市郊附近的一个七星温泉酒店，作为正式确立了关系的男女朋友，简黎只开了一间套房。我俩前后洗漱完毕，我困得眼皮直打架，简黎却是神清气爽，搂着我亲亲脸再亲亲额头。我直言自己还没做好心理准备，简黎呆了呆，冷不防低笑出声。我刚想问他在笑些什么，他就忍俊不禁地拍拍我的后背，安抚道："睡吧，没关系，我可以等。"

我感动得差点哭出声，往他怀里钻了钻，调整好舒服的姿势，很快进入了深层睡眠。

第二天一早，简黎又在卫生间里待了四十分钟。我听着哗啦啦的水声，怀疑自己对他可能有点残忍。我想着，要不还是进一步发展关系，满足他的愿望好了。有了这个打算，我当即长发披肩，并把酒店统一的家居服卷起了裤腿，意图用我的大长腿勾引简黎。然而，当简黎从卫生间里出来，我觑着他那湿漉漉的头发，再觑着他那没有半点遮挡的上半身……

年体的肉体，健硕的胸肌，轮廓分明的腹肌，以及倒三角的人鱼线……

好的，是我被勾引了。我鼻子一热，急忙回到卧室里扯餐巾纸。简黎闲散地跟上来，靠在门边擦头发，问："怎么了？你感冒了吗？"

我背对他举起手，阻挡他要靠近的步伐，惆怅道："让我冷静一下，我合理地怀疑我俩的实力差距在于你是个开了挂的人民币玩家，而我只是新手村里的NPC。"

"你在说什么？"简黎忍俊不禁。他把毛巾扔在床上，继而拽住我的手腕，迫得我转过身面朝他。由于我的脸险险怼到他的胸肌上，所以我再一次热血沸腾。我用空着的手捂住嘴鼻，狂躁的心跳声几乎掩盖了其余的一切响动。按照现在这场景，只要我把简黎身上的浴巾一扯，迎接我的，必将是干柴烈火！我哽了哽，色心造色胆，我颤着手摸向简黎的腰间，就在我要出击时，简黎忽然说："林浣，我们去约会吧。"

我呆若木鸡。

简黎看看我的爪子，又看看我的裤腿，疑惑道："你是想去泡温泉吗？"

我眼角抽搐，小心翼翼地缩回手，露出了女神微笑："好的，我们去约会……"

简黎在我额头上亲了亲，转身去换衣服。我抚着不争气的小心肝儿，深觉昨晚我怕是错过了一个亿，实名后悔中……

关于约会，普通人大概率是逛街、吃美食、看电影，我和简黎身份特殊，想大摇大摆地走在街上，可能性为零。参考某人买个海鲜粥都差点有命去没命回的经历，我是绝对不敢让他冒险的。我俩一边吃着酒店的双人早餐，一边思考约会方案。简黎提出去爬山，这个直男方案被我当场否决。

他苦思冥想，又提出去野外钓鱼，也被我这个不存在钓鱼技能的人否决了。

至此，简黎开启了自闭模式。

我思索许久，斟酌着提议："要不我们去私人电影院吧，就那种一个房间，两个人想看什么电影都有的地方。"

"那为什么不在酒店里看？"

竟然说得如此有理，我无法反驳。我气馁地咬了两口吐司，心不在焉地望向窗外。马路边上，立着一块巨大的广告宣传牌，上面写着金秋十月，漫展开幕，底下画了无数可爱的动漫形象。我一时计上心头，咧嘴道："你喜欢漫威吗？"

简黎一脸茫然。

我笑道："忘了，你过的是老年人生活。走，今天带你体验绝佳的年轻刺激感。"

简黎睨了我片刻，点点头："好。"

我猜，简黎之所以没拒绝，应该是以为我真的想出了绝佳的约会圣地。直到我俩进了动漫主题商店，并买了一套蜘蛛侠的服装和一套死侍的服装时，简黎那张脸，用青黑交加都不足以形容……

诚然，他想跑已经来不及了。我凭借自己稳坐正宫的优势，逼迫他换上了蜘蛛侠的服装，反复欣赏了十几分钟，前仰后合地拍了好几组照片，才心满意足换上了死侍的衣服。

漫展里，大多是些十几岁的小孩子，像我和简黎这把年纪的，妥妥属于高龄。好在有头套的掩护，也没人注意我俩的身份和年纪。

我和简黎明目张胆地手牵着手，他兴味索然，我则开心得像只两百斤的狗子，左看看，右瞅瞅。我喜欢漫威，也喜欢漫展，以前碍于胖哥的阻拦，常常只能在微博上刷一刷漫展的消息。这次借着约会的由头，能和喜欢的人在漫展上闲逛，我自然是得意忘形。我俩没走多远，身后就聚集了不少围观者，一群小姑娘都在叽叽喳喳地讨论。

“妈呀，死蛛 CP 出现了！这把狗粮我吃！”

“高举死蛛 CP 的大旗，让狗粮来得更猛烈些！”

简黎无语地凑到我耳边，低声问：“死蛛 CP 是什么？”

“蜘蛛侠和死侍的组合名字啊，是不是特别好记？”

从简黎的眼神中，我读出了他有种想撕烂身上衣服的冲动。我赶紧在他手背上亲了亲以示安慰，才压制住他这暴躁的想法。

逛了大半个会场，我在其中一个展台上看见有木偶表演，不禁好奇地挤到人群里去观看。简黎不喜欢和陌生人有肢体接触，索性留在不远处等我。我这边拿着手机拍照拍得津津有味，简黎那边却已是水深火热。他大概是命犯桃花，哪怕遮住了脸，单凭肩宽腰细的身材和旷古绝今的大长腿，就吸引了好几个 Cosplay（角色扮演）的小姐姐。小姐姐们把他层层围住，索要他的手机号码，说要今后合作。简黎不冷不淡地指向我，意简言赅地说：“我女朋友，你们问她同不同意。”

甩锅一级棒，我给大佬点个赞。

小姑娘们如狼似虎地望向我，我出于不想接锅的心态，清了清嗓子，耸肩否认：“不是呢，我俩只是刚在路上碰到的，不太熟呢。”

简黎握紧了拳头，我笑得花枝乱颤。我拿出手机对准简黎，记录下他难得被调戏的这一幕。没料到，简黎只是默默盯了我好几秒，忽然拨开小姑娘们走过来，麻利地将他的头套和我的头套各自扯开一半，趁我还没回过神，柔软的唇覆在了我的唇上。

我当场呆住。

周围一片哗然。随后，在轰动全场的尖叫声和接连不断的快门声中，简黎缓缓松开我，细致地把我俩的头套重新整理好，搂着我的腰略带威胁地问：“你和我，熟不熟？”

我的老脸烫得几乎冒烟，毫无骨气地点头：“熟，比上了锅的大闸蟹还熟……”

大佬满意了，牵起我的手，无视了喧闹的人群，继续闲逛漫展。

临到下午闭馆，我俩才慢条斯理地回酒店收拾了东西，开车返回横店。半路上，我随手刷了刷微博，惊讶地发现，我和简黎扮演的蜘蛛侠与死侍，竟然以迅雷不及掩耳的速度登上了话题热度榜，其标题为：死蛛 CP 漫展接吻，浪漫果然是跨越次元的！

我哭笑不得，朝简黎晃着手机说：“你看，我俩上热搜了。”

简黎脸色一沉，飞快地瞄了一眼屏幕，才恢复了淡定和从容：“今天微博的后台技术人员应该感谢我俩戴了头套，不然，网络肯定会瘫痪。”

我皮笑肉不笑地说：“您对自己的定位还真是非常精准呢，知道自己女友粉基数大。”

“吃醋了？”

“才没有。”

“哦。”简黎应完这一声，彻底没了动静。我心里七上八下的，扭头望着车窗外哼哼唧唧。简黎忍俊不禁地捏我的脸颊，温声道：“粉丝是陪我走过了一段岁月的人，我会感激。而你，是我任何时候遇见都嫌晚的人，我会付出。所以，两者之间没有任何可比性，明白了吗？”

我沉默片刻，调整好坐姿面朝他：“那如果，我和你的女友粉同时掉进水里……”

“我选择喊救命。”简黎面无表情地抽回手。

我嫌弃道：“你这个不是标准答案，一点求生欲都没有！”

“有啊。”简黎一本正经地说，“我跳进水里，就是为了求生才喊救命的，毕竟，我也不会游泳。”

我嘴角直抽：“你作为一个顶天立地、才貌双全的全民男神，居然不会游泳？！”

“把你的马屁先收一收。”

“我是在嘲讽，难道不明显吗？”

简黎凉凉地瞥了我一眼，那眼神，仿佛在发送严厉警告。我立刻摆正自己的态度，提醒了自己谁才是大佬，紧接着开始阿谀奉承：“我这句话的重点其实主要还是在前半句。人无完人，你要是过于完美，反而会衬托出我的某些小缺点和小毛病，不利于咱俩的长期战略合作。”

简黎停顿三秒，反问：“难道我现在不够完美？”

我对简黎的自恋无言以对。

简黎：“再说了，你哪有小缺点和小毛病。”

我很是感动。

简黎补充：“你的缺点和毛病都是要命的。”

这个恋爱，谈得扎心了。我捂住胸口，生无可恋，摆手道：“我们的感情产生了裂缝，我要重新思考我们的关系了。”

“给你个机会，再说一次。”

我哽了哽："你说得都对，你如此坦率的个性真是让我非常喜欢呢。"

简黎夸我："真乖。"

乖你个头！

诚然，这一句，我没敢说出来。

当晚，回到剧组所在的酒店，为了发泄我的满腹怨气，我转发了一条死蛛CP的微博，并配文：一个下水就能淹死的蜘蛛侠，死侍的内心其实是拒绝和他组CP的！

我之所以敢这么发，是我自信地认为，简黎没空翻我的微博。星饭团APP也间接证实了这一点，我的简黎小宝贝自始至终都没上过线。可诡异的是，当我第二天一大早觉得这条微博不大妥当，正准备删除的当头，我发现一个叫"双木成林001"的小号留了第一条评论，其言辞简洁而利落，温情中又不乏恐吓，只有七个字——呵呵，你胆子挺肥。

这语气，竟无端让我胆寒。我想了想，不久前，我举报了一个名叫双木成林的小号，据我目测，这应该是那人的第二个小号。

嗯，非常执着！

我在内心感叹了一句，然后，小手一抖，再次把这个ID举报了……

不知道为什么，接下来的整整一天，简黎都没有搭理我，真是相当奇怪……

十一 秋天到了，是时候谈个正经恋爱了

大佬对我不冷不热，加上我俩请假之前冷战的种种迹象，导致剧组里的人一致认为，我和简黎彻底撕破了脸。拍摄期间男女主不和，这让导演和八卦群众操碎了心。我倒是出奇的淡定，简黎白天即使还能端着架子对我视若无睹，可到了晚上，他的黏糊劲儿就上了头，想尽法子把我留在他的房里，诓我陪他一起睡觉，甚至不惜用怕黑这种劣质的借口……

我能怎么办？

面对一个绝世小甜饼，我当然只能把他宠着啊！亲亲抱抱是睡前的必备流程，好在我意志坚定，总能在最后关头按住简黎不安分的手。于是，有那么几天，他的口头禅变成了以下几句：

——你什么时候才能准备好？

——不痛，真的不痛。

——我想要。

试问，当一个长相全戳中你心尖，且个性集高冷、可爱、贴心、幼稚为一体的小狗崽操着喑哑魅惑的嗓音在你耳边说出这些话时，有谁顶得住？

答案是，我，林浣，骄傲地顶住了。

不怪简黎魅力不够大，关键还是我够孱。盗版爱情片对我的影响太大了，加之，我怕跨过了那一步，两个人之间失去了朦胧的美感，会加速感情的终结，所以一直处于拒绝状态。这样折腾了大半个星期，简黎的欲求不满已经具象化出不幸福的黑气，以他本人为圆心，两米之内，几乎寸草不生。

导演愁得头秃，明里暗里提醒了我好几次，让我和简黎搞好关系，不要闹矛盾，毕竟我和他还有一场真枪实弹的肉搏戏要拍。我一听肉搏戏，当场犯了难，不是纠结于要和简黎有肢体接触，而是怕一旦开了头，简黎能不能刹住车，这就是个技术活。导演见我一副自闭的模样，神情越发忧郁，活像遇到了可怕的中年危机。

时间一晃，临近十月中旬，内景戏终于要杀青。我和简黎的床上表演，被安排在这天的最后一场。

中午吃过饭，我蹲在片场的道具花树底下，思考该怎么让简黎克制住心底的欲望，从而合情合理地完成这场肉搏戏。简黎反倒像没事人一样，躺在院中的椅子上休息。我瞅瞅他，又想想他每晚的表现，越来越觉得这个问题很严峻。导演同样愁眉不展，和顾明卓站在边上小声讨论着什么。没过一会儿，顾明卓招呼来几个配角演员，聚在不远处大笑出声。我好奇他们在干什么，索性悄无声息地溜过去，躲在顾明卓身后探头张望。只见这几人先是围观手机，接着又划拳。我不明白这是在玩什么游戏，便问：“干吗呢你们？”

顾明卓扭头望我，演出了一个极其浮夸的惊讶表情：“咦，你来了？”

我发自内心地道：“顾明卓，我怀疑你的科班毕业证书是花五毛钱办的假证。”

顾明卓用力拍一把我的肩，也没和我计较，直接将我拉进了这个看似专门坑蒙拐骗的小团伙。他瞟了一遭还在打瞌睡的简黎，压低声音说："玩游戏呢，时下最热门的微博游戏。导演觉得挺有意思的，打算拍个花絮。"

我一时没忍住，嘴欠道："哦，什么游戏呀？"

"亲脸游戏！"

我转头就要走。

导演下了命令："林浣，留下。"

我登时哭丧起脸："不是，导演，谁家花絮玩这么大，还亲脸啊？我好歹也是个有点名气的小花，万一传出什么绯闻，剧还没播，我人都要黑透了。"再说了，大佬还在旁边呢，万一我倒了大霉被迫要亲顾明卓，大佬的四十米大刀是割我的脖子还是掏我的心窝子啊？出了事儿谁负责？

我的一万个理由还没出口，导演又语重心长地劝："放心，这只是个游戏，后期还会进行剪辑，不会给你造成困扰的。"

"我……"

"拍摄花絮，也是工作的其中一个环节，林浣，做演员，得有敬业精神嘛！"

"……"

导演都搬出敬业这口大锅了，我只能打落牙齿和血吞，拼了。我气急败坏地瞪了眼顾明卓这个罪魁祸首一眼，挽起戏服的袖子，聚精会神地听他们讲述游戏规则。

这个游戏，起初是在微博上流行，有一个糙汉子偷拍他亲了自己的好哥们后，好哥们那夸张的反应。大概富有恶趣味的人实在太多，这整蛊手段迅速传开，有拍亲闺密的，也有拍亲同事的，还有拍亲陌生人的，各种各样，奇葩纷呈。划拳最后的输家作为游戏执行者，第一个胜出的人则可以指定亲谁。为了增加游戏的难度，顾明卓这糟心货提出，谁要是输不起，剧组同仁就齐心协力爆一个输家的大料……

我仔细想了想，我的大料，那肯定是有关简黎了。

不行！我不能让简黎的前程出现危机！为了保护我心中唯一的光明，我决定放手一搏！

第一轮划拳，我走了狗屎运，首个胜出。顾明卓作为输家，被我指定去亲导演。两个大男人面面相觑，从互相嫌弃到激情一吻，顾明卓还被导演用小拳拳砸了胸口，砸得他猛男落泪。

我体验到了游戏的趣味性，立刻兴致高涨。

第二轮，演我“义父”的男演员输了，灯光师让他亲了我“义母”，“义母”意犹未尽地咂咂嘴，问：“谈恋爱吗？明早就分的那种。”唬得这位直男演员兵退三千里。

经历重重厮杀，在第五轮划拳时，我不负众望，终于当了回输家。我出完剪刀被敌军石头攻克的那一刹，我依稀在大家的脸上看到了一抹难以掩饰的、无比快乐的笑容……

我直觉不妙，刚想脚底抹油，导演扯住我的戏服，摸着下巴道：“哎呀，天道好轮回，善恶终有报，不是不报，时候未到。”

我：“导演，你冷静点，有些事，我们不要明知不可为而为之！”

“说这些有的没的干什么，我指定你去亲……”

“不行啊，您这样我会被大佬弄死的，您断我水绝我粮都行，就是不能让我去亲……”

“亲简黎！”

我眨了眨眼：“等等，您不是打算让我亲顾明卓吗？”

“亲什么顾明卓！美得你！”导演吹胡子瞪眼睛，“玩游戏就是要挑战高难度，我指定你去亲简黎！”

“可简黎都没参加这个游戏啊！”我一脸茫然地说完这句话，随后很快反应了过来，这几个人，自始至终根本就是在给我下套吧？！这果然是个坑蒙拐骗的小团伙！他们一定是认为我和简黎不和，想着利用游戏的噱头打破我和简黎的僵局，好顺利拍摄下午的肉搏戏。

一群心机男女。

想通这一点，我本着将计就计的原则，假装为难地推托了半天，最后实在没办法，才蹑手蹑脚地靠近简黎。彼时，简黎还在小憩。微风习习，撩起了他的发尾。他左手拿着剧本，散漫地搭在自己的胸口。金灿灿的阳光从繁茂的枝丫间洒下，点缀着他好看的眉眼。我咽了口口水，所有人都紧张而期待地盯着我，一度小声怂恿：“亲他，亲他，亲他！”

摄影大哥举着手机记录，我装模作样地扭捏了片刻，见导演急得挠头，我忍俊不禁地蹲下身子，细细地打量着简黎的侧脸。

无论认识多久，无论这张脸让我魂牵梦萦了多少年，只要入目，他总能轻而易举地让我心跳如擂鼓。在我眼中，仿佛整个世界都是黑白的，唯有他，色彩明艳。我强迫自己做了个深呼吸，继而屏气凝神，慢慢靠近。

风和日丽的景致下，我悄悄亲了他的脸颊，如同偷到糖吃的小孩，甜蜜得心动不已。我正沉浸在自己的情绪里，简黎冷不防睁开了眼，懒懒地与我对视。我一怔，简黎双眼一眯，群众惊呼：“完了完了，大事不好，简黎醒了！”

“糟糕，明年的今天，林浣的坟头草肯定三米高了。”

“导演，快叫救护车！防止出人命。”

我舔了舔嘴巴，冲着简黎挤眉弄眼。简黎不解地看着我，我只得硬着头皮小声解释：“这些人套路我，逼我亲你的脸。”

简黎不动声色。

我又道：“他们都以为咱俩不和呢，你稍微配合一下，先坐实他们的想法，来个火山爆发，让他们感受逼命的快感！”

简黎冷冷瞥了一圈导演众人，围观群众纷纷望天的望天，转身的转身，没有一个敢正面接触大佬审视的目光。末了，简黎缓缓收回视线，语气淡淡地问我：“逼命的快感是吗？”

我后背发麻，察觉到这问话貌似不大友好，打了个哈哈，意图开溜，孰料，简黎手疾眼快，准确无误地擒住我右手腕，另一只手再迅速揽上我的腰，带得我往前扑去。我惊叫一声，余下的话还没脱口，这货当众吻住了我。

这一次，我和他没有戴头套……

这一次，万众瞩目外加摄影师在侧……

这一次，我的人生终于走上了巅峰。

我当时的心态在“妈呀我男朋友真是苏炸了”和“糟糕我明天会不会被黎粉撕得亲妈都不认识”这两个极端的念头里打着转，周边的吸气声、尖叫声不绝于耳，摄影师甚至还近距离地拍了个我俩的特写。我晕晕乎乎地回应着简黎的吻，直到简黎不轻不重地在我唇瓣上咬了一口，我才堪堪回过神，急忙推开他，面红耳赤地站了起来。吃瓜群众下巴掉了一地，导演也是惊得站不稳脚跟。隔了好半晌，导演才薅着头发走过来，指指我，又指指气定神闲整理戏服的简黎，迟疑道：“你……你们不是撕破脸了吗？”

我干笑：“其实……没有。”

“那你们是……暗度陈仓了？”

我正色道：“导演，我感觉你这个成语用得可能不大合适，我和简黎……”

“是光明正大。”简黎抢了我的话。

我麻木地盯着自己的脚尖，彻底放弃了卑微的挣扎，已经做好了面对狂风暴雨的准备。导演不敢置信，沉默了半分钟，接着后知后觉地问：“所以，你们现在的关系是？”

简黎挑挑眉，在我脸上吧唧了一下，反问：“您觉得呢？”

导演瞬间目瞪口呆。

简黎转身走往摄影棚。看着他那充斥着王霸之气的背影，导演情不自禁地鼓起了掌，脸上洋溢着欣慰且慈祥的笑容，一个劲儿地道：“挺好！挺好！”

我：“哪里挺好？”

“你们俩呀！”导演搓了搓手，“之前我还担心你俩关系不和，拍不好接下来的一场肉搏戏，现在你俩是小情侣了，拍起亲密戏来肯定水到渠成，我再也不用担心了！”

说完，导演也十分开心地走向了摄影棚。剩我一个人站在原地，看着导演那头稀疏的“秀发”，一时间倍觉忧虑。

几个吃瓜群众挨个走来向我道喜，祝贺我抱上了一条粗壮的金大腿，并提醒了我六字金句：苟富贵，勿相忘。我回以这些损友“呵呵”二字。唯独顾明卓，勉强堆出来的笑意里有说不清的苦涩，他拍拍我的肩，道：“可以呀林浣，这么快就攻下敌方水晶了。”

我抿着唇没说话。

顾明卓埋头沉默了许久，随即深吸一口气，道：“他们说的那六个字我就不重复啦，林浣，以后，要照顾好自己，你和简黎……算了，别的我也不插嘴，总之，不管什么时候，只要你记得我这个朋友，我就永远都在。”

我点点头：“谢谢。”

顾明卓推了我一把：“走吧，开工了。”

“好。”

至此，我和简黎的关系全组皆知。其中最高兴的，大概要数导演。不过，导演的开心并没持续多久，因为在下午的亲密戏份中，简黎因控制不住自己的爪子，被导演一而再再而三地喊了“咔”。看着导演忧伤地躲在角落里打开了百度，搜索该怎么阻止年轻人在爱情里的欲望这个话题时，我忽然觉得导演苍老了不少……

实名心疼他，我是认真的。

为了替导演分忧，我拉着简黎仔细琢磨了一番剧本。关于这场亲密戏，实际上走向是非常悲剧的。

在慕苏忆与李忘殊决裂之前，她刚度过了二十四岁的生辰。那日李忘殊问她想要什么，她所求，却是一纸和离书。帝后和离，大燕史上闻所未闻。若是李忘殊选择了拒绝，也许两人还未必会走到最后生死不见的境地。可十年夫妻，李忘殊只觉自己愧对慕苏忆，给了那纸和离之约，这也断了慕苏忆唯一的念想。

她设局埋伏李忘殊，不惜亲自捅他致命的一剑。李忘殊伤及心脉，命悬一线，危难中被慕苏忆的义父救走。到了末路，慕苏忆知晓姜知临始终不及李忘殊的仁义，不适合掌权天下，她才将河清海晏的希望寄托在李忘殊身上。她要李忘殊活着，并以内乱打破大燕现有的阶级制度，让李忘殊走出左相的禁锢，成为一代明君。

为了这个理想和抱负，她决定以自身蛊血为药引救治李忘殊。李忘殊由于被伤了眼睛，目不能视，慕苏忆在看望他时，终是情难自禁，放下了所有的自尊，只求一尝最后的夙愿。

从故事的开头到结尾，慕苏忆的爱从没变过，但她清楚，自己有重于私情的使命。

而李忘殊，却是临到头了，才发现自己同样爱着慕苏忆。可这醒悟来得太迟，两人注定不得善终。在这整个过程里，没有一句台词。直到慕苏忆离开，两人的感情终究成了乱世之秋无足轻重的一笔。

我和简黎梳理完来龙去脉，又想到慕苏忆和李忘殊的结局，双双陷入了自闭状态。

过了许久，我才忍不住感叹：“为什么这么凄惨？这原著的作者是家里刀片不够用了吗？”

简黎轻轻弹了一记我的脑门：“只是一场戏，现实里，有我保护，你永远不用担心有不好的事情发生。”

“是吗？”我皮笑肉不笑地看向阴云盖顶的导演，“我总觉得你再控制不住你自己，咱们剧组就要出人命了呢。”

简黎冷酷回答：“这个圈子里，能威胁到我的人，可能真没几个。”

“不是，我的意思是，导演要被你气得暴毙了。导演也很不容易的，你看，你刚进组时演技那么烂。”

简黎的脸黑了一点点。

“脾气那么臭。”

简黎的脸又黑了一点点。

“还天天跟人欠了你八百万似的，导演都没说过你一句重话。现在，该是你回报导演的时候了。”

简黎沉默片刻，两只爪子用力捏我的脸颊：“小林子，是你飘了还是我提不动刀了？说话都不用顾及我这个当事人的感受吗？”

我一边喊痛，一边夸奖：“哎呀，你会说网络语了，给今天年轻态的大佬点个赞。”

简黎不依不饶。我没辙，只好搂住他的脖子，附在他耳边说：“好好拍完这场戏，明后天都是休息的时间，在出发去贵州前，你想做什么，我都依着你，行吗？”

简黎眼睛一亮，登时松开了手：“真的？”

我一看他的表情，就知道他的思想已经开上了高速公路。为表诚意，我坚定又壮烈地点了点头。简黎眼神放空了一阵儿，嘴角挑起一丝明朗的笑，和我拉了钩：“成交！”

说完，他又咬着我的耳垂，呢喃道：“今晚自觉点，到我房里来。”

我脸上发烫，闭着眼咬牙回应：“知道了！”

吃了这颗定心丸，简黎后续的发挥果然恢复了正常。一场缠绵的床戏，拍得既唯美又旖旎，导致我俩喜提导演高度赞赏。简黎云淡风轻地说了声“谢谢”，旋即直奔摄影棚外，别的人都奇怪他为什么走得这么匆忙，只有我心知肚明，他可能是要去冷静冷静……

拍完这一场，《定渊》的内景戏正式杀青。导演恩准我们休假两天，然后再赶赴贵州拍外景。

这天夜里，我缩在房间里不敢出门，简黎气闷地给我发了十三条警告短信，并敲了两次门，我都一味地装聋作哑。到了夜里十一点，星饭团 APP 提醒我，我的“爱豆”发了新微博，我忙不迭地打开手机一看，这条微博的配图是一只可怜的麻辣小龙虾，已经被大佬揪掉了头，文字还相当具有震慑力——

你死定了。

我吓得一晚上睡不着觉，接连做了好几个噩梦。

第二天早上等我醒来，已经是日上三竿。我寻思着这件事确实是我放鸽子在先，不能让大佬气出了脑血栓，于是我屁颠屁颠地跑到两公里外，买了简黎喜欢吃的荠菜蒸饺，打算负荆请罪。敲了大半天的房门，简黎都没动静，我以为他在生气，给他发了条情真意切的道歉短信，言语间还透露出他要是实在想把我吃干抹净，我也认了。

约莫过了五分钟，简黎的消息姗姗来迟，没有我意想中劈头盖脸的臭骂，只有一句话——

抱歉，工作室出了点状况，我要赶回去一趟，这两天没法陪你了，到时候我会直接飞贵州。

我盯着手机出了会儿神，想问问简黎发生了什么事，又怕自己多嘴。思来想去，我的重点直接变成了……

咦，他好像没生我的气？还主动给我道歉？

有了这个领悟，我登时眉开眼笑，喜滋滋地打了几个字——

没关系，你先忙你的。

拎着饭盒回了自己的房间，我开启了懒散的休假模式。白天没事时，我会打两把游戏再看会儿剧本，晚上就在酒店花园里散散步消食，再回来睡个美容觉。简黎的短信雷打不动的一天三条，主要是集中在我吃饭的时间段，中心思想只有一个：吃了吗？

他的表达简单粗暴，我就不同了，我会给他细心地写一篇爱情小宣言，用以宣泄思念之情。简黎虽然通常不会回，但我猜，他看见这些长篇大论，应该是开心的。

毕竟，我们还在热恋期嘛……

经过一个周末的休整，我们全组人出发去贵州山区拍摄余下的外景戏，按照进度，十一月中旬《定渊》就会全部杀青。简黎迟了两天进组，我和顾明卓的戏份被理所当然地提前。由于大部分场景都是两军对垒，我一般是坐在营地军帐里充当指挥，相对轻松。顾明卓得亲自上阵，从早到晚都在泥地血浆里打滚，加上贵州天凉，这货可真是惨不忍睹。我偶尔看不过去，也会让小晴想办法熬点姜汤，送给工作人员和顾明卓。顾明卓捧着姜汤，感动得有种要喊小晴亲妈的冲动。他那夸张的神情，总是逗得我乐不可支。

我一边专心工作，一边想着简黎，掰着指头数日子。好不容易数到第五天，晚上刚刚收工，我就听导演说，简黎到酒店了。我匆匆换了衣服，连妆都来不及卸，坐上了第一班返回酒店的车。

生活制片依然贴心，把我和简黎的房间安排在隔壁。我气息不匀地站在简黎的房门口，心脏不受控制地狂跳。以前总听人说，小别胜新婚，我曾对这句话嗤之以鼻，现在落到自己身上，我才深知，这话确实凝聚了老祖宗的智慧。我的手抬起又放下，放下又抬起，反复了好几次，我才鼓起勇气，敲响了房门。我的腹稿都打好了，我要让简黎感受到我熊熊燃烧的爱，然后，今夜，我一定要放开自我！

我怀着雄心壮志，奋不顾身，可等到门开的那一瞬，眼见我心心念念的人，千言万语蓦地化成了一句心疼的疑问："你怎么看起来这么累呀？"

简黎没说话，只抿了抿唇。他穿着一件单薄的毛线衫，领口露出分明的锁骨，一只手揣在裁剪合体的修身长裤里，一言不发地睨了我许久。我被他专注的眼神看得不知所措，还以为是自己的妆花了，赶紧用手捂住半边脸，窘迫道："忘记卸妆了，我先回……"

简黎张开双臂，打断了我的话："林浣，过来。"

我略一迟疑，顺着他的意思走了过去。简黎用力地抱住我，让我紧紧贴在他温热的胸膛上。他的下颌抵在我的肩颈处，硌得我生疼。他深吸了一口气，低声说："我好想你。"

我娇羞地往他怀里钻了钻，不好意思地回应："我……我也是。"

简黎顺手关上门，把我压在门上。我闭上眼做着心理建设，他却只是轻轻地在我的额头上亲了亲，不带丁点的欲望。

等等……

这不像他！

这和我们分开时的大佬简直判若两人！简黎这是转性了？

我不解地仰起脑袋瞅他，忍不住用手搓他的脸颊，问："你怎么了呀？为什么这么疲惫？"

"没事。"简黎重新将我拥入怀中。静默了好一阵儿，他忽然莫名其妙地道："林浣，你相信我吗？"

"当然。"我认真地答，"你是我的'爱豆'，还是我的男朋友，我必须相信支持你呀。"

简黎低笑一声，心情似乎愉悦了些："你的'爱豆'，只准是我。"

"本来就是你嘛。"我大方承认。

"那莱昂纳多是怎么回事？"简黎虎视眈眈地抄起手。

我想起早前换了个莱昂纳多的手机桌面，这位大佬的醋坛子就打翻了，不由觉得好笑："莱昂纳多是我演戏路上的明灯，和'爱豆'有本质区别的好不好？"

简黎一秒收起笑意："那也不行。"

我毫无骨气地道："好，都听你的，我的'爱豆'，我的偶像，我的男朋友，三位一体，都是你，满意吗？"

"还可以吧。"简黎傲娇地望了望天花板，结果自己率先绷不住笑容，破功了。我俩再次腻成一堆儿，他捏捏我的腰，我嗅着他身上好闻的香气，问："你究竟遇到什么棘手的问题了？"

"不管什么问题，我都会解决的。"

"不是，我的关注点是……"

"林浣。"简黎动情地喊着我的名字，继而在我唇上印了一吻，郑而重之地望着我，如同宣誓，"再等等我，只要一个半月就可以了。我需要你，需要你全心全意的信任。我知道这条路会很难，会有荆棘，但我请求你，别害怕，往前走。我一定会在你的前面，替你挡下所有的伤害。我什么都不怕，唯一恐惧的，是你后退。我想和你在一起，想得已经太久太久，我现在牵住了你的手，你就别再放开我，别再退回原点，好吗？”

我听不懂简黎话里的含义，却真切地感受到了他此刻的脆弱。这个大男孩在我看来，一向是无所不能的，他高冷，他孤傲，他在外人面前坚不可摧，但他也有幼稚、柔软的一面，只有我看得到。我的心尖儿软得一塌糊涂，根本没法拒绝他提的任何要求，我点点头，牢牢握住他的手：“我不会后退的，绝对不会，打死不会！”

简黎的眉眼弯成了好看的小月牙，他刮刮我的鼻头，叮嘱道：“去把睡衣拿过来，今晚留在我房里。”

好的！

终于要直奔主题了！

终于要干柴烈火了！

我可以！我不尿！我给自己洗了半分钟的脑，接着迅速回房卸妆洗脸，换上了最具诱惑的一套内衣，再偷偷摸摸地溜进简黎房里。彼时，我看着简黎大大咧咧地坐在沙发上，犹豫不决地走过去，正想说要不还是去卧室，结果，简黎一把拽着我坐下，头枕在我的大腿上，打开了电视机。

他说：“陪我看会儿新闻。”

我等啊等，等到主持人从国内发展讲到了国际局势，再从国际局势讲到了金融大观，手机上的时间也跳成了十二点半，我眼皮沉重、脑子放空，禁不住打瞌睡的当头，还想着提醒简黎干正事儿，不料，我低头一看，好家伙，简黎早就睡着了。我气不打一处来，拍着他的肩膀叫醒他，自己翻着白眼去了卧室。简黎关了灯爬上床，强势地往把我怀里一塞，说了句晚安，就继续安心睡觉了。

怎么说呢，这一夜，我气得差点变成平胸。

令我没想到的是，这还只是个开端。我为了证明自己的魅力，这天过后，哪怕在高强度的拍戏期间，我也能坚持每晚去敲简黎的房门，可简黎不知怎的，愣是不中我的套路。面对我的睡衣攻击和主动热吻，他要么哭笑不得，要么浅尝辄止，没有进一步的动作。这让我产生了怀疑，简黎是不是被柳下惠魂穿了。简黎一再严肃警告我不准胡思乱想，并在看我打开手机百度想搜索柳下惠的生平事迹时，把我的手机无情没收了……

我能有什么办法？自己找的男朋友，哭着也要宠下去！

这么我进他退之间，日子一晃已过了半个月，李忘殊的戏份即将结束。因简黎还要筹备 FT 的年底演唱会，导演善解人意地把简黎的戏集中压缩在这段时间，让他能比我和顾明卓提前十来天杀青。我自然舍不得，可我还是拎得清，前途和爱情没有可比性，我们都得为了自己的将来打算。

他拍最后这场戏时，山区里飘着小雪，太阳隐在厚重的云层中间，若隐若现。老树枯丫，颇有几分应景的凄惨意味。

按照角色退场的顺序，实际上我和顾明卓是在简黎之前的。《定渊》的最终一幕，是李忘殊站在百姓为慕苏忆雕刻的石像前，为她撑起一把伞，挡住江南之地三月的烟雨。这一场，之前在横店已经拍完，所以，导演故意把慕苏忆的身死作为简黎的杀青戏，美其名曰，要让简黎从现实生活的生离中体会出戏里的死别……

有哪句说哪句，今天我也想扯导演的地中海呢。

一切准备就绪。

两军对垒，慕苏忆设计用地火龙炸毁了山谷石壁，埋了上万定渊会成员，结束了长达两年的燕国内乱。她站在狼藉的战场上，满目疮痍。她跪地三叩首祭拜英灵，以一句话总结了平生。

“我这一生，行事不计是非，不计得失，不计累世骂名，只求身为警钟，启明君之智，启太平之世，启人人平等的光明之景。”

当李忘殊得知消息赶到倾塌的山谷，只见慕苏忆长跪在碎石前方，红颜已逝。简黎浑身颤抖地抱着我，豆大的泪珠砸在我的肩头，隐忍的哭声由小渐大，掺杂着无尽的苦楚，使人肝肠寸断。

导演说，他完全没想到，简黎能进步得这么快，这场哭戏，让他深刻地觉得，后生可畏。

这话的马屁成分，我们暂时忽略不计。其实不止导演，就连曾经抨击过简黎演技的我也是惊呆了。直到导演喊了过，简黎都久久收不回情绪，害得我连哄带亲，他才慢慢平静下来。我问他为什么能哭得如此情真意切，毫不矫情造作，他只是望了望天，说：“我把慕苏忆当成你了。”

于是，从这个事情我也侧面了解到，简黎确实喜欢我，喜欢到我一死，他的演技都能拿奥斯卡奖项了……

不管怎么说，大佬顺利杀青，剧组得好好庆祝一番。在制片人的组织下，我们提前收工去了酒店欢聚一堂。简黎不喜欢应酬，吃饭吃了一半就找借口溜了，临走前还嘱咐我乖乖去他的房间。我忧郁地撇撇嘴，想到以后没法和简黎天天见面，而且因为身份，恐怕一年到头聚少离多。圈子里不少情侣就是因为这个才分道扬镳的。我越想越焦虑，越焦虑越失控，忍不住端起桌上的红酒杯，一杯敬往事，一杯敬明天，接二连三，直接干了大半瓶。

小晴在边上看得抓耳挠腮，三番五次意欲劝阻，都被我搡开。她不服气地搬来顾明卓这个救兵，然而顾明卓约莫心情也不好，抢了两回我的杯子没抢到，干脆和我一起喝。

小晴彻底陷入了沉默。

直到一群人酒足饭饱散了席，我已是醉得曲线行走了。我忘了我是怎么支开小晴独自上了电梯的，我也忘了我是怎么进入简黎房间的，总之，等我稍微有点意识，我整个人都趴在了简黎的身上。简黎应该是刚刚洗过澡，穿着一件洁白干净的长睡袍，深V的领口微微敞着，露出他结实的胸膛。我嗅着那股淡淡的沐浴露香气，伸手胡乱揉他湿漉漉的碎发。简黎被我按在墙上，费力地将我拉开些许距离，低头闻了闻，不满地说："你喝多了？"

"没有！"我声如洪钟，"哪个喝多的人会承认自己喝多了！"

简黎颇无奈："你这逻辑，很合理。小醉猫，我去拿毛巾给你擦擦脸。"

说着，简黎就要转身。我力拔山兮气盖世地把他拽回来，再次按在墙上。我抬起头，晕晕乎乎地与他对视片刻，猛地踮起脚在他的下巴上亲了一下。简黎浑身一僵，一动也不敢动。我哼唧了一声，对他这反应十分恼怒，索性用力搂住他的脖子，带得他弯了腰，接连在他的眼睛上、脸颊上落了好几个吻。

简黎纵容着我的任性，好脾气地笑："干什么？喝了酒就要乱来？"

"没错！我要强抢民男！"我赌气地回了这么一句。

简黎忍无可忍，皱着眉头推开了我，闷声道："好了，别胡闹。"

我委屈地吸了吸鼻子，站在原地抱怨："明明是你先撩拨的，还没到手呢，怎么就进入冷淡期了？"

"我没有。"

"明明就有！先前我们在一起，你老是想些有的没的，现在我都主动了，你反而没有回应了。为什么啊？我对你已经没有吸引力了吗？"

"不是这样。"

“肯定是这样的！你的每一个动作都在叫嚣着抗拒！你的每一个表情都在出卖你的内心！”

“林浣，你清醒点！”

“我不！我的盛世美颜居然对你起不了任何作用，嘤嘤嘤，我要检查你！你老实说，你是不是生病了啊？我是你的女朋友，有义务治好你的……”

简黎顾不上我满嘴跑火车，估计他也没料到一个醉酒的女人能干出什么惊天动地的壮举，只是握着我的肩，想着尽可能地安抚我。他刚说了几个字，我冷不防探出魔爪，不知死活地攻向他……

他的嗓音突然变得极其喑哑：“林浣……”

我下意识地一抖。

简黎清明的眼眸瞬间变得无比混浊，我的酒劲飞快消退，理智全速奔回我麻木的大脑。我直觉不妙，赶紧打了句哈哈，想要开门逃走。简黎没给我这个机会，手疾眼快地揽住我的腰，让我狠狠撞回了他的怀中。他滚烫的胸膛紧贴在我的后背，牙齿轻咬着我的耳垂，说出的话像是一根小火柴，被扔进了爆破地带：“林浣，这是你要求的。”

“我没有，我不是，我后悔了。”

“晚了。”

话音落，简黎把我打横抱起来，三两步走回卧室，将我扔在了床上。我刚支撑着身子半坐起来，就觑见简黎脱了浴袍，下一秒，他精瘦的身躯牢牢压着我，柔软的唇覆了下来，没给我任何逃跑的机会。这个吻，夹杂着强烈的欲望，如呈燎原之势的大火，烧得我口干舌燥。我很快缴械投降，在简黎又急又猛的攻势下，变得不堪一击。恍惚中，我脑中突生一种诡异的念头，不由得问出声：“为什么……我总觉得这场景似曾相识？就好像，我和你……做过这种事？”

简黎停下动作，喘着粗气凝视我片刻，习惯性地在我脑门上弹了个栗暴：“以后，真的不能让你再沾酒了。”

“等等，这和喝酒有什么关系？”

“你猜？”简黎似笑非笑地挑眉，“想不起来吗？别着急，你立刻就能恢复记忆。”

伴随着这句虎狼之词，我，林浣，完成了人生新阶段的历史性跨越，从柏拉图式恋爱正式走入了世俗恋爱。

有那么一瞬，我想起了那些年喝醉酒断片的事迹。想当初，和简黎重逢时，我还一度信誓旦旦，认定自己不会借酒撒疯，对“爱豆”霸王硬上弓，现在，我的脸被打得好肿、好疼……我不只对我的“爱豆”霸王硬上弓了，甚至，还是两次！就在两年前，和他在酒店翻云覆雨的根本不是左虹，而是我！我泪眼模糊地回想起过往的种种细节，才明白简黎那受伤的眼神从何而来，简黎说的那些我听不懂的话又是什么意思。我恨不得扇自己两个大嘴巴，暗道：林浣，你简直是个负心汉！

还有那些我自以为是的女性生理知识，什么从女孩变成女人会经历非人的疼痛，三天下不了床，那些天杀的盗版片，我必须严厉举报！

我越想越心疼，后悔得不能自已，为了弥补这两年我犯下的错，我决定今夜满足简黎的一切要求！我豪气干云地对简黎表达了我的心声，简黎眯着眼问我：“你确定？”

我不容置疑地点头：“确定！”

“好。”

接下来……

我被大佬一直折腾到了凌晨四点，老娘的纤纤细腰差点折断了……最后还是在我的哭求之下，大佬才大发慈悲地放我一马。这个结果告诉我，做人，千万不要太冲动。

生命的大和谐艰难地落下帷幕，我差不多浑身瘫软，连站起来的力气都没有。简黎抱着我去浴室洗漱了一通，才贴心地将我塞回被窝。我躺在他的手臂上，合着眼有一搭没一搭地说话，他就用手指绕着我的头发，偶尔应我两句。

“那什么，黎哥，两年前，咱俩还没到这种关系吧，你这么一个生人勿近的性子，怎么就和我跑酒店去了？”

“你醉成那样，抱着我又不肯撒手，我有什么办法？”

“这不像你！你完全可以叫胖哥或者小晴来把我拖走啊！”

简黎不吭声了。

我抬起眼皮瞅瞅他，想到了一个可能性极小的原因，喜滋滋地问：“难不成，你其实也早就喜欢我了？”

简黎掐了一把我的脸：“睡吧，你明早还有戏要拍。”

“一说到关键问题你就让我睡觉！刚刚折腾我的时候怎么没想到我还有戏要拍呢！”我扯着嗓子号。

简黎眼神一变：“这么生龙活虎的，我看你还能再折腾两次？”

我秒尿，半个脑袋都埋进了被窝里：“黎哥我错了，黎哥我们改天再约。”

简黎：“呵呵。”

沉寂了好一会儿，我咂咂嘴，快要睡着时，简黎突然摸到了我左手手腕上的伤疤。他的指腹慢慢摩挲着那个丑陋狰狞的地方，低声问：“是怎么弄的？”

我打了个激灵，匆匆抽回手，用被子挡住，干笑道：“早几年的事了，不是什么愉快的回忆，就……就不提了吧。”

“好。”

我自觉有些过意不去。人都有好奇心，特别是对于自己重视的人，更想追根究底。我对简黎是这样，他对我，想必也是同样的心态。我歉意地亲了亲他的手背，低声说："谢谢。"

简黎揉我的头发："在我这儿，你的谢谢派不上用场，以后，也不要说了。"

"嗯。"我抿了抿唇，调整好一个舒服的位置，用额头去蹭简黎的下巴，"这几天，为什么你对我的态度和之前都不一样了？"

"什么态度？"

"想要我的态度。"

简黎没有及时回答，等我迷迷糊糊时，我才似真似幻地听见他在我耳边说："那是因为，我想给你最好的。我希望，我和你所有的共同回忆都是完美无憾的。我以为自己做足了准备，可我发现，还差一点点。"

还差什么？我已经没有精力去追问。我满心都是简黎的前半句，在我的世界里，他就是最好的，他值得我耗费一生去守护，如同守护这分明的四季，如同守护三月的烟雨和冬日的暖阳。

十二 凉凉的冷战

我抱着坚定的信念入睡，然而，当我第二天早上醒来，我又开始反思，这信念，是否偶尔也能动摇一下？我躺在床上抱着我的手机郁郁寡欢。简黎在床边换衣服，云淡风轻地说：“胖哥昨晚发你邮箱里的几个新本子我看过了，替你回绝了。”

我咬着被角，想起义。

简黎继续说：“我查过，明年三月，你和公司的合约就到期了，在此之前，你先别急着接这些粗制滥造的本子。等《定渊》播出，你的身价一定会水涨船高。”

“关键是，我怕我的老底撑不到《定渊》播出就要饿死了。”

简黎回头瞥了我一眼：“你当我这个男朋友是摆设吗？”

我撇嘴：“我习惯靠自己。”

简黎走近，居高临下地捏我的脸颊：“那你以后就要把这习惯改掉。”

我还想反驳，简黎温声道：“我支持你拍戏，但你要珍惜羽毛，《定渊》是你的契机，不要浪费这个难能可贵的转折点。你经纪人的资源匮乏，想让你走入上升期还有点难度，以后，我会替你打理。”

“简黎，我……”我说不上是感动还是抗拒，我和简黎在一起，毕竟又不是图他的资源。

简黎洞悉了我的心思，在我额头上亲了亲：“你欠缺的是机遇。假设你没有实力，那我也做不了什么。”

听他这么一说，我又有点被认可的开心。

简黎回身继续换衣服，我看着他穿上衬衣扣扣子的模样，忍不住咽了口口水，正想来个猛虎扑食，他冷不防来了句：“对了，我还上了你的微博账号。”

我震惊地收回爪子。

“把你关注的人清理了一番。”

我颤着手要打开微博查看，简黎又道：“都是些无关紧要的男艺人。”

我登时心如死灰，这个男朋友为什么如此幼稚？这……让我以后怎么在这个圈子混下去啊？他明面上说支持我拍戏，暗地里是要断我粮草吧！我险些哭出声。

简黎似乎嫌我的反应还不够激烈，补充道：“本来想给你改个好记的密码，不过我昨晚没睡好，刚刚改过，就给忘记了。”

我绝望地倒回床上：“你走吧，明天我叫小晴给你寄一盒脑白金。”

简黎笑着刮我的鼻尖，被我赌气地挥开手，他又不依不饶地捧过我的脸，在我唇上用力印了一吻：“放心，我申请账号找回了，好像得一个月。你要是着急，我让人联系微博的工作人员。”

我想了想，忧郁道：“算了，我也不是必须上微博。”

“嗯，你的特别关注里只有我一个人，上微博应该也只是为了看我。”

“啧，我以前都没发现，原来你脸皮这么厚。”

“跟你学的。”简黎笑得狡黠。

末了，他抱住我道：“我会每天给你发照片，再配一句想你的话，比看微博更划算。”

“哼。”我傲娇道，“谁要看你的照片。”

简黎威胁性十足地“嗯”了一声，我立即说：“有本事你发裸照。”

简黎哭笑不得：“你是流氓吗？”

“对，跟你学的。”

“小小的心里有大大的‘报复’啊你。”简黎捏了一把我的腰，我不甘示弱地戳他的胳肢窝。打闹了一阵儿，简黎看时间不早，与我额头抵着额头，认真叮嘱：“没有我在时，不许喝酒。”

“知道了。”

“如果想我，就给我发信息。我回去以后会比较忙，也许不能及时回复，你不许胡思乱想。”

“我知道。”

“还有，离顾明卓远点。”

我捂住额头：“这都多久的事儿了你还计较！到底是谁小小的心里有大大的‘报复’啊？！”

“是我。”简黎大方承认，“关于你的事，无论大小，我都计较。”

我老脸一红，心里像裹了层蜜糖似的，甜到发腻。我点点头，做出一副小鸟依人的样子来，应声：“好的黎哥。”

大佬吻过我的脸颊，再吻上我的耳垂，喃喃道：“下次在床上，你也叫黎哥。”

我垮下脸：“做梦！”

“叫老公也行。”

“小坏蛋！你的飞机快起飞了，还不走！”

我用力地推开简黎，简黎没再继续撩拨我，深吸一口气，拉上行李箱，头也不回地离开了房间。一旦端起高冷人设的架子，他愣是吝啬得连句“再见”都没说，十分不走心，差评！

我暗暗吐槽了大半天，才腰酸背痛地起了床。蹲马桶时，我还差点双腿打战起不来，这让我再一次对大佬佩服得五体投地。

年轻人精力旺盛，我不服不行。

这天过后，我像是中了可怕的简式病毒。拍戏休息的间隙，我能目不转睛地望着手机长达十分钟，就为看简黎会不会发消息来。可实际上，除了我们分开的第一天，他统共给我发了十条信息以外，就再也没有频繁的联系，通常是一天两条短信，一条带照片，一条问吃饭没。我生怕打扰到他，也不敢主动过问，常常只能对着照片回忆往昔。想到他开心的时候，我就一个人呵呵傻笑。想到他生气的时候，我就独自唉声叹气。

剧组的人一致认为，我已经得了恋爱脑综合征，还被简黎吃得死死的。面对群众打趣，我只能耸肩回应："我能怎么办？当大佬的女人，就是这么牵肠挂肚，你们没这经历，肯定不懂。"

大家对我这话同仇敌忾，并表示很想套个麻布口袋打我一顿。

到了简黎离开的第五天，剧组的气氛变得怪怪的。小晴不知道什么时候和顾明卓热络起来，常常撇开我和顾明卓躲在角落里嚼舌根，一旦看到我靠近，两人就像对付阶级敌人似的，颇有默契地排斥我。我气得胸口疼，三番五次严厉声明，要是顾明卓当真看上我的助理，就必须得对小晴负责。顾明卓听完我的发言，每每都摆出一副想和我绝交的神情，让我丈二和尚摸不着头脑。不仅如此，平时几个关系不错的配角演员也不再拿我和简黎的事情开玩笑，甚至还有意无意地避开与简黎相关的话题，我以为他们是吃够了我撒的狗粮，也没把这转变放心上。

日赶夜赶，终于在十一月中旬时，《定渊》正式杀青。

最后一场戏，拍摄的是慕苏忆和姜知临初识。姜知临自幼被困斗奴场，因目睹双亲惨死在权贵的残忍游戏中，一怒之下放火烧掉了斗奴场，被无数杀手追杀。他身负重伤后跳进墨水河，趴在一块烂木头上顺流而下。慕苏忆正巧乘船经过，救起了人事不省的姜知临，为两人的孽缘正式揭开序幕。

《定渊》的第四百六十二场戏，我坐在船头抚琴，顾明卓穿着血迹斑斑的粗布麻衣，屈膝跪在船舱中，朝我作揖："亚父在上，请受知临一拜。自今日始，我必终身追随亚父左右，匡扶世道，鞠躬尽瘁。如有异心，天地可诛，死不瞑目。"

一语成谶。

姜知临的结局，一如他的毒誓。在慕苏忆死后，姜知临遭皇城军围剿，受万箭穿心之苦。临死前，他拿出慕苏忆赠他的蜜饯，蜜饯已被风干，他放进嘴里，却说好甜。

随着导演的一声"过"，五个多月的拍摄彻底画上了句号。我和顾明卓分别接过助理送来的鲜花，一时间百感交集。

舍不得是真的，兴奋也是真的。我知道明天我就能赶回北京，去见我的绝世小甜饼。一想到简黎，我的嘴角就忍不住疯狂上扬，即将和战友们分别的愁闷也被冲淡不少。我兴高采烈地给简黎发了一条短信，告诉他我明天回去的消息，余下的时间，我都在和剧组人员吃吃喝喝外加拍照留念。

夜里回房，简黎依旧没回复，我痴痴地盯着手机直到凌晨，实在撑不住，才满腹怨念地睡着。第二天一大早，手机上仍是空白，我再也按捺不住，归心似箭，立刻让小晴订了最早航班的机票。顾明卓得知我要走，哭天抢地地和我订了同一班机，说是路上有个伴好唠嗑。我没有拒绝他，只顾着收拾自己的行李。

很快，剧组安排了商务车将我和顾明卓送到机场。眼看离登机还有一个小时，顾明卓拉着我去贵宾室休息。我焦躁得如同热锅上的蚂蚁，坐立不安。顾明卓有一句没一句地聊着拍戏时的趣事，我也懒得搭话，拿着手机翻来覆去地看。正当我怀疑信号不好，想关机再开时，短信音冷不防响起，我打开一看，却是微博后台发来消息通知账号已找回。我瞬间泄了气，手机没问题，信号也没问题，综上所述，那就是简黎的问题了。

我分分钟在脑子里幻想了一百种被简黎抛弃的可能，但联想到简黎和我在一起时的表现，又觉得这概率不是很大。我的“爱豆”，我对他的人品还是有信心的。我给自己做了一番心理疏导，为了转移注意力，我登上了久违的微博。话题热度榜单里，简黎的名字占了三个位置，其中排行第一的一行文字，明晃晃地刺痛了我的眼睛——

简黎彻夜流连万娱千金豪宅，两人恋情坐实。

我的脑子登时一片空白，像是不认识这几个字一般，目不转睛地盯着手机。顾明卓还在边上絮絮叨叨，刚说了句“我的经纪人又给我接了个综艺，这是要我的命啊”，话音骤止，他看看我的动作，猝不及防地夺走了我的手机。

我木讷地扭过头望他，顾明卓的神色颇为懊恼，寻思片刻，他生硬地岔开了话题：“我听经纪人说那个综艺还差个放飞自我的女明星，我瞅着你挺合适的，要不要去试试？”

我沉默片刻，艰难地开口：“你是不是早就知道了什么？”

“我不知道你在说什么。”顾明卓极力掩饰。

我不想和他过多争辩，伸出手，冷冷道：“手机还我。”

“林浣……”

“还给我。”我平静地重复。顾明卓皱了皱眉头，把手机递给我。我深吸一口气，再度看向那扎心的榜单。除了第一位，第三位和倒数第四位也是和简黎有关的话题，分别写着“万娱千金方玫与简黎国外私会，两人逛街举止亲昵”，以及“简黎疑与林浣上海开房”。

我挨个点进去看了看，我和简黎上海开房的绯闻最早传出，是十月底。没隔几天，万娱千金和简黎在巴黎街头手挽手买奢侈品的照片也被曝出，热度迅速赶超我和简黎的消息。那时就有微博评论说，万娱千金才是正室，不想看到简黎和其他女艺人传出绯闻，才会高调秀恩爱。我算了下时间，简黎在巴黎，正好是他说工作室出了状况，必须赶去处理的那几日。而他出入万娱千金的豪宅，则是昨晚发生的事……

我的脑袋一阵一阵地疼，心窝子也像被密密麻麻的针扎似的，不停抽搐。我不愿相信的预感仿佛变成了板上钉钉的现实，压得我透不过气。我串联起许多细节，连我自己都为今天的智商感到不可思议。

简黎不回我的消息，简黎重回剧组时对我态度的反常，简黎故意弄丢了我的微博账号……还有他说的那些莫名其妙的话，什么让我再等一等。包括一开始，他十分抗拒我和他的关系对外曝光，还因此赶走了剧组的化妆师。

我越想越心凉，点进简黎的微博主页看着他的头像。由于恋情曝光，他的粉丝暴跌了一千多万。我忽然回忆起，这么些年，意图抱着简黎大腿炒CP的女明星不是没有，可每次简黎的工作室都会发出声明，阻止绯闻发酵。偏偏这一回，他没有任何动作，放任他和万娱千金的消息席卷整个网络。

假设这就是真相，那我呢？对简黎来说，我是他的露水情缘，还是他无聊时候用来消遣的对象？他明明看起来那么深情，明明演技那么差，怎么在骗我这件事上，他就能炉火纯青呢？说好的正能量贴心“爱豆”呢？

我锁上手机屏幕，无力地扶住了额头。

顾明卓晃动着我的肩，小声问：“林浣，你没事吧？你脸色不大好。”

我摇摇头，想起什么，又睨向顾明卓：“万娱……如果我神经没错乱，似乎是那个堪称中国派拉蒙的影业巨头？”

“嗯……”

“所以，简黎的后台，是万娱？”

顾明卓迟疑少时，斟酌道：“我没法确定，毕竟，这件事在圈子里没大范围传过。不过……照目前的状况来看，是有可能的……万娱是什么实力，你应该也清楚，要真是这个公司给简黎撑腰，简黎能横着走也不奇怪了。”

我默不作声地低下头。

顾明卓想了想，勉强笑着安慰我：“你先别想那么多，咱们这一行，传点绯闻不算什么，你要实在担心，打个电话问清楚不就行了吗？”

“他不回我的消息。”我呢喃了一句。

顾明卓哑口无言。

“万一……他告诉我，这些是真的呢？我该怎么办？”

“林浣……”

“你们也觉得是真的，对吗？不然，你们不会个个都瞒着我。”

“林浣，我没有想要瞒着你。感情是两个人之间的事，旁人多嘴，只会增加误会，我……我也没有那个立场。但是，我可以陪着你，陪你去找他问清楚，如果他真是名副其实的渣男，我替你打他一顿。”

我捂住眼睛自嘲地笑，一不小心，掌心就濡湿了一大片。自打我十七岁开始，除了拍戏，我几乎没在外人面前哭过。我总是能很好地掩饰自己所有的情绪，用佛系的人生观来粉饰太平。可这一次，我意外失控了。

我对简黎多年的情愫如同一颗种子，无视我所有心防，扎根在我的血肉里。我想方设法用爱来供给，现在，这颗种子长成了参天大树，交错纵横的根茎死死绞着我的胸口，已经快把我碎。我的眼泪无论如何也止不住，从指缝里渗出来，滴在我的外套上。气氛太过安静压抑，我不敢发出丁点声响，只能尽量克制喉头的哽咽。

顾明卓从头到尾没再出声，一直默默地注视着我。其间，小晴跑来提醒我俩登机，一见我狼狈的哭相，她立即收了声，本想安抚两句，又被顾明卓阻止了。我在两人的目光里抽噎了半个小时，才渐渐冷静下来。接过小晴递来的面巾纸，我呆呆地擦了一把脸。小晴看看我，又看看顾明卓，犹豫道："浣姐，飞机赶不上了，需要改签吗？"

"先退了吧。"我吸吸鼻子。

两个人面面相觑，我重新掏出手机，把话题榜单截了屏，通过短信发给了简黎。末了，我站起身，说："不急着回北京了，你跟胖哥说，我想在贵阳玩两天。"

"可是浣姐……"

顾明卓忙不迭打断小晴的话："玩几天好！我陪你！"

我刚想说一个"不"字，顾明卓却比我快一步："我跟你说，我知道离主城不远就有一个很适合休养的度假胜地，风景宜人，依山傍水，你绝对会喜欢。"

"顾明卓……"

"我先叫辆车，再订几个房间，咱们直接过去！"

我被顾明卓推搡着往贵宾室外走，他一边看手机，一边还竭力充当导游。我实在缺乏精力，索性不再反驳。

我们两个糊成了十八线的艺人带着两个小助理，打了一辆专车，狂奔六十里，终于到了顾明卓所说的度假胜地。诚然，周围的环境的确很优美，可由于酒店价格高昂，又是初冬时节，是以游客并不多。顾明卓热情做东，开了四间豪华套房，还提议先去泡个温泉。我没答应，拖着行李箱率先回房，把小晴一并隔绝在了房间外面。我在沙发上呆坐了半天，没有等来简黎的解释，约莫是出于惧怕真相的心理，我直接把手机关了机，扔在茶几上。胡乱洗了把脸，我把空调开到26℃，钻进被窝里蒙头睡了一觉。

这一觉，睡出了问题。

三更半夜时，我浑身是汗地醒了过来，一摸自己的额头，竟然发起了高烧。我想着先忍耐一晚上，明早再找小晴拿点感冒药。不承想，这病来得又急又凶，第二天我已是头晕目眩，根本起不了床，就连嗓子也是哑得半个字都说不出来。

这叫什么？

这大概就叫人生全是泪，不死就得活受罪……

我满眼泪花，不禁望着天花板深沉地思考生存的意义。

我就这么保持咸鱼的姿势躺到了天色入暮，顾明卓和小晴终于后知后觉地感到了我的不对劲，叫来酒店前台打开了房门。一看我半死不活地缩在被窝里，这两人差点没跪在我床前哭丧，好在我及时摆了摆手，他俩才知道我还能救。

顾明卓用了近一个小时从附近的乡村诊所请来一位医生，我被迫打了一剂退烧针。在小晴的怒视下，我又勉为其难地吃了两口青菜粥，才好不容易换了个清静。

我昏昏沉沉了两天，病情总算稍微好转。小晴担心我再次受风寒，不许我出门走动，只准我待在房间里看电视。我不敢开手机，胖哥就隔一天给小晴打一个电话，询问我的状况。小晴有时候会背着我给胖哥说些什么，可我精神恍惚，没听进去。

养了快一个星期，我彻底满血复活。为了走出情伤，我甚至主动邀约几人去爬山赏雪，日子过得还算惬意。

我都想好了，等我整理好心情，有勇气面对简黎时，我就回去找他问个清楚。在此之前，我必须先让自己的情绪平复下来。顾明卓决定舍命陪君子，和经纪人大吵了几回合，推掉了原本定下的综艺，和我一起待在深山老林。我万分感激，请他吃了顿酒店自助餐。顾明卓不满意，执意申请当简黎的备胎，被我无情踢进了黑名单。

打打闹闹过了十天，顾明卓在酒店里憋得心慌，打算去市区逛一圈。我没有与他同行，只叫了小晴和他一起去采买日常用品。中午随意打发了肚子，我回到房间刚想睡个午觉，门铃突兀地响起，我还诧异这两人怎么回来得这么快，结果把门一开，我看到了一个久违的熟人——

左虹。

我本能地一怔，完全没想到会在这里碰上左虹。事实上，自从两年前酒店一别，简黎成立了工作室，左虹紧接着就跳槽去了别的公司，我再也没有见过她。

她依然是我印象中女强人的形象，穿着一身干练的西装，短发齐耳，十厘米的高跟鞋衬托出她凌厉的气势。她抱手站着，肘上挎着一个最新款的 LV 手包，面无表情地抬起头，锋利的目光在我身上来回扫过。

我一瞬间有种错觉，她那目光就像一把机关枪，正全方位无死角地打得我浑身血窟窿。僵持了片刻，左虹脸上浮现出少许不耐烦的神情，提醒道："不请我进去坐坐？"

我飞快回过神，侧身让开一条路。左虹绕过我进了屋，环视一圈，自来熟地跷着二郎腿坐在沙发上。我局促不安地捏了捏手，也跟着落座在她对面。左虹不说话，继续打量我。我着实被她看得头皮发麻，禁不住道："虹……虹姐，你怎么在这儿？"

"我也不想在这儿。"左虹嘲讽地应了一声，自顾自从包里拿出一盒女士烟，问，"不介意吧？"

我摇脑袋。

她点燃一根烟，把打火机塞进了包里，吐出一个圆圆的烟圈。

“你和顾明卓在一起？”

我张了张嘴，讶异道：“你怎么知道？”

“天底下有不透风的墙吗？”

我一时无言以对。

过了好一会儿，我才直入正题，问：“虹姐是来找我的？”

“不然呢？”左虹挑眉。

我不喜欢她这种盛气凌人的态度，刚想结束这场毫无意义的谈话，她就抢先道：“你不是和简黎在一起了吗？为什么又和顾明卓跑来这儿逍遥？”

“……虹姐是以什么立场来质问我？”

“哦，我确实没有立场。”她平静地笑了笑，在烟缸里抖掉细长的烟灰，“我是受人所托才来这里的。”

“受谁所托？不对，你是怎么找到我的？”

“怎么找到你的？”左虹像是听了一个令人捧腹的笑话，嘴角挑起一抹张扬的弧度，“林浣，你到底是假天真还是真傻？”

这两个选项似乎并没有实质差别？

左虹：“干我们这一行的，谁还没个弯弯绕绕的关系？你入住酒店得用身份证，想查到你在哪不难，要是连这我都做不到，岂不是还不如狗仔？”

说得好有道理，我感觉我今天的智商受到了侮辱。我胸口发闷，却又无从反驳，只能皱着眉头绞手指。

左虹觑了我片刻，接着道：“如果简黎知道你这会儿和顾明卓在一起，你猜他会怎么想？”

我嘲讽道：“那他和万娱千金成双成对的，你猜我会怎么想？”

左虹叹了口气：“我现在总算知道为什么胖子捧不红你了。”

我被这句话刺激得瞬间奓了毛，坚定地下了逐客令："听虹姐的语气，似乎并不怎么喜欢我，既然如此，话不投机半句多，那就不用多说了。"

我站起身，做了个"请离开"的手势。

左虹无动于衷，慢悠悠地掐灭了烟蒂，目光如炬地盯着我。那眼神，掺杂着不屑与憎恶，丝毫不加掩饰。

"喜欢？这两个字还真不能用在我对你的印象上，直白点说，恶心或者讨厌也许更贴切。"

我怔了怔，想问这强烈的敌意究竟来自哪里，左虹大概摸透了我的想法，不疾不徐地道："你应该知道简黎是我一手带出来的，他进娱乐圈时，只有十五岁，还是个乳臭未干的小子。五年的时间里，我见证了他的成长，和他一起奋斗过，努力过，看着他一步一步走上了巅峰。他是我捧红的第一个艺人，我们成就了彼此。不可否认，简黎自身有实力，也有让人羡慕的背景，但不是每个天然条件优越的人都能成功，在他的背后，我也付出了我所有的心血和精力。"

我默不作声地听着，不清楚左虹究竟要表达什么。

"我以为，我和简黎能够一直合作，即使不牵扯任何的私人感情，我们也能成为对方最坚强的后盾。我们可以实现利益共赢，但这一切，都因你的出现而终止。"

"什么意思？"

左虹冷冷地瞄了我一眼："我到现在也不明白，简黎是看上了你哪一点，为什么就能对你死心塌地。"

我抿了抿唇，刚想提出死心塌地这个词用得不太准确，左虹没给我插话的机会，继续说："两年前，你们在酒店里发生关系后，简黎告诉我，他要公开你们两人之间的恋情。我强烈反对，他的事业还处在上升期，有无限可能，不能栽在你的手上。我们因为这件事吵得不可开交。谁知你醒之后，第一反应却是和他撇清关系，说实话，我那阵儿是由衷的高兴。”

我：“……”

“可简黎不肯放弃，为了靠近你，他甚至向公司提出，想跨界演戏。摇钱树自个儿要落金子，公司高层当然不会拒绝。我们请了好几个电影学院的教授来一对一教学，每个教授教完简黎后，都是扼腕叹息，还好心提醒，要想简黎的星途顺畅，绝对不能放他去演戏。”

我诚恳道：“我知道现在吐槽不合适，但你这么毒辣且诛心地抨击简黎的演技，简黎的膝盖不会痛吗？”

左虹的表情登时有点尴尬：“我只是实话实说。”

“好吧，没毛病，您继续。”

左虹干咳了一声：“我想打消简黎对你的心思，为此，我不惜主动联系狗仔，曝出了我和他的绯闻。”

“……你这操作就有点厉害。”我一屁股坐回沙发上，气呼呼地指责，“所以，你干出这种丧尽天良的勾当，就是想让我背锅？”

左虹无所谓地道：“我是这么打算的。不过，我忽视了一件事，简黎对你的信任。他从头到尾都没把爆料的锅扣在你的头上。他通过自己的关系网，查出了我才是推手，全然不顾多年合作的情谊，提出要更换经纪人。”

我心尖儿蓦地泛酸，如同打翻了一桌子的调料瓶，心里五味杂陈。

“林浣，你大概不知道，简黎这两年都为你做了些什么。因为公司不允许他拍戏，他赔付了大笔违约金提前解约，成立了自己的工作室，下定决心要和你一起拍戏。因为你俩在上海开房的事曝出，他害怕你遭受网络暴力，甚至拉出自己的堂姐挡枪，想为你俩的关系公开做一个铺垫。你嘴里的万娱千金，就是他堂姐。万娱这整个公司，都是他爸集团的产业。”

我惊得魂不附体，脑子里被搅成了一团乱麻，左虹还在继续扔着重磅炸弹：“这两年他减少曝光次数，也是在为退出娱乐圈做准备。”

“退出娱乐圈？为什么？！”

“因为他想和你在一起。”左虹冷笑，“娱乐圈里有几对能走到最后的？简黎死心眼儿，宁可放弃自己的舞台，也要守在你的身边。这就是我最不能理解的一点！”左虹语调愤慨，勉强做了个深呼吸，说，“今年的 FT 演唱会，应该是最后一场了。”

我握紧拳头，不可遏制地浑身轻颤。

左虹从包里摸出来一张演唱会的 VIP 票，放在了茶几上：“让我来找你的，不是简黎。林浣，你应该很得意，你失踪的这几天，简黎整个人都快急疯了，要不是他的经纪人跪下求他，他差点连这次演唱会都想放弃。我是看在他经纪人的面子上，才肯跑这一趟。”

“……”

“简黎这性格，做事全凭自己喜好，自恋，自大，也自傲。他很少顾及别人的感受，所以林浣，你自己考虑清楚，如果接受不了，离他远远的，才是对你俩最好的选择。”

尾音落下，左虹站起身，举步走向门口。我目不转睛地盯着桌面上的门票，泪水模糊了我的视野。

“你说得对，他很自大。”

左虹的脚步声一停。

我低声说：“在剧组里，他也不怎么合群，总是与旁人格格不入。他也很自恋，总觉得自己是最完美的。他还幼稚，做出的事情常常让我怀疑他的心理年龄。他有着优渥的家庭环境，和我是两个世界的人……”

“你知道就好。”

“可是，这样一个以自我为中心的人，却时时刻刻把我放在心尖儿上，设身处地地为我着想，替我挡下外界的所有风雨和干扰。”

“一个正常人，都不会甘当温室里的花朵，不是吗？简黎他这是……”

“不，我行！我可以！”我激动地绕过沙发走过去，握住了左虹的手，“虹姐，谢谢你。”

左虹神情复杂：“林浣，我想表达的是……”

“我明白！我一定会赶回去的！”

“你……”她纠结地瞅了我半晌，最后无奈地笑了笑，“你俩高兴就好。和简黎谈恋爱，不会是一件轻松的事，你做好心理准备。”

说完，左虹关门离开。

我恍惚地走回沙发前，呆坐了许久。不可否认，我从没想过，简黎会在我看不到的地方，为我做那么多事。我一直以为，这段感情里，我才是从头到尾输的那个，我会被他牵动情绪，我会因他失控，我喜欢他整整七年。可仔细回忆，除了这所谓的喜欢，我也没有付出更多。在简黎奋不顾身地靠近我时，我甚至一而再再而三地选择了退缩。而他，是抱着怎样的心情，在这两年间，准备好了一切……

我忽然反应过来，他从前说的某些话。

他说，他有一个很在意的人，比他年长。他因为想追上她，所以要成熟一些，稳重一些。那些看起来如同老年人的习惯，都是基于这个原因，慢慢养成的。

他说，他不该来找我的，这两年的时间，他本来该忘记了。

他还说，这条路会有荆棘，但他请求我，别害怕，往前走。他唯一恐惧的，是我后退。

简黎从不屑解释什么，他只会在我与他之间，默默铺出一条路。如果我固执地停在原地，他就一步一步地走来，哪怕中途浑身是伤。

我的喉咙像被一只手用力掐住，眼泪扑簌簌地落下来，濡湿了我的脸颊。我匆匆跑进卧室，将闲置在床头柜上的手机重新开机，短信音很快接二连三地响个不停，我屏住呼吸，点开了短信界面上那个熟悉的名字。

十一月十六号，有五条短信来自简黎。

——方玫是我的堂姐，很抱歉，由于家里的情况，我不能在圈子里公开方玫和我的关系。等你回来后，我带你去见她。

——林浣，为什么不回复？

——林浣，你在哪儿？

——林浣，接我的电话。

——林浣，你是不是皮痒了？

十七号，有三条短信来自简黎。

——你到底去哪儿了？为什么还不回来？你想关机到什么时候？

——我工作室楼下有个超英手办商店，你要是现在回来，我把这个店买下送你。

——林浣，别再挑战我的耐性。

十八号，两条。

——林浣，别生气了，我知道错了。你气消以后，回个电话给我好吗？不管多晚，我都等你。

——十一点了，你为什么还不开机？

从这之后，还有十几条短信，我打眼一看，每一条几乎都是同样的意思：林浣，你到底在哪儿，我去找你，行吗？

我哭得泣不成声，脸上的泪水抹了一把又一把，还是止不住眼睛的酸涩。我索性放弃，任由泪水像断了线的珠子一般掉落。我忙不迭地收拾自己的行李，距离我和简黎冷战，已经过去了十来天。每年 FT 的演唱会，都是他们四人出道的日子，十一月三十号，也就是明天。我必须抓紧时间，才能赶上这最后一场演唱会。我犹豫着要不要给简黎发个消息，可又怕他在这紧要关头分心，左思右想，还是咬紧了牙关，没给他任何回复。

临出门前，顾明卓和小晴拎着两包日用品回来了。见我要走，两人都是一脸疑惑。我挑着重点解释了一通，顾明卓听完，埋着头站在边上没吭声。小晴想与我同行，被我拒绝了。我让小晴抓住这个难得的假期，好好享受。再叮嘱了几句，我拖上行李箱，头也不回地离开了房间。

我坐了最快的航班返回北京，落地时已是深夜。我回公寓里好好睡了一觉。为了证明自己的爱同样热烈，第二天我风风火火地跑了半座城，找了一家高级定制婚纱店，租了一件裙摆上全是钻，贵得让我提心吊胆的白婚纱。我都盘算好了，依着简黎雄厚的财力，我想送他点能入眼的贵重物品，可能确实少了几个肾。再纵观我的银行卡与家底，我觉得我唯一送得出手的，也就只有我这个人了。

我要把我的往后余生，都送给简黎。

我给胖哥打了个电话，借了胖哥的 Jeep 车，在后排座上塞满了红玫瑰。搞定这一切，时间已是傍晚。我用驰骋游乐场碰碰车赛场的驾驶技术马不停蹄地赶去体育场，不料碰上了大堵车，等我好不容易把胖哥的座驾安顿妥当，再跑进场馆时，演唱会已经过半。

检票的保安同志对我表示了深切的鄙视："这么贵的票，咋不早点来呀？这都几点了。"

我看看手机，将近九点。我绝望地擦掉脑门上的汗，把口罩戴好，一头扎进了人海里。

音乐声高亢起伏，尖叫声不绝于耳。无数荧光棒如皎皎银河，绽放出万丈星芒。简黎喜欢绿色，场馆内的黎粉们就自发地制作了许多绿色灯牌，成就了一片蔚为壮观的绿色海洋。我看着这些黎粉声嘶力竭的画面，不禁想到简黎的决定，发自内心地为粉丝难过。我厚着脸皮问其中一名黎粉要了一支绿色荧光棒，再小心翼翼靠着边儿走到了第一排的位置。

舞台上，FT 唱起了他们出道时的第一首单曲——《年少时的梦》。场内万人大合唱，我近距离地看着那位被我视作信仰的少年，忍不住泪如雨下。

我的简黎，站在聚光灯下，如同灿烂的小太阳，是宇宙中心，是万人瞩目的焦点。我想将世上最美好的词汇都用在他身上，可这一瞬，言语竟显苍白无力，没有任何一种形容，能诠释我心中完美无瑕的人。我不由自主地感到骄傲与扬扬自得，这个小太阳，他属于我。他照亮了我人生黑暗的角落，给予我光明。我会尽己所能，在我余下的生命里，虔诚地爱他，一生做他的真爱粉。

一曲唱完，简黎的单人舞直接燃炸全场，把氛围烘托到高潮。我发出土拨鼠尖叫，高分贝的嗓音已经突破了我的极限。座位两边的小姑娘一人举着红色荧光棒，一人举着蓝色荧光棒，一开始我们三人还能较劲儿助威，过了约莫一个小时，她俩率先败阵，纷纷向我投来了钦佩的目光。

到了演唱会收尾，我的嗓子几近嘶哑。

最后一首歌，是 FT 的新单曲——《世界巅峰》。粉丝们的狂欢到了尽头，所有人都在高喊安可，我却诡异地静坐在位子上。过了几分钟，本已退场的四个少年再次站在舞台中央，他们身披荧光，汗渍湿透了单薄的演出服。他们朝着各个方向的粉丝挥手致意，在震耳欲聋的人声中，他们忽然收敛了笑意，聚在一起拥抱。随后，四人向粉丝们郑重地鞠了一躬。我看见简黎接过工作人员递来的话筒，胸口蓦地一阵紧缩。

简黎上前一步，又单独地、严肃地给粉丝鞠躬。有黎粉失声大哭，高喊着简黎的名字。简黎放眼环望了一圈，似乎在寻找什么，末了却是眼神一黯，怅然若失地收回了视线。他握着话筒调整了一下呼吸，紧接着，他平静道："今年，是我出道的第七年，我很感谢陪伴我至今的黎粉们。这是一段极其难忘的旅程，有人会来，有人会走，不管你们何时出现，都会成为我记忆里浓墨重彩的一笔。我没法说出你们每一个人的名字，也不能记清你们每一个人的面孔，但我知道你们的存在，并为此感恩。"

"怎么回事？这是演唱会的新环节吗？"

"不知道啊，你看后面三个人，眼眶都红了，简黎不会要宣布FT解散吧？"

"这不可能！我不接受！"

我身旁的粉丝们小声而激烈地讨论着，我把口罩拉得更严实了一些，浓浓的负罪感油然而生，掩过了我先前渺小的虚荣心。我鼻头发酸，听着简黎继续说："我踏入这个圈子时，一度把舞台作为我终生奋斗的目标，并梦想着以此给别人带去正能量。但随着年纪增长，我清楚每一段旅程都会有终点，我们会遇上无数过客，也会遇上能让你放下所有光环甘于平凡的人。人生路必定有许多转角，如果这条路无法延续，那么，我们下一个路口再见。"

简黎放下话筒，第三次鞠躬。

有人在低低啜泣，有人在回味简黎这番话的意义。过了好一会儿，我身旁的小姑娘才后知后觉地问我："你家哥哥……是要退出FT的意思吗？"

我摇摇头，没回答。

她焦躁地说："这究竟是要干什么？你们黎粉多少应该有点风声

吧？工作室之前都没苗头吗？”

我还是一言不发。

小姑娘们齐刷刷地哭起来：“那以后是要怎么办呀？还能看见他们四人合体吗？早知道今年的演唱会是这个结果，我都不想来了。”

我沉默片刻，冷不防地站起来，拉下口罩，冲着台上用力喊：“不管你好还是坏，我永远都在！简黎，我爱你！”

正要退回队员身边的简黎一怔，急急回过身，与我遥遥对视。我竭力克制住喉头的哽咽，千言万语都淹没在他深沉的眸光里。简黎在原地站了片刻，慢慢走下舞台，来到我的身边。演唱会大屏顷刻投出我俩的影像，十几名保安如临大敌地围在我和简黎的身边。我听见有人惊呼出声：“那……那不是林浣吗？！难道……他们的绯闻是真的？”

我刚想侧头看看声音传来的方向，简黎在众目睽睽之下，强硬地捧住了我的脸，让我只能专注于他。

“你去哪儿了？”他沉声问。音调里，糅杂着一贯的霸道和不满，还有少许的委屈与控诉。

我心窝子一软，也顾不上旁人，用公鸭嗓说：“就在贵州，没有走远，我……”

“以后，不可以关机。”

“……好。”

“不许不理我。”

“……嗯。”

“我发消息，你要第一时间回。”

“我……”

我哽了哽，想说点什么，简黎又继续说：“不管发生了什么，你可以当面问我原因，但是不能偷偷质疑我。”

“简黎……”我艰难地咽了咽口水。此时此刻，四周已经一片死寂，我的后背阵阵发凉，直觉有千刀万箭扎在了我的肉体上。我在简黎深情款款的注视下，略心虚地道：“这些话，待会儿再说好吗？我们先……”

“林浣，我想你。”

全场哗然。

“我也想……”我硬着头皮刚回了半句，后面的话，被简黎堵在了一记缠绵悱恻的吻中。

体育场里，不只是哗然，数万人几乎都沸腾了。哭声与咒骂声交织在一起，还有手机相机拍照的动静。沸沸扬扬的喧闹声中，独独我像与世隔绝。我想挣脱简黎的禁锢，他不允许，执意地加深了这个吻。我的心跳为之疯狂，我身体里干涸的每一个细胞都在这瞬间苏醒，我的意志力无法与本能的渴望抗衡，在简黎的攻势下，我攀上了他的肩，主动送上了柔软的唇。

我这一辈子，最张扬的大概就属今天，我彻底放飞了自我，不计任何后果。

缠绵许久，简黎松开我，意犹未尽地在我额头上亲了一下。他冲我一笑，我羞得老脸通红。简黎牵着我走上舞台，和FT的成员一一打招呼。这几个小伙子不太正经，一边捂着嘴怪声怪气地笑，一边还看热闹不嫌事大地鼓掌。我作为简黎资深粉，自然认识这几人，主唱叫萧阅，另外两人分别叫顾俊辰和王梓，都是唱跳俱佳的全能型选手。打趣了几句，简黎带着我和他们一起走向后台休息室，我回头瞥了一遭，观众席上绿色的灯海已经消失无踪，许多粉丝还在发泄似的踩踏灯牌。这一幕，看得我心如刀绞。简黎似有所感，捏了捏我的手，以示安慰。

我闷闷地说：“她们……一定很失望。”

“嗯。但是，我没办法一直陪着她们。以后，她们还会有更喜欢的人。可我不同，我只能喜欢你。”

走在前面听见这话的三人齐齐打了个干呕。

简黎无所畏惧：“所以，你要对我负责，知道了吗？”

我顺从地点头：“好的黎哥，明白黎哥，你放心，我会好好赚钱养家的。”

“乖。”简黎拍拍我的头。

十三

面对面的暗恋

“来吧，好好交代，你俩是什么时候看对眼的？没关系，不用管我们三个单身狗的感受，让狗粮来得更猛烈些！”王梓坐在休息室的沙发上，伸开了双臂。

萧阅是这几个人当中年纪最大的，为人也相对沉稳。他给我倒了一杯白开水，跷着二郎腿落座在王梓身边。顾俊辰则叫助理买了几包瓜子、薯片，俨然要通宵听八卦的架势。

我有点无所适从，怯怯地瞅了瞅边上的简黎。简黎像是十分疲累，厚重的粉底衬得他的面色略为苍白，眼皮下的瘀青却仍然明显，像是根本没睡觉的模样。他的脑袋搁在我的肩膀上，不一会儿，呼吸就绵长平稳，仿佛睡着了。

我一动不动地打量着他，王梓夸张地摆了摆手，我这才回过神来。

王梓道：“别管他，自打你前几天玩了失踪，他就跟疯狗似的，见人就咬。以前脾气臭是对外，这半个月脾气臭是对内，我们都商量好了，要是你再不出现，演唱会结束我们就把他送到疗养院去。”

我的脸色猛地一白。

萧阅见状不对，皱眉呵斥：“瞎说什么！兄弟几个开玩笑就算了，林浣才和我们认识，你这么口无遮拦的会吓着她。”

“会吓着她什么啊！她连简黎都不怕了，还怕我们几个善良的小男孩吗？”

萧阅翻白眼：“恶不恶心？”萧阅转向我，淡淡地解释，“王梓是这样的，自来熟，你别介意。”

我尴尬地笑了笑：“不会、不会，你们几个感情好，我是知道的。”

“你怎么知道？”王梓睁大眼睛问了一句，忽然想起什么，拍了下自己的脑门，“啊，对，你是简黎的粉丝。”

这一茬简黎都能对自己的朋友说？我一个三线女艺人是不需要脸的吗？我愤愤地瞪了眼熟睡中的人。王梓见我瞪他兄弟，抽着眼角道：“你以为，你是简黎粉丝这事儿，是他告诉我们的？”

“难道不是？”我反问。

三人面面相觑，王梓冷不防拍着大腿笑出声：“啧，今天我可算明白了，两年前你还真是碰瓷儿啊？！”

我一听他提起两年前的事，浑身汗毛都竖了起来，不妙的直觉直冲脑顶。果不其然，王梓下一句就道：“那年嘉宝公司举行庆功宴，你没忘吧？”

我生硬地摇摇头。

“咱们四个被你拦在宴会厅外面的走廊上，你也没忘吧？”

我一脸尴尬。

“你从洗手间里冲出来，二话不说就往简黎身上贴，哭着喊着你喜欢他，是他粉丝，要找他签名，还把他拖进了女厕所。”

王梓摸下巴：“我就奇了怪了，依简黎那种‘谁靠近我，我打谁’的气场，你居然没被他捶死在马桶上，还让他对你心心念念筹谋两年，林浣，你说说，你给简黎下了什么药？我也去买一包。”

“我……”我哑口无言。

萧阅反对道："开玩笑适可而止，要是没事，让他俩回去休息得了，你看看简黎瘫成什么样了。"

"不行！我薯片还没吃完呢！"顾俊辰咂了咂嘴。

萧阅无可奈何地觑了他一眼，不吭声了。王梓望着两人奸诈地笑了笑，又把矛头对准了我："林浣，你和简黎，谁先喜欢谁？"

我想了想，又看看简黎睡着的绝美神颜，缴械投降道："我……我先吧……"

"快点从头开始说！"

我默默组织了片刻言辞，想着这几人都是简黎的好朋友，也没什么可隐瞒的，索性就毫无保留地坦白了。在我十七岁初始时，我在街边的音像店，看见 FT 出道前的宣传短片，只一眼，我就觉得，这小家伙长得可真好看呀，明眸皓齿，意气风发，有着初生牛犊不怕虎的莽撞与憧憬，那是令我羡慕且向往的少年气。后来一年，发生了许多事，我对活下去逐渐绝望，我想死。我在冬至那天吃了三十个饺子，胀得上吐下泻。我抱着家里唯一的电器——一台破旧收音机，躲在厕所里，想结束这荒诞的十几年。可能是命中注定，我割破了手腕，血流不止的当头，听见了 FT 的第一首单曲。简黎在电台当嘉宾，当主持人问他这首单曲的主题思想时，他用稚嫩的嗓音说："人生是一场战争，我们每个人都是没有退路的战士。我们也许会倒下，但是，我们绝不认输。"

所谓偶像，也许就是在他发光发热的路上，还能顺手捞你一把吧。

我听完这句话，跌跌撞撞跑出门去了医院，捡回了一条命。为了追赶简黎的脚步，我不知死活地跑去片场当龙套，过了一年半，我才被胖哥捡到，慢慢走上了演戏这条路。等我稍微有经济基础后，我开始买简黎的代言，给后援会提供资金，我平常的首饰和日用品，大部分都是简黎合作的品牌。当然，还包括收藏简黎的照片。

我挑挑拣拣地说完漫漫追星路，三人已是目瞪口呆。王梓看了我半晌，抢过一包薯片吃了两块，做出总结："所以，你从十七岁开始，就看上简黎了？"

"嗯……"我面红耳赤。

"所以，他忽悠听众的一句话，成了你坚不可摧的信仰？"

"嗯……"

"所以，你家里全是他的代言产品，你还专程搞了个私密云相册来存他这些年的杂志照片？"

"嗯……"

"你这是爱得有多认真啊……"王梓不可置信地摇头晃脑。

靠在我肩上的人突兀地笑出了声。我大惊失色，一把搡开简黎，看着他眉开眼笑的狡诈样，怒不可遏："你不是睡着了吗？！"

简黎意图阻止上扬的嘴角，努力正色道："你们太吵了，我是被吵醒的。"

"你！"

简黎忍笑失败，得意得连眼睛都弯成了小月牙状。

王梓鄙视道："啧啧，以前没发现你这么闷骚。"

简黎给了他一记眼刀。

王梓又问："那你呢？什么时候看上林浣的啊？我们都不晓得。"

简黎冷漠脸："关你什么事。"

王梓："怎么这样！人家林浣都交代了，你遮遮掩掩的还能不能直率点？！"

"不能。"简黎说完，牵着我的手起身，"走了，回家。"

我呆呆地眨眼："这么快？"

"嗯。"

大佬任性起来，完全不管在场听众。我左右没个办法，只能被他推搡着走向门口，还得小心翼翼地防止他碰掉我婚纱上的小碎钻。我俩刚要开门，萧阅忽然道："林浣，可以问你一件事吗？"

我回过头，看看简黎，又看看萧阅。简黎明显有点不耐烦，我拍拍他的手背，他眉间的阴云才散去少许。稳住了大佬，我点头道："可以的。"

"你十七岁那年，发生了什么事？"

我一呆。

萧阅面无表情地道："我无意过问你的私事，不过我和简黎认识了近十年，我把他看作自己的弟弟，现在你们的关系已经公开，你清楚我们的人设，简黎的粉丝一定会有所反弹，如果你有不好的过往，我希望……"

"萧阅。"简黎冷冷警告了一句。

萧阅垂下眼皮："希望你能提前和简黎商量。他既然决定和你谈恋爱，就有保护这段关系的能力。"

我沉默片刻，咬着下唇点头："谢谢提醒。"

简黎揽住我的腰，带着我走出了休息室。

去车库的路上，我一直心事重重，简黎也一言不发。直到我俩站在一辆宾利车前，我才想起我的正事。我赶紧抬头望了望，墙面上写着车库负三楼。恰好我借来的小 Jeep 也停在负三楼。我找准方位，挽上简黎的手，说："等等，我有东西送你。"

"什么东西？"

"跟我来就知道了。"

我拽简黎，简黎没动："能不能晚点再送？"

“不行，必须现在送！”我斩钉截铁地说。简黎拗不过我，只好跟着我前行。我在车库里转了好几圈，艰难地找到了停在偏僻角落的小Jeep。我深吸一口气，做足了心理准备，拉开了车后门。简黎不明所以地觑我少时，踱到我身旁，扭头朝车内望去。暗沉的光线下，成百上千朵红玫瑰层层叠叠地铺在后排座，色彩明艳至极。

趁着间隙，我利索地拉开羽绒服的拉链，脱下了外套。简黎刚定睛一看，整个人都愣住了。我飞快地组织好言辞，力图不让舌头打结，慢慢道：“这两年，谢谢你为我付出了这么多，我想说，我对自己的一无所知感到抱歉，可你也说过，让我永远不用提这三个字。我现在给出回报，也许晚了一点，但请你相信，我的爱不会比你少一分一毫。我爱你，我想和你共度余生，如果你不嫌弃，可不可以……把你的心，和你的人，都交给我？”

简黎屏气凝神了许久，忽然，他握住我的肩，将我狠狠抵在车身上。我俩的距离近在咫尺，呼吸交错缠绵，简黎呵出的热气撩动着我的每一根心弦。他压着嗓音说：“林浣，我这辈子，可能……要栽你手上了。”

话音落，简黎猛地吻住我的唇。这吻不同于先前演唱会，充斥着强烈的欲望。他撬开我的唇齿，如同惊涛骇浪般，轻而易举地摧垮我所有的理智。我们互不相让且杂乱无章地吮吸着对方的气息，过于用力的拥抱似乎想将彼此刻进骨子。恍惚间，我被简黎推上了车。我躺在零碎的玫瑰花上，简黎压得我无法动弹。他的手摩挲着我的肌肤，冰凉的温度使我浑身战栗，所到之处，却又像燃烧起无法磨灭的火苗，把我掩藏的情欲送至巅峰。他亲吻着我的脖颈和锁骨，不轻不重的啃咬让我无法控制地呻吟出声。我迷迷糊糊地望着车顶，感受到简黎正在撕我的裙摆，我醒过神，扣住他的手腕道：“别……这里是车库。”

“车库也没人。”简黎按住我不安分的爪子，吻上我的耳垂，“整层楼只有几辆车，不会有人注意到这边。”

“不行……我的裙子，你别扯了，我花重金租的，明天还要还回去，撕烂了我怎么给老板交代？”

“买。”

我还想唤回简黎的冷静：“那万一有私生饭……”

“回休息室前我已经发了短信给陈柯，让他开着保姆车引走闲杂人等了。”

大佬的智商果然令我望而却步，在把我吃干抹净这件事上，他简直不遗余力。我心累道：“那你也注意下形象，回家再说，好吗？”

“不好。”简黎直接撕烂了我的低V领口，滚烫的吻落在我的胸前，“我忍不住了。当你说出喜欢我这么多年，我就想把你就地正法。”

我咬着手背哼唧了一声，喘着气道：“所以……所以你不是急着回家，是急着……”

“嗯。”简黎大方承认。继而，他再不给我说话的机会，身体力行地实践了他的想法……

从前，我在国外爱情片里，也常常会看到这种激烈的车上场景，可当这件事发生在我自己身上，我由衷地觉得……

妈哎，刺激！

不只刺激，还害怕！万一被人发现，我和简黎分分钟能被钉上艺人耻辱柱。

我裹着羽绒服，脱力地坐在靠窗的角落，眼里，是被摧残得失去了生机的玫瑰花，右手无名指上，还多了一枚粉色的钻戒。

原本是我给简黎求婚，可到了最后，他再一次给了我意外的惊喜。简黎说，他也是打算演唱会后就向我求婚的。剧组分别那一夜，他悄悄量了我的指围，去巴黎，也是为了买这枚独一无二的戒指。

我转着戒指翻来覆去地打量，又望望前面开车的男人。这个男人说，从今天开始，我就是他的未婚妻了。追星能追到我这种被正主宠上天的地步，我林浣上辈子肯定积德不少。我满心都是粉红泡泡，幸福得脑袋晕眩。我吸了吸鼻子，问简黎："你还没说过，你究竟是什么时候开始喜欢我的。"

简黎幽幽答："自己想。"

我撇嘴："小气。"

开着胖哥的小 Jeep 出了五环，简黎驾车从主干道转进支路，进了一处幽静的别墅小区。我目瞪口呆地看着窗外颇具异国风情的独栋建筑，又对大佬的豪气佩服得五体投地。这人跟人之间的差距，咋就这么大？同样是当艺人，我住在八十平方米的公司公寓里，简黎住在市价七千万左右的别墅里，果然，贫穷限制了我的人生理想……

简黎把车停进私家车库。不到二十米的路，他非得监督我把羽绒服裹得密不透风，才准许我下车。我站在气势恢宏的别墅门前，下意识地咽了口口水："那什么，这么晚了，你带我回家，你父母见了，不太好吧？"

简黎忍俊不禁地弹了下我的脑门："我父母没和我住一起，你要是想见他们，我明天带你去。"

"啊？不……不用了。"一想到简黎的家世，他父母的形象在我心里顿时变得无比伟岸。我略怂地缩了缩脖子，虽然我现在算是和简黎私订了终身，但要见他的父母，我还需要做点前期努力。

我一边暗暗计划，一边跟着简黎进了家门。这别墅目测有四层，前后各带花园，屋里的装修是简约美式风格，灰白色调，很符合简黎高冷的气场。简黎怕我局促，带着我到处转了一圈，介绍了屋子的格局。地下室、藏酒室、影音厅以及健身区域，一应俱全。我看得咋舌，越发觉得自己是抱了根粗壮的金大腿。

末了，简黎带着我去二楼的主卧洗漱。我麻利地冲了个澡，换上简黎的T恤，光着腿从浴室里走出来。彼时，简黎正坐在沙发上回看晚间新闻，主播板正的声音都没能挡住他的欲望，他只是侧头瞄了我一眼，就快步走近，不由分说地把我按在墙上一顿猛亲，最后还是我可怜巴巴地求饶，他才大发慈悲，拿上家居服去了浴室。我听着淅淅沥沥的水声传出来，好不容易松了口气。

简黎的主卧很宽敞，陈设却十分简单，进门的右边是衣帽间，左边则是浴室。我好奇地去他的衣帽间瞅了瞅，衣服的品牌我基本不认识。中间还有一层放了几十块表的抽屉，我随意在百度里搜索了其中一款表的价格，然后，我就小心且谨慎地退出了这个散发着浓浓金钱味的可怕地方。

左右没事干，我又走到简黎的书桌前张望。桌面上，放了一台笔记本电脑和一些书籍杂志。我晃眼一看，这些书，包括但不限于《李时珍祖传养身秘方》《生活禁忌大百科》《中国历史文献》……

我想，简黎可能对我的年纪产生了某种误会……

就算要因为我变得成熟稳重，也用不着看这些老年人书籍啊？！我在他眼里究竟是有多年长？！我不够貌美如花，不够青春年少吗？

我气得立刻掏出手机，打开美颜，来了张完美自拍。观赏了一会儿自己充满胶原蛋白的脸，我哼哼唧唧地放下手机，继续翻了翻桌上的杂志。每一本，竟然都有关于我的采访。所有的杂志其他页面都是新崭崭的，唯独与我相关的那几页，仿佛被人翻阅了千百次，已经起了细微的褶皱。

我忍不住眼眶一涩，差点落下泪来。

茫茫人海，我能遇上简黎，是我的幸运。我不知道自己是修了几世人的福气，才能换他这么珍而重之，我能做的不多，唯一能倾尽全力的，就是好好爱他。

我给自己灌了一碗心灵鸡汤，再抹了一把眼睛，不动声色地把杂志合上。等简黎从浴室出来，我没抵挡住年轻肉体的诱惑，又和他翻云覆雨了大半夜。快天亮时，简黎才刹住车，抱着我沉沉睡去。约莫是因为他在身边，我格外安心，一闭上眼，我愣是睡了个昏天暗地。也不知过了多久，我隐约听见简黎在走廊上打电话的声音。

“联系公关团队，先想办法压下舆论，尽量把风向带到最近的热点上。”

片刻后，他又说：“我会想办法解决。实在不行，我先带她出国避避。”

我揉了揉眼，窗外的天色黑压压一片，想必我睡了整整一天。我估摸着是出了什么事，刚想找自己的手机看一看，却发现床头柜上空无一物。我坐起身，恰逢简黎从屋外进来，一只手拿着自己的手机，另一只手还拿着我的手机。他与我对视一阵儿，笑道：“睡醒了？”

“嗯，出什么事了吗？”我尽量把被子拉高一些，挡住自己光溜溜的肩膀。

简黎眸色一沉，呼吸登时紊乱。我见状，禁不住脑中警铃大响，急忙阻止他：“别，我现在腰疼。”

简黎无奈地笑出声，转头看向了窗户。沉默片刻，他说：“的确出了点事。”

“和我有关？”

“嗯。”

我瞬间忐忑不安，常规思维让我迅速做出了判断：“因为和你谈恋爱，我被全网黑了？”

简黎不语。

我的心不由得沉向谷底，连手脚都麻木起来。千头万绪间，我还勉强挤出了一丝笑，安慰简黎："没事，我顶得住。这年头，黑红黑红，不黑怎么红？再说了，和顶流谈恋爱，本来就是一个有风险的事，你放心，自打和你确定关系，我已经给自己买了份高额的人身保险。"

简黎没有被我的冷笑话打动。

我想了想，再接再厉："粉丝们有怨气也是正常的，毕竟她们也为你付出了很多心血。我能熬过去的，这点小风小浪，没有问题！"

我拍着胸膛打包票，简黎睨了我一会儿，慢慢地走近，坐在床边，将我拥进了怀里。他握着我的左手，食指轻轻抚过我腕上的旧伤疤，问："是你十七岁时留下的吗？"

我一噎，合上了眼皮："……嗯。"

简黎忽然抱紧我："以后，我不会再让你孤单一人了，不管发生什么事，我都会挡在你前面。"

"我知道。"

"林浣，你相信我吗？"

"这个问题，你问过了，我也给过答案。"

"我想听你再说一次。"

我抿了抿唇，决定纵容大佬的任性。我转身捧住他的脸，在他额头上郑重落了一吻，犹如起誓般，字字清晰地说："我相信你，永远不会再猜疑你。"

"那你永远也不能后退。"

"嗯，绝不退出你的掌握范围。"

简黎满意地扬起嘴角。他把手机递还给我，说："现在关于我们的事还在舆论发酵期，网上什么风言风语都有，你如果想看，这一次，我不会阻止。”

我瞅着手机满脸纠结。

简黎继续说：“你经纪人一个小时前也和我通了电话，我已经明确告诉他，你不会再和公司续约。”

我闷闷地道：“为什么不和我商量一下啊？”

“有商量，我离开剧组前，就和你提过。”

行吧，大佬最大。事实上，我能猜到几分简黎的想法，他要退出娱乐圈，工作室目前的资源，他应该是想转到我的头上。我起初是想拒绝的，但这会儿我被全网黑，加上合同到期，公司也许不会想和我续签。我只能等到风平浪静后，再作打算。我点了点头，默许了简黎的处理。简黎揉了揉我的头发，道：“不用过度去在意别人的话，你是我的，只用在乎我就好。”

我被简黎的霸气宣言逗笑，干脆把手机塞给了他，自己缩回了被窝里：“算了，网上的键盘侠说话难听，我看了指不定会爆血管，手机就暂时交给你保管吧。话说回来，从小你妈妈难道就给你看‘霸道总裁爱上我’这种小说吗？你这画风为啥如此炫酷啊？”

“没有。”简黎把我的手机关了机放回床头柜，搂着我道，“我妈只给我看政要新闻和纪实。”

我恍然大悟：“难怪。你怕是缺少一个美好的童年。正巧，我也没有童年，要不从今天开始，咱们双双恶补童年，多看几部动画片吧。”

有哪句说哪句，我这是一句单纯的玩笑话，不想，简黎却相当认真，寻思片刻，他说：“那就看《巴拉巴拉小魔仙》吧。”

我：“啥？”

简黎：“小女孩都喜欢看那个，《巴拉巴拉小魔仙》。”

我：“但你不是小女孩。”

“你是，我陪你看。”

我幽幽地做出了总结：“我和你果然还是有年龄代沟。”

简黎听了这话，把我按在床上教育了一通，逼着我否认自己的观点后，他才带我下楼吃饭。

简黎的家里请了位阿姨，据说是从小照顾他饮食起居的，每天三餐时分，都会按时过来做饭打扫。我吃过阿姨做的饭，诚恳且真心地用万字小长篇赞美了阿姨的手艺。阿姨被我捧得忍俊不禁，成功将我收为学徒。

这天过后，我闲来无事，整天都和简黎宅在家里。除了看综艺节目打发时间，简黎每天的目标就两个——

1. 吃饭填饱肚子。

2. 吃我填饱情欲……

不得不说，大佬还真是非常有追求呢！

反观我，我就不同了，我的目标也只有两个——

1. 吃饭填饱肚子。

2. 学会做饭填饱我未婚夫的肚子。

我是一个很有行动力的人，有了这样的念头后，阿姨每次来做饭，我都会屁颠颠地跟在厨房里研究半天。简黎每每看见我洗手做羹汤的样子，都会露出一脸幸福的笑。为了把简黎的笑容贯彻到实处，我学艺大半个星期后，自信地认为，我可以独当一面了，于是，我让阿姨回家休息，不用再管我俩的伙食。

阿姨离开的第一天，我做出了三菜一汤，简黎的幸福指数直飙满分。他吃了第一口，笑容逐渐僵硬。

吃了第二口，简黎变得非常严肃。

吃了第三口……

简黎没忍住，百米冲刺跑向了卫生间。我十分受伤，觉得简黎的嘴巴实在太挑了，我做的菜怎么可能那么难吃？我气呼呼地塞了半盘子菜进嘴里，当天半夜，简黎找了五六家药房给我买止吐药……

诚然，万事开头难，我是不会轻易放弃的。在简黎陪着我吃了四五顿于中毒边缘疯狂徘徊的绝命爱心餐后，他委婉地提出，要不还是叫阿姨回来做饭吧。我当场拒绝："那怎么行！哪个结婚后的女人不会做饭？万一我们有小孩了，哪天他对我说'妈妈，我要吃鸡蛋面'，我连这都满足不了他，还谈什么母性的光辉？"

简黎："有道理。不过，这件事有个前提。"

"什么前提？"

简黎从背后抱住我，在我耳边呢喃："我们要先有个小孩。"

我："流氓！你放开我！你的思想为什么分分钟就能拐弯上高速公路？！还要不要做饭了？！"

"不要，我就想吃你。"

其后的事，又是少儿不宜观看。

这么过了五六天，我发现我在中餐之上貌似没什么天赋，索性就改做西餐。这天中午，我正执着地拿着一本高端菜谱，打算学做芝士焗虾，简黎一把逮住我的手，面色难看地说："小林子，马上就要跨年了。这一年，快结束了。"

"我知道呀。"我还剩一只空着的手，麻利地拿起刀，准备剥虾肉，"你是有什么心愿吗？想我送你礼物？你喜欢什么，尽管说。我虽然存款不多，车子房子买不起，但是小小的奢侈品还是能送几个的。"

简黎神色变幻不定，默然许久，他回："我想要你留我的命。"

我气得脑壳痛："你这是什么意思？！我做的菜哪有那么难吃吗？就我这厨艺，还是有很大进步空间的好吗？你不仅不鼓励我，还……"

简黎刚想打断我的话，门铃冷不防地响了。犹如一道曙光照进了脆弱的生命里，简黎的眉梢以肉眼可见的弧度扬起。他仿佛遇上了救星，飞快转身道：“我去开门，肯定是阿姨来了。”

我惆怅地放下刀具，腮帮子鼓得老高。

简黎走到门前，从猫眼里望了望，前一秒还春风和煦的表情不知怎么垮了下来。我正诧异他这变化为何如此行云流水，就见他打开门，冲着门外人喊了句：“爸。”

嗨，我还以为是谁来了，原来是……我去？简黎的爸爸？

我一惊，本能地想冲回楼上躲着，可又怕未来公公一不小心看见了，对我的印象分大打折扣。我忙不迭整理了自己的仪容仪表，挺胸抬头在开放式厨房里站端正，如同士兵即将接受检阅。

少时，简黎的爸爸气定神闲地进了屋。这个人，我在电视上是见过的，国内富豪榜常年稳居前三，偶尔会在财经频道露个脸。他真人更显年轻，几乎看不出已是接近五十岁的年纪。他一边脱下皮手套，一边拍了拍大衣肩上的细雪，余光扫到不远处的我，眉峰细微地拧了拧，随即又收回视线。

只这一眼，我浑身的力气差点被抽干，在给人带来压迫感这件事上，简黎的爸爸绝对是最强王者，甩出简黎三条街。我站着一动不动，简黎也略显拘谨，一言不发。他爸爸在客厅里环视了片刻，不冷不淡地问：“她一直住在这儿？”

“……是。”

中年男人的眉头又是一拧：“跟我回去一趟。”

“爸，我……”

“老李还在外面等着，没熄火，有事车上再说。”不容拒绝的语气，没有给人任何商量的余地。简黎的爸爸率先转身出门，来也匆匆去也匆匆。简黎望着他的背影，无可奈何地揉了揉眉心，随手拿起沙发上的外套，快步踱近，在我的额头上亲了下，叮嘱道："留在家里，别乱跑，我很快就回来。"

"好……"我忐忑回应。

简黎约莫怕我乱想，出门前还附加了一句："芝士焗虾我喜欢吃，你好好研究，晚上我要吃三个。"

我被他逗笑："知道了。"

目送简黎离开，我发了会儿呆，好不容易收敛了心神，专注地和大虾做斗争。去了虾线，剖了虾壳，我又在冰箱里翻找芝士，翻了半天，结果只找到一个空空的包装盒。我看着时间还早，闲散地坐在客厅里看了几集泡沫偶像剧。鉴于简黎不在，中午我点了份外卖填饱肚子。快日暮时，小雪渐停，我回房间换上羽绒服，准备去小区门外的便利店买一盒芝士。

正值深冬，屋外天寒地冻，我禁不住打了个寒战，把手揣进衣兜里，再用围巾把脸裹得密不透风，我才迈下石阶，小心翼翼地走在湿滑的路面上。出了小区大门，我瞅见路边停了四五辆商务车，不少男男女女围在一起交谈，有的还拎着摄像机和话筒。而在离这群人十五米开外的花坛边，还有十几个年轻小女生，个个都背着浮夸的大号背包。多年的艺人直觉告诉我，这些妥妥是娱记和私生饭。我下意识地埋低脑袋，加快脚步溜进了旁边的便利店。见这些人似乎没有注意到我，我偷偷长舒了一口气。

是我大意了，不该点外卖的，这下暴露了简黎的住址，回头我得想个办法，和简黎先转移阵地，到我的小公寓里住几天。我打定了主意，在冷藏柜里选了两盒进口的芝士，正要结账，却听两个工作人员小声讨论："不会吧，真的假的？"

"当然是真的了，你看外面这么多人围着，简黎肯定就住这个别墅区。那个女的，指不定也在他家。"

“我以前还挺喜欢简黎的，他怎么那么没眼光啊？图个啥？”

“谁知道。那女的肯定不是善茬呗，对自己的爸爸都能这么没人性，指不定简黎也是被她抓住了把柄。”

“什么把柄？床照？要真是床照，我还宁可看简黎的床照，也不愿相信他瞎了眼喜欢这种女的。”

“娱乐圈嘛，谁说得清楚。”

“啪嗒”一声，我手里的芝士掉到了地上。两个工作人员闻声看来，我木讷地失去了反应。我的脑子里，反反复复全是那句——

对自己的爸爸都能这么没人性。

我呆滞了许久，手忙脚乱地捡起芝士，扫码付了钱。慌张地冲出便利店，我才发现先前还站在路边的娱记们已经层层叠叠地围了过来。他们全都打量着我，目光谨慎而探究，每个人的脸上都呈现出一种近乎贪婪的表情。

“是林浣吗？”

我怯怯地摇头，不敢出声。

“好像真的是林浣。”

我转身想跑，猝不及防地被人扯下了围巾，露出了整张脸。

“是林浣！”

伴随着这声高呼，人群直接炸开了锅。像是一场满是恶意的狂欢，所有人兴致高涨，唇枪舌剑。话筒不停往我面前塞，甚至杵到了我的脸上。我耳内嗡鸣，听着那些接二连三的质疑。

“林浣，网曝你十七岁时烧毁了你父亲的工厂，致使你父亲气急中风，是真的吗？”

“微博上出面作证的人自称你三姑，你认识她吗？”

“据说你父亲在两年前已经去世，他生病期间你从未尽过半点身为子女的赡养义务，你为什么这么做？”

我一个字都答不上来，只能不断地摇头。手脚的凉意迅速蔓延全身，让我如坠冰窖。我无法控制地剧烈颤抖起来，越来越密集的人潮仿佛隔绝了我赖以生存的空气，迫得我无法喘息。

往后，已无退路，往前，是无底深渊。我捂住耳朵，仍然逃不脱这绝望的桎梏。

“能不能告诉我们，是什么原因让你做出这种违背人伦道德的事？”

“据悉你父亲的工厂曾是镇上最大的纺织厂，你为什么要自断前程？”

“你曾经在接受杂志采访时，提过你家庭环境良好，父母对你也十分宠爱，这些难道都是欺骗大众的人设吗？”

这是我的梦，只不过，现在，这场梦碎了。

我无力地张着嘴，想尽可能地吸取氧气。一颗小石头不偏不倚地砸在了我的眉骨上。我感到一阵刺痛，伸手一摸，有少许血色。年轻的小女生在人群里哭喊：“婊子！离开我哥哥！你这个败类！你这个人渣！自己去死不要扯上简黎！”

疼，是钻心的疼，身上、心里到处都疼。这些恶毒的言语像一把锋利的刀，割开已经结痂的伤口，又撒了一把盐。

我的后背抵在便利店的玻璃窗上，里面的工作人员在肆意嘲笑，拥上来的黎粉们推开娱记，从背包里拿出了烂鸡蛋、烂菜叶，还有从花坛里捡的石头，铺天盖地地往我身上砸，发泄着怨气。我抱着头，避无可避。没有人帮我，他们在笑，他们在咒骂，他们拿着相机和摄影机，尽情地记录我狼狈不堪的一面。我听着那些污言秽语，恍恍惚惚，如同回到了我十七岁那一年。

十四

只能同甘，不能共苦

我的十七岁，经历着类似的场景。我在镇上的菜市场，被人打骂围攻。那些面孔曾是我的亲人，他们不假思索地用最难听的词语侮辱我，一巴掌一巴掌扇我的脸，拳头打在我的身上，我像是一只残破的布娃娃，在他们手里摇摇欲坠。

别人的人生里，前面十几年都有些什么？也许是父慈子孝，也许是双亲恩爱，也许像一位小公主或者小王子，得到了最好的祝福和疼爱。

而我呢？只有漫长的家庭暴力和永无止境的哭喊……

我出生时，因为早产，医生判断我的智力会出现问题，我爸为此怨恨我妈，自打我有了记忆，他每天都会对我们母女拳打脚踢，最严重时，年仅四岁的我被打断了一根肋骨。那时，我每天上学都是鼻青脸肿的，同学们讽刺我是个丑八怪。

到了我十一岁时，我劝我妈离婚，我妈不同意，说是没有能力养活我。我爸除了家暴，还出轨，他身边的女人从没缺少过。就在我十七岁这年，我爸逼我妈离婚，我妈死活不肯，他就带着小三回到家里，在边上目睹小三羞辱殴打我妈，甚至扒了我妈的衣服。我爸还替小三拍了一张象征胜利的照片。

我妈疯了……

她被我爸送进了一家廉价的疯人院。我去看过她，隔着一扇门，我看着她被男护工打得跪地求饶，她拍着门喊："救我，救我。"

我也疯了。同年的中秋，我和我爸还有我的亲戚们吃了最后一顿饭。趁着我爸醉酒，我连夜烧了他的纺织工厂。他多年的心血毁于一旦，小三也跟人跑了，我爸气得中风。家里的大部分亲戚都依附纺织厂而活，他们恨我，巴不得我死。我被他们拦在菜市场痛打了一顿，毫无还手之力。在我被拘留的那段时间，他们瓜分了所有家产，只留给我一间破房子。

他们说我是疯狗，骂我是婊子养大的，痛斥我没有良心，没有人性，连我亲爹躺在医院里，我也可以不管不顾。他们纷纷标榜自己的情深义重，可在我爸中风半年后，这些人全都消失无踪了。

亲情，多可笑……

我麻木地面对着周遭的一切，好几颗石头都正中我的脑门，还有黏糊的鸡蛋清挂在我的头发丝上。人声嘈杂，我已经听不分明，只想尽快结束这场闹剧。

就在这时，人群里陡生变数，一个后排的小女生突兀地惊叫起来，我顺着众人的视线望去，只见简黎毫无预兆地出现，他的脸色极其阴郁，眼底充斥着无尽的戾气。他抢过女生的背包，将她用力摔倒在地。旋即，他从背包里拿出了鸡蛋，砸在女生的头上。

那姑娘错愕地睁大了眼，无辜的表情让人完全无法联想她之前也是这么对待我的。有娱记对着简黎按下了快门，简黎毫不在意，激烈地以相同的手段反击所有伤害我的人。

哭声，叫声，混杂成一片。

十几个小姑娘有的跌倒，有的身上挂了鸡蛋清和烂菜叶，她们掩面抽泣，仿佛在控诉自己曾经的偶像。娱记们高喊着简黎打人了，闪光灯不停划破已然降临的夜幕。简黎怒气冲冲地摔了几台摄像机，又撂倒了两三个娱记。眼看着冲突即将扩大，我猛地反应过来，跑过去死死抱住了简黎的腰。简黎发了狂一般想挣脱，我咬紧牙没有松手。他说了些什么，我没能听清，我只借着微弱的路灯光线，看清有几个小姑娘擦着眼泪捡起石头，又朝这边扔来。这一次，不是对着我，而是对着简黎。

我无暇思考，本能地从简黎的胳膊下钻过去，挡在了他的身前。周围人在骂些什么、吼些什么，我都不知道，我唯一的念头，是要好好护着我心中最干净的少年。

没过多久，小区保安和片区巡逻警终于赶来，轰走了私生饭与记者。简黎急匆匆地抱着我回了家，一言不发地将我放在沙发上，走去角落里打了几个电话。我愣愣地发着呆，简黎又拿来湿毛巾和药箱，替我脱下了肮脏的外套。他的指尖仍在颤抖，想是被气得不轻。我想安慰他两句，可此时此刻，我却连说话都缺乏气力。

简黎细致地擦掉了我头发上的鸡蛋液，从药箱里找出了酒精和棉签。他觑着我额头上的伤口，深吸了一口气，眼眶竟微微发红。我鼻头一酸，强行忍住喉头的哽咽，听他低声说："如果疼，你就咬我。"

我没应声。

当棉签落到我的伤处时，我还是拧紧了眉头。简黎赶紧缩回手，又问了一次："疼吗？"

我摇头："我不疼。"

"如果想哭，就哭出来，在我面前，你不用伪装。"

"我不哭。"我喃喃道。

简黎看了看我，继续帮我清理伤口。

说实话，我其实真的很疼，浑身都疼，像是万箭穿心。可我整个人犹如线路出了故障的复读机，只是不断重复："我不疼……我不哭……"

我不知道自己念了多久，只记得简黎将我揽入了怀中，拼命地抱紧。

我每说一句，他就道歉："林浣，对不起，我没保护好你。"

泪水彻底决了堤，委屈溃烂在心头，成了无药可救的毒。

这一夜，简黎始终抱着我，没有松手。我们躺在床上，我傻傻地望着天花板，他就目不转睛地望着我。直到下半夜，我才假装睡着。简黎警惕心重，我听着他的呼吸逐渐绵长，又静静地等了将近一个小时，才从他的怀里钻出来，悄无声息地下了床。我从床头柜里找到自己的手机，久违地开了机。

不出所料，网上的我已经成了过街老鼠，人人喊打。事件的开始，是 FT 演唱会的当天夜里，我的过去被简黎的黑粉挖了出来。他们只看到我烧了我爸的工厂，看到我爸中风去世。在这部分黑粉的引导下，加上某些对家趁机泼脏水，这件事的影响已经没法逆转。现在不管我说什么，都会成为欺骗大众的借口。

我翻看了简黎的微博，他的粉丝已经降到了六千万，短短几天，脱粉三千万，这在娱乐圈里，绝无仅有。眼下百分之八十的营销号都在蹭热度，几乎是一边倒地骂我丧尽天良。我的微博早已沦陷，所有评论都是难听的话。简黎的微博也没好到哪儿去，大家都在劝他远离我这个祸害。就连《定渊》的官方账号，也被万人血书呼吁，强烈要求更换女主，否则就集体抵制。

从前所谓的朋友们无一出声，独独有一人，他转发了一条营销号骂我的微博，愤愤地回了句：狗屁！

这个人，是顾明卓。

我捂着湿热的眼睛，不敢去看顾明卓因为这句话面临了怎样的狂风暴雨。他曾经说过，他会一直站在我身边。我以为只是一句戏言，这会儿才明白，这小子还真是说到做到。我做了个深呼吸，关掉微博，看了看短信，有小晴发来的，关心我的状况。也有顾明卓发来的，像老妈子似的，喋喋不休地问我怎么样了。还有胖哥发来的，恨铁不成钢地骂了我几句，更多的，依旧是担忧。最后，他还说，公司鉴于我目前的处境，决定不再和我续约。不过，胖哥安慰我不用担心，等风头过去，他会给我找个更好的下家。

我发自肺腑地感恩身边还有这几个朋友，默默寻思了半天，我折返回床前，拿了简黎的手机，登录他的微博，搞了点小动作，末了，我又给顾明卓发了条消息。

天快亮时，我屁颠屁颠地跑进厨房，做我未完成的芝士焗虾。花了四十分钟完成这道菜，我刚把烤盘端出烤箱，一双手蓦地从背后圈住了我的腰。我侧头对着简黎笑："你醒啦。"

简黎微微一怔，埋头在我脖颈上蹭："嗯，你做的菜，太香。"

"啧，是谁昨天还说要我留他一条命来着？"

"有吗？我不记得了。"

大佬耍起赖，脸皮也挺厚实。我懒得和他争辩，将大虾装盘，端上了餐桌。简黎和我各自坐在一边，我用下巴示意："来，尝一个。"

简黎咽口水："……好。"

他拿起一只虾，观望复观望，终于鼓起勇气，闭眼尝了第一口。我满是期待地等着他的判决。简黎回味了片刻，意外地睁开眼："味道不错。"

"真的？"

"嗯，你适合做西餐。"

说完，简黎开启了大快朵颐的模式。我心满意足地望着他，等他吃完第二只虾，我才平静地道："昨天你爸爸找你，是因为我的事吗？"

一提起这茬，简黎的脸色骤然变得铁青。

我登时心如明镜，了然道："别为了我和家里争执，不值得。"

“你在说什么？你是我的未婚妻，他们必须接受这个事实。”

“没有哪个父母愿意接受自己的儿子爱上一个纵火犯，更何况，还是我这种烧了自家工厂的人。”

“林浣。”简黎眸色一沉，语调也随之凛冽，“别人怎么看你，不重要。我说过，你是我的，只用在意我。”

“可他们……是你的家人。”我怯怯地回答。

简黎刚想开口，裤兜里的手机却似震动了一下。他不耐烦地摸出手机，视线定格在上面。我心惊胆战地看着简黎的神情越发凝肃，如果说前一秒他还算和风细雨，那么这一秒，就已经变成了十二级台风中心，威力慑人。他默不作声地把手机放在了桌面上，当着我的面，打开了微博。

我屏住呼吸，硬着头皮道：“简黎，你有没有想过，他们说的都是真的。”

简黎没有抬头，依然盯着自己的手机：“你继续说。”

“我……我确实烧了我爸的工厂，也确实从未对他尽过子女的义务。”

“还有吗？”

“这些，已经足够毁灭我今后的路了。简黎，你可以坚定地站在我这边，是基于你对我的信任。但我根本不是你想象中的模样，我的过去一塌糊涂，我和你是两个世界的人。如果没有我，你仍然是舞台上闪闪发光的中心，不会陷入现在的窘境。我不希望自己打破你安稳的生活，也不希望你为了我不计后果，这样的代价太沉重了，我……我负担不起。”

“所以，你打算怎么办？”简黎抬起眼皮，目光森寒地睨着我。

我打了个抖：“我……”

“这条微博，是你发的？”

简黎倒转手机，让我看清了上面的一排字——

怪自己识人不清。

圈子里，向来有个隐性规则，如果要澄清什么事，普遍不会说到明处，只会发一句富有深意的感慨。我想，这句话，足以缓解简黎面临的情况。

我知道否认徒劳无功，只好埋着头保持沉默。

简黎停顿少时，问：“林浣，你究竟想做什么？”

“我……我只是想……想撇清我们的关系……”

简黎沉默片刻，猛地，他的拳头砸在桌面上，盘子、勺子发出丁零的脆响。我下意识地往后退，椅子摩擦地面的声音无比刺耳。

“撇清关系……”简黎站起身，重复了一遍，“因为我让你感觉到沉重，让你感觉到负担，所以你就想和我撇清关系？”

我不语。

简黎眼眶通红：“林浣，你是不是忘了，你已经答应我的求婚了，怎么可能说撇清就撇清？”

“对不起……对不起……”

我站起来想握住简黎的手，简黎甩开我，低吼道：“我要的，不是对不起！林浣，你有没有心？你不是说过，会相信我吗？我可以解决这一切，我不会再让昨天的事发生。”

“我不能相信的，是我自己。”泪水簌簌落下，我取了无名指的钻戒，轻轻放在桌上，“简黎，我做不到。我喜欢的，是万众瞩目的你，我喜欢的，是永远趾高气扬的你。我没法眼睁睁看着你被我拖进泥沼，和我一起垂死挣扎。”

“我们……不应该共同进退吗？”简黎哑声说着，一滴泪猝然滑过他的脸颊，“林浣，你答应过我什么？你说，无论何时，你都绝不会后退的。从爱上你的第一天开始，我所有的人生规划，都有你的位置。我奋不顾身地向你靠近，我可以走在你的前面，为你探路，不惧风雨。可是，你呢？为什么你时时刻刻都为自己准备好了退路？！”

“啪嗒”一声，盘子重重摔在地板上，四分五裂。

我没有借口为自己辩驳，也确实违背了自己的承诺。我和简黎僵持许久，唯一能说的，仍是只有对不起。我胡乱擦了脸上的水渍，只想尽快逃离。我转身穿上外套，简黎问我要去哪儿，我没有回答，关上大门，匆匆离开了他的家。

彼时，刚过九点，天空乌云密布，像是要下一场大雪。我埋着脑袋快步走向小区正门。马路边，一辆迈巴赫正打着双闪等人。我拉开车门坐进副驾驶，发着呆的顾明卓吓了一跳，定睛看见是我，劈头盖脸就骂：“说好八点的，你看看我都等多久了！我不管，刚开的罚单记你头上！”

我难得没有和他针锋相对，一言不发地捂着湿热的眼眶。顾明卓止住话头，凑近睨我，觉察到我在哭，蓦地严肃道：“怎么？简黎还欺负你了？”

我没接话。

顾明卓挽起袖子：“渣男！昨晚我都看见了，他还有脸发那条微博，狗德行，半个小时居然重新涨了将近一千万的粉。什么垃圾玩意儿，要早知道他这么没担当，老子怎么着都不会把你这二愣子让给他！”

“别说了……”

“行，我不说，我去揍他一顿。你也别哭了，先擦擦眼泪。”

说着，顾明卓扯出一张面巾纸，不顾我的拒绝，径直往我脸上抹。我刚想抢过纸巾自己动手，车窗被人敲响，我扭头一看，是追出来的简黎。

简黎的眼睛依旧泛着红，面色苍白，他没有穿外套，只穿了一件单薄的毛衣，站在冰天雪地里，连嘴唇都冻得发紫，他隔着车窗对我说：“下车。”

有那么一刹，我心痛地怀疑自己到了濒死的边缘，我几乎是第一时间握上了车门把手，想抛开一切和简黎回到那个温暖的家。我想靠在他的怀里，和他一起蜷缩在沙发上，哪怕只是静静地看电视，那也是我梦寐以求的幸福。

我的人生规划，从来没有缺少他的存在。我追求的梦想，我追求的目标，一直与他息息相关。

可是，我不能太自私。

我浑身战栗地缩回手，强迫自己不去看他，对顾明卓说："开车。"

顾明卓愣了愣："啊？"

"开车。"

顾明卓迟疑地望望我，又看看简黎，最终还是踩下了油门。车辆疾驰，将简黎的身影远远甩在后面。我透过后视镜，看见他在马路上狂奔。直到车子快转入主路时，简黎才力竭地坐在了地上。我号啕大哭，水渍浸透了半边衣袖。衣兜里的手机震动起来，我拿出一看，来电显示写着——老公。

这是简黎给我戴上求婚戒指那天，拿我的手机改的备注。我捂住嘴，尽量不让自己发出声音，哆嗦着按下了接听键。电话那头，传来简黎声嘶力竭的怒吼："林浣，你给我下车！"

我知道，如果我这次拒绝了简黎，我和他就真的完了，从此以后，再没交集。

不会再有人等我两年，不会再有人为了我步步为营，我会错过我此生挚爱的少年，七年的感情也会画上句点。

我闭上眼，挂断了通话。像是一场竭尽所能的逃亡，我甚至扔掉了电话卡。我无力地靠在椅背上，泪水覆盖了整张脸。

不知过了多久，顾明卓轻声安慰我："没事儿，就一个渣男，过去就过去了，以后，会雨过天晴的。"

"他不是……"

“什么？”

“简黎不是渣男。”我望着窗外萧索的景致，断断续续地答，“那条微博……是我发的……简黎从来没想过，让我一个人面对……”

顾明卓沉默了半分钟：“林浣，你这……让我怎么说你好？两个人在一起，就该同甘共苦。结婚宣言不是说，不管生老病死，不管贫穷富贵，都得相依相偎，到了你这儿，你咋就非得独揽大锅了？每个女人都跟你似的，还要我们这些男人干什么？”

我半晌没吱声，过了好一会儿，我出神地看着挡风玻璃前放着的一个格外精致的水晶熊猫，喃喃问顾明卓：“你为什么不把这东西放在地上？”

顾明卓震惊地瞄我一眼：“是你有病还是我有病？我干什么要把这么贵的东西放在地上？”

“你喜欢这东西吗？”

“废话。”

“是啊，这么喜欢，怎么舍得他跌落尘埃呢？”

顾明卓反应过来：“林浣，你这思想……”

我疲惫地合上眼，打断了他的话：“我承认，我胆子小，我和简黎只能同甘，不能共苦。我……不舍得。”

顾明卓叹了口气，不再纠结于这个话题。

我恍惚地打了个盹儿，顾明卓无处可去，只好开着车兜风。等我悠悠转醒，他才问我准备去哪儿。我想了想，让他把我送回了公寓。我的衣物不多，加上以前买的简黎代言的产品，也只装了两个行李箱。中午我请顾明卓吃了顿外卖，下午我就叫他送我去火车站。

北京的机场由于常年被各家粉丝占据，但凡有点明星出没，那绝对逃不过大众视线。相比之下，火车站的往来旅客就要朴实许多，也相对安全一些。顾明卓阻止未果，只好遂了我的意，和我一起买了张一等座的票，方便送我进站。

我的家乡在南边，高铁正好能直达那个川渝交界的小镇，也省了我路途辗转的时间。顾明卓送我上车安顿好，又觑见整个车厢也没几个人，这才稍微放心。我催着他快走，他一个一米八的汉子竟然差点猛男落泪。他抹了把眼睛，问："林浣，下次，我们什么时候再见？"

我抿了抿唇，不答。

顾明卓忽然上前抱住我："这一次，你能想起我，我很开心。林浣，我永远是你最坚实的后盾。"

"嗯，我们是朋友。"

顾明卓一颤，勉强笑着说："对，朋友。"他松开我，深吸一口气，"如果遇上什么困难，随时联系。我的号码，你是记得的。"

"我知道。"我点点头。

"那么……一路平安。"

"好。"

顾明卓依依不舍地走出车厢，站在站台上和我挥手道别。我恍惚地坐在座位上，这一场天花乱坠的梦，到底是该醒了。

我离开北京的第一周，简黎的粉丝们欢天喜地，纷纷庆祝自己的偶像重回正道，远离了我这个洪水猛兽。简黎的微博粉丝重新涨回八千万，创下了娱乐圈里最富戏剧性的涨粉跌粉记录。

我离开北京的第三周，公司的解约合同发到了我的邮箱，我打印出来签了字，快递给胖哥。我用新的手机号码给胖哥发了条短信，告知他合同已寄出。胖哥忙不迭地打来一个电话，和我寒暄了几句，最后他说，《定渊》剧组联系了他，由于舆论压力实在太大，制片方决定更换女主，重拍相关的戏份。涉及的违约金，公司的意思是让我承担。我默默应下，请胖哥后续把违约金额发给我，我会想办法支付。

这之后，胖哥莫名地没有再和我联系。我人懒性子淡，也疏于过问。

我离开北京的两个月后，微博上的营销号放出了消息，说是简黎同意《定渊》重拍，并继续担纲男主，和流量小花张萱萱搭档对手戏。身为男二号的顾明卓因为拒绝补拍，也被另一个小生取代。

我一时间百感交集，想给顾明卓打个电话，号码按下又删，删了又按，末了还是无疾而终。我看着黎粉们如同过年般的喜庆以及那些对我源源不断的辱骂，我心累地卸载了微博。自此以后，我就过上了与世隔绝的生活。

我成天待在我妈的疗养院里，与神神道道的病人为伍，偶尔会充当护工，帮医生护士们做点力所能及的事，同时也正好照顾我妈。我妈在这儿住了几个年头，生活上已成习惯，基本不需要我操心什么。我给她换了个单间，自己加了张床在边上，成天就给她削点水果、喂点饭，实在无事可干，我们娘儿俩就靠看电视打发时间。我妈虽然神志不清连我都不认识了，但她看狗血八点档还是能看得有滋有味，时不时还发出一句来自灵魂深处的疑问："这么幸福的家庭，是真的吗？"

我心如刀绞，只能回答她："嗯，是真的。"

后来，我鉴于这些家庭剧、爱情剧对我娘儿俩刺激太大，干脆就只让她看点回放的综艺节目和新闻。

这样的日子，闲得头上能长出蘑菇来。疗养院的人不同于外界，即使知道了我的经历，他们大多也会对我报以一笑，告诉我："没关系，别在意。"

这是我二十几年的人生中，体会到的少有的善意。

过了这年的除夕，有一回我在电视上看到了简黎很久前的一个综艺。

那时候的他还略显青涩，站在台上，不苟言笑，主持人但凡将话题引到他的身上，都能被他一句话终结，堪称聊天杀手。我看得眉开眼笑，可当主持人问：“你今年二十岁了，有没有喜欢的人，或者曾经喜欢的人？”

简黎想了想，对这个充斥着娱乐性的问题并没马虎对待，而是极其认真地说：“有。我喜欢的人，不存在过去时，她只存在于我的现在，和我的将来。”

“你确定她也喜欢你吗？”

“不确定。但我确定，她即将喜欢我。”

观众们只当这是简黎随口说的一句情话，但我清楚，这只言片语里，是怎样的深情与一腔孤勇。我回过神来，脸上早已泪水满布，我妈像是有一瞬的清醒，有一下没一下地轻拍着我的后背，像是在安慰。

时光一晃，如白驹过隙，我在疗养院里待满了整整一轮春夏秋冬，我的二十五岁也悄然降临。

正值初春，这天，我用轮椅推着我妈在疗养院里兜圈子，盘算着银行卡上的余额已经不多，我得想个法子找点事做，用以维持我和我妈的生计。我反观自身，除了演戏似乎没什么长处，正想着要不要做点什么小生意，我冷不防走到了大门边上的警卫室旁，听见里面传来了一句耳熟的台词——

“我这一生，行事不计是非，不计得失，不计累世骂名，只求身为警钟，启明君之智，启太平之世，启人人平等的光明之景。”

我一呆，慌慌张张地松开了轮椅推手，敲开警卫室的门。一个六七十岁的小老头儿坐在里面狂擦眼泪，听见动静，还以为是工作人员，吓得准备关掉手机，我出声阻止了他的举动，目瞪口呆地看着那小小的画面里，是我饰演的慕苏忆。

这是怎么一回事？不是说，《定渊》的女主角已经换成张萱萱了吗？

为什么还是我？我紧张得头脑缺氧。小老头儿抹了把眼睛，谨慎地打量我少时，又瞅瞅手机上的慕苏忆，突然倒吸了一口凉气，问：“是你哇？”

我愣怔地和小老头儿对视。

“哎哟，真的是你！苏嬢嬢的娃儿好有出息哦，都演电视剧了！勒个（那个）剧好看！看得我都哭了。”

我一动不动地站着。小老头儿赶紧拿来纸笔，让我给他签了个名，又兴高采烈地打电话：“婆娘，我给你说，我们疗养院勒个（那个）苏嬢嬢，她娃儿就是演慕苏忆那个。对头！我喊她给我签名了，晚上回去给你看！”

我茫然地走出警卫室，望着明晃晃的太阳，竟觉得有几分不真实的梦幻感。我出了许久的神，才想起掏出手机，关闭了飞行模式，打开了久违的视频软件。在企鹅网站上，《定渊》海报稳居C位。端庄大气的慕苏忆是我，意气风发的年轻帝王是简黎，还有病娇小白花……是顾明卓。我大口大口地喘息着，禁不住泪如雨下。我点进剧集界面一看，底下的评论已经有十几万条，都交口称赞这剧是良心之作。我有点接受不了这突如其来的转变，蹲在原地任性地哭了好一阵儿，才颤颤巍巍地拨通了胖哥的电话。

胖哥的嗓音稳中带着皮，一开口就是：“小白眼狼！还知道打电话！我联系你那么久都没联系上，你这是翻脸不认人啊！”

我哽了哽，抽噎着解释：“我等过你的电话的，可你很久也没告诉我违约金是多少，我害怕再听到不好的消息，所以手机一直都是飞行模式。”

胖哥沉默了将近半分钟：“这么说，你这一年都没和外界联系？”

“嗯……”

“林浣，你啊你！我们还以为是简黎把你藏起来了，问他你的下落，他也压根儿不搭理。找顾明卓也找不上，我都快想去报警了！”

我咬了咬下唇，问："胖哥，到底发生什么事了？为什么《定渊》会这么快播出？不是说了要换女主角重拍吗？"

"唉……这事儿说来话长。你的经历曝出来后，加上你和简黎谈恋爱，确实是全网黑，我当了这么多年的经纪人，也没遇到过这么棘手的情况。说实话，我那时都以为你是彻底糊了，没法转圜。制片方大概也这么想，提出要换女主角，还要我们赔两千多万的违约金。你这些年有多少身家，我是清楚的，我知道你根本赔不起。我正犹豫怎么跟你开口，剧组那边又说不让赔了。我也是最近跟制片人吃饭才了解到，简黎原本是拒绝补拍的，为了不让你赔违约金，他才妥协。"

我捂住嘴，泣不成声。

我以为，简黎不会再保护我了，不会再一味地为我付出，可到头来，即使我不在，他依然执着地走在认定的道路上。我以前觉得，"上帝关了一扇门，必然会为你打开一扇窗"是屁话，现在我才明白，弥补是真的，简黎就是我灰白生命里的补偿。

"我老早和你说过，娱乐圈里没有真爱，不过这话，我得收回。简黎是真的挺爱你的。"胖哥感叹了一句，接着道，"你那事发酵后大概三个月，有个微博小号发出了四段视频，其中有三段，都是你亲戚的道歉声明，包括最早出现在网上抨击你的三姑。视频的内容说的是当年的真相，你烧掉你爸工厂的前因后果。还有一段视频，是你们地方台的新闻纪实，从旁观者的角度，讲述了纺织厂的大火，以及……你和你妈妈的遭遇。林浣，原来你这些年过得这么不容易。你这孩子，为什么不早点说出来？"

我哭得上气不接下气，耳朵里都产生了阵阵嗡鸣。胖哥还在说："爆出这个料的人，肯定是个圈内的老手。这些视频一发出，无数大V转发，水军下场，很快就引起了公众的重视，舆论短短几天就发生了天翻地覆的变化。伤害过你的人都在给你道歉，你知道吗？”

我不在意别人怎么说，我只想到了一个重点：“胖哥，你知道第一个爆出视频的小号叫什么吗？”

“我想想啊，好像是叫……叫……哦，对了，叫双木成林 002，我起初还联系过他，不过没有得到回应。你认识吗？是你的粉丝吗？”

我的手剧烈一颤，斑驳的回忆纷沓而至。

我想起一个叫双木成林的小号自打我出道就一直关注我，我的每一条微博下，都有他回复的表情。

我想起我刚进《定渊》剧组时发过一句话，他的评论让我觉得别有深意。

我还想起我愤愤地把“双木成林”踢进了黑名单，没过几天，就出现了“双木成林 001”。

我又想起，我把“双木成林 001”也踢进黑名单时，简黎的脸莫名其妙地黑了好几天……

我总是不承认我的愚钝，总是自以为我的爱不比简黎少，可当这些证据摆在眼前，我才恍然大悟，爱情的天平从来没有对等过，我从头到尾，都被简黎视若珍宝地保护着，挂念着。

胖哥还说了许多，说《定渊》剧组为了赶上这一波热点，日赶夜赶，抢在企鹅平台上线，成了今年第一部大爆的网剧。胖哥还说，我的微博粉丝已经突破了三千万，他们都在等着我回归。有好几部大女主戏的制作方认可了我的演技，也在想方设法联系我，我的身价已经飞涨。

胖哥最后说：“林浣，你真的是逆风翻盘了！”

我挂了电话，重新下载了微博。所有的一切，都和胖哥说的分毫不差，我的事件出现了反转，网上的看客们都在为我打抱不平，甚至扬言会支持我以后的每一部新剧。我突然体会到了简黎早些年被黑时的心境，他冷静而理智地说过，粉丝是陪他走过一段时间的人，他们会出现，但他们不会一直都在。

我又翻了翻实时热搜，有一个话题是关于我和简黎的真人CP。某些眼尖的粉丝循着蛛丝马迹，分析出了我和简黎双向暗恋的过程，还原度高达90%。他们不仅找出了我进剧组时发的第一张照片有简黎的影子，就连上海漫展的蜘蛛侠、死侍接吻，也被他们猜出是我和简黎扮演的。他们直呼这些狗粮甜到掉牙，这一次，满满都是祝福，哪怕还有反对声，也微弱得不足为惧。

我蹲在地上，有种劫后余生的狂喜，一会儿哭，一会儿又笑，成功引来了医生和护士的重视。我急忙收敛情绪，抱住我妈亲了一口，擦干眼泪道："妈，我现在要去追回一个我很爱的人，如果不成功，我就不回来了！"

我妈懵懂地看我半天，握紧拳头："劲霸男装。"

我扑哧笑出声，抓紧时间给主治医生叮嘱了几句，拔腿冲回病房收拾好东西，风风火火地奔出了疗养院。

三月初，北京的倒春寒还没结束，一场雨夹雪飘得纷纷扬扬。

我坐了最早的班机，到达简黎所住的小区时，已是中午十一点。我看着那栋熟悉又陌生的建筑物，忐忑不安地想，万一简黎不住这里了呢？我去哪里找他？万一简黎换了电话号码呢？我该怎么联系他？最重要的是，万一……简黎没有等着我呢……

他如果喜欢上别的人了，我该怎么办？

我越想越没把握，本能地又要退缩。倒退了几步，我一不留神撞上了一个人，我回头一瞅，是个送外卖的小哥。说时迟那时快，我灵光一闪，接过小哥的外卖，以主人的姿态说了句谢谢。小哥不疑有他，转头就送下一份外卖去了。等他走远，我细细打量外卖单子，上面的电话号码，是我做梦都不会忘记的数字。我鼻尖一酸，又睨向餐盒，里面有几只芝士焗虾。

简黎他……长情得让我心疼。

我鼓起勇气踏上石阶，按响了门铃。仿佛过了半个世纪之久，阔别一年的人缓缓开了门。简黎穿着一件简单的杏色毛衣，搭配修身的休闲长裤，如同漫画里走出来的少年，精致到无可挑剔。他见着是我，淡漠的神情没有丝毫松动，只默然了片刻，拿过我手里的外卖，准备关门。

我手疾眼快地按住门框，涩声道："简黎……"

"有事吗？"

"没……"我话音一噎，喉头止不住地发堵。

我用尽全力遏止涌上来的泪意，慢声道："有……有需要我提供服务的吗？"

简黎的面色顷刻风云变幻。

我赶紧解释："我可以给你当跑腿，可以给你送外卖，可以替你打扫房间，还可以做饭洗碗，当保姆当管家都行。我知道自己惹你生气了，451 天，能不能请你给我一个机会，让我留在这里？"

简黎别开视线："不需要。"

说完，他掰开我的手，"砰"的一声关了门。

我木讷地站在门前，冷风呼啦啦地灌进我的外套里，寒冷刺骨。我无助地坐在石阶上，不知道该怎么去挽回这段感情。我承认，我脑子不好使，性格也软弱，根本没法像简黎一样，永远是奋不顾身的姿态。我能做的，只有等待。我搓着手努力取暖，看着小区里的保安来来往往地巡逻。兴许是我这张脸比较有辨识度，保安也没把我当成小偷歹徒，轰我出小区。我时不时地回头瞅瞅紧闭的大门，希望简黎能走出来，对我说一句原谅。可直到华灯初上，我冻得浑身僵硬，那扇门依旧没有为我敞开。

我心里有委屈，更多的，却是自责。简黎不理我，是人之常情。说到底，一味退缩的是我，我没有资格在他的世界里想来就来，想走就走。我给自己做了一番心理建设，拿出了所有的雄心壮志，决定在简黎门口当好一块望夫石，直到他重新接受我。

我站起身，刚想活动活动失去知觉的双脚，一辆车牌号略为眼熟的宾利车停在了车行道上。我傻傻地看着从驾驶室里走出来的中年男人，他埋头疾行了两步，注意到前方挡了我这么一个绊脚石，才慢条斯理地抬起眼皮注视我。我和他目光一相撞，他迟疑两秒，诧异地问："你……你不是……林小姐吗？"

我一怔："叔叔认识我？"

"啊，哈哈……叫我老李就行。"中年男人十分和气。

我搜肠刮肚地想了想，老李……貌似是简黎家的司机。我还没来得及使出浑身解数套个近乎，老李又问："您怎么在门口站着？少东家知道您来了吗？"

我表情一僵，低下头道："他……他知道。"

老李睨睨我，又睨了遭关着的大门，瞬间明白了我们小年轻之间的恩怨情仇。他不再过多探究，踏上石阶道："我是来接少东家去赴宴的。"

"赴宴？简黎今晚约了人？"

老李笑笑，没有回答，径直按响了门铃。

约莫过了半分钟，简黎开了门，屋里暖融融的灯光将他的模样照得熠熠生辉，好看得有些不真实。他先是瞄了一眼老李，再瞄到局促不安的我时，疏离的神情出现了少许的动容。我刚想趁机开口，他又格外吝啬地收走了视线。老李大概是怕简黎拒绝，抢先一步道："少东家，该去赴宴了，华石集团的侯小姐已经在等着了。”

“我说过，不去。”简黎面无表情地说。

“这可不行，老爷说了，这一次不能让您由着性子来。华石集团和咱们还有许多合作，您和侯小姐的事……”老李犹豫地看了我一眼，放低声音，“也是双方家长的意向，不管怎么着，让女孩子一个人在餐厅等着，是欠缺风度的事，少东家您看……”

简黎沉默片刻，回头去客厅拿了外套，出门准备跟老李上车。

我林浣虽然恋爱经验值没达标，可干一行爱一行，尤其电视剧看得特别多，从他们的只言片语里，我已经能够理清来龙去脉。简黎这是……被赶鸭子上架，要去牺牲自我进行商业联姻啊！

不行，我不接受这狗血的结局！我讷讷地跟着简黎走了半米远，寻思着要怎么保住他贞操的当头，没留心他停下了脚步，一头撞在了他的后背上。简黎深吸一口气，不耐烦地侧过脸。我惊悚地后退些许，紧张地发问：“你……你是要去相亲吗？”

“和你有关系？”

我哑口无言，下意识地看向自己右手无名指。如果那枚粉色钻戒还在，就好了……

我一时半会儿想不出借口，也找不到理由。幸好有演技傍身，我灵机一动，火速挤出无比痛苦的便秘表情，捂住肚子蹲在了地上。简黎那么喜欢我，生气归生气，他肯定不会不管我的。我在赌，赌我自己在他心里的分量。

我默默倒数了五个数，其间还装模作样地发出了一声“哎哟”的痛呼。孰料，简黎不仅不为所动，隐隐还有嫌弃我的倾向。他无比绝情地拉开车门，根本不打算施舍我半分怜悯。我知道自己的小把戏被他看穿，仓皇地抓住他的指尖，泪眼模糊地喊他：“简黎……”

简黎的手指小幅度地抖了抖，嘴唇微启，似乎想说点什么，最后却又固执地抿成了一条线。我仍旧保持着他高我低的姿势，如同被主人遗弃的宠物，可怜巴巴地说："简黎，我错了，你不要生我的气了好不好？你不理我，我很难受。"

"林小姐，我和你是什么关系？我为什么要生你的气？"简黎的回答冷冰冰的，如同一把锋利的刀刃。

我鼻头一酸，大颗大颗的泪再也抑制不住，砸在地面。简黎僵持了少时，终究还是抽回手，坐上了车后排，扬长而去。

要是按照我以往的性子，这也就是我和简黎的结局了。我主动一次，他把我摒弃在世界之外，那我就会退回我的小天地里，从今以后，在商界新闻上，看看他的联姻消息。可这一回，我不想轻易放弃，那是我用尽全力爱着的人，我想带他回家。

我胡乱抹了一把脸上的泪水，趁着小区限速，撒丫子飞奔到马路边，打了一辆出租车，让司机尽量跟在宾利车后面。司机大哥一开始以为我是劫财团伙的成员，不愿助纣为虐，等我好不容易证明了自己是林浣，司机才迅速开启了飞车模式。

一路尾随宾利车来到市中心，我看见简黎在一家七星级酒店前下了车。我急忙支付了打车费用，偷偷摸摸地跟进了酒店。以我的经济实力，我是没有出入过北京这些高端场所的，好在胖哥混迹圈子十数载，对这些销金窟了若指掌，偶尔也会在我面前念叨两句。我知晓这家酒店的顶层是个观光旋转餐厅，在某个点评网上，此地高居土豪消费前三。我咽了口口水，心虚地乘电梯上了顶楼。如我所料，整个餐厅里总共没有几桌人，而衣冠楚楚的简黎就和一名珠光宝气的女孩子，面对面坐在视野最好的靠窗位置。

我酸得牙痒，找了便于监控的角落坐下，一边注视着两人的一举一动，一边寻思怎么把简黎抢回来。

论身材，敌方胸大腰细，我貌似输了一截。

论长相，敌方精雕细琢，我貌似又输了一截。

论家世……

等等，论什么家世！林浣！不要尿，就是干！

我蓄势待发，正在剖析敌方弱点，恰巧服务员拿来菜单，让我点餐。我随手翻了两页，险些被价格闪瞎狗眼。我忧郁地点了一杯两百八的果汁，并果断拒绝了服务员让我点新鲜金枪鱼的推销。

我心疼地喝着果汁，看简黎在那边和华石的侯小姐聊得火热。两人相敬如宾，谈笑风生，那侯小姐的眼里，闪烁着简直能具象出粉色桃心的爱意。我心肝脾肺肾都在痛，肚子也饿得咕咕直叫。

监视了好一阵儿，服务员送来一块提拉米苏，说是餐厅搞活动，免费赠送。我乐得风卷残云地吃完，觑见那两人之间的气氛似乎产生了微妙的转变。侯小姐笑意不再，取而代之的，是黯然神伤。我琢磨着机不可失，索性抚了抚肚皮，雄赳赳气昂昂地走到了两人的桌旁。侯小姐疑惑地抬头望我，我也望着她。简黎则是不动声色，淡然地用金属勺子搅动着白瓷杯里的美式咖啡。我清了清嗓子，戏瘾上头，张嘴就来："亲爱的，你真的要抛弃我和这女人联姻？！"

简黎蓦地停下了手里的动作。

侯小姐杏目圆睁，看得出受到了惊吓。

我敬业地来了个美人落泪，一屁股坐在简黎身旁，抽抽噎噎地说："你不能丢下我，你答应过我，会让我们母子过上好日子的！"

简黎慢慢放下了金属勺子。

侯小姐已经如同吃了只苍蝇，脸色青白交加。

我还在认真唱着独角戏："我肚子里的孩子已经三个月了，那是你的血脉，我们爱情的结晶啊！哪怕你气我恼我，也不能不顾及孩子啊！做B超的时候医生说了，这孩子长得跟你像一个模子刻出来的，亲爱的，你怎么忍心？嘤嘤嘤。”

简黎扭头看着我，只字不言。

侯小姐像是经过了复杂的天人交战，神情终于逐渐平和下来。

啧，是个劲敌，不得不防！

我还想继续胡诌，侯小姐忽然打断我道：“简黎，你认识这位小姐吗？”

简黎无情地摇头。

侯小姐冷笑出声：“三个月，不知道这位小姐是在哪家医院做的B超，能看到孩子的模样？”

我一噎，瞎编了一个医院名字。

“哦。”侯小姐抿了口白水，“见过敲诈勒索的，却没见过像这位小姐这么……低劣的。”

我脸颊一烫，听她反击道：“如果没文化，可以多看看书，再不济，上网查查相关知识，也好过你在外面上缴智商税。”

我笨我知道，可用得着你说？我刚说一个“我”字，侯小姐接着口吐芬芳：“简黎的身家背景，想和他攀上关系的人很多，却也不是什么垃圾货色都能如愿以偿的。做人，最重要的，还是看清自己的身份位置。是污垢，就该老实待在下水道。”

我算看出来了，这些豪门世家的，没一个好惹。我不该挑这位侯小姐伤感的时候冲上前线，甘当炮灰。我咬了咬下唇，毫无还嘴之力。在简黎家门前站了六七个小时，一天下来半颗米都没吃着，疲惫、困倦、丧气、委屈，种种情绪涌上心头，我的眼眶霎时犯了红。我想着，我已经努力过了，放下了自尊，克服了怯懦，出演一个跳梁小丑，可你为什么还是不肯回头呢？

我吸了吸鼻子，起身埋着脑袋道："抱歉，打扰了。"

侯小姐顿时以胜利者的姿态为我送别。

我刚要离开，简黎冷不防拽紧我的腕子，我一定睛，对上了他阴郁的眸光："林浣，你又想退缩？"

我小声哽咽："那我还能怎么办？你教教我，我要怎么做，才能让你重新爱我？"

"没有重新。"简黎温声道，"现在，你该知道，一段感情里，一个人竭尽全力去追逐，另一个人却总在后退，追逐的那个人会有多累。"

我吧嗒吧嗒掉着泪，一个劲儿点头："我知道了。"

"那以后，你还想后退吗？"

"不想，以后，打死我……不，就算我被挫骨扬灰，我都不会再后退了！"

简黎看着我表忠心的样子，忍不住眉开眼笑。他站起来替我擦了眼泪，声调柔软地哄我："那也不用。你要是再后退，我就买条链子，把你死死拴在我身边。"

这个梗过不去了是吗？

我眨了眨眼。简黎从容牵起我的手，准备带我远离这个是非之地。

侯小姐见状，忙不迭追问："简黎，你不是说，你不认识她吗？"

简黎顿了顿："刚刚不认识，现在认识了。"

侯小姐怒气冲冲地说："我知道她是谁！她就是那个十八线戏子，你和她能有什么结果？！为什么你不能和我好好相处试试？！"

戏子……这侯小姐似乎有点口不择言了。我担忧地瞅了她一眼，简黎一脸冷漠地回头："因为，我不喜欢和垃圾货色相处。"

"简黎，你！"

“我的人，我可以欺负，别人不行。”

霸气地宣誓完我的归属权，简黎拉着我，头也不回地走出了餐厅。直到我俩被等在停车场的老李送回别墅，我站在门口还是心有余悸。我幽幽地问：“简黎，你不生我的气了吗？”

简黎一面输入开锁密码，一面漫不经心地答：“看你后续表现。”

我耷拉着脑袋：“我会努力的，我能当保姆，也能当管家，还能……”

“我不需要保姆，也不需要管家。”

“那……”

“我可能……需要一个未婚妻。”

我惊讶地张了张嘴，呆呆地看着简黎。昏黄的路灯下，这个令我魂牵梦萦了多年的人，眉眼鲜明如初。他笑得如沐春风，一瞬间，我心头万物复苏，如同绽放了灿烂百花。我不管不顾地扎进他怀里，他被我撞得闷哼了一声，随即，他的双手越发用力地搂紧我的腰。他附在我耳边，轻声呢喃：“451天，你不用下苦力来弥补，只用一个法子来弥补就行。”

“什么？”我眨着眼问。

“肉偿。”

我：“……”

简黎：“451次。”

我：“少侠，告辞。”

简黎拖着我进了屋，利落地关了大门：“晚了。”

正如我所说，世间所有的相遇，都是久别重逢。

正如简黎所说，世间所有的久别重逢，都是蓄谋已久。

（正文完）

番外
她永远不懂

论起今年最热门的国民CP，当属顶流简黎和古装女王林浣的组合。两人合作的大IP剧《定渊》播出后不久，简黎就在英国约克郡为林浣举行了一场旷世瞩目的婚礼，也让林浣荣登十三亿少女羡慕的女人榜榜首。简黎宠林浣，是圈子里尽人皆知的事，自打两人恋情曝光，简黎就宣布退出娱乐圈，不再营业，自己的资源也悉数转给了林浣。林浣由于婚后不拍亲热戏，导致曝光率不高。这天，在工作室的强力牵头下，一家视频门户网站终于约到了这对小夫妻进行秀恩爱二十题的绝命访谈……

直播间里，女主持坐在单人沙发上，还在背台本。周围的工作人员紧锣密鼓地准备着，简黎和林浣双双坐在女主持的对面，有一搭没一搭地闲聊。林浣是第一次接受这种直播访谈，难免有些紧张。简黎见她双手都无处安放，索性一把拽过，揣进了自己的衣兜里。

林浣沉默片刻，说："这样好吗黎哥？直播呢，咱俩能不能低调点？"

"这还不够低调？"简黎反问，旋即就着林浣的手背亲了一口，说，"这才不够低调。"

林浣无言以对："You win.（你赢了。）"

简黎笑着揉她的脑袋。

直播开始，主持人抛出了第一题。

“刚刚我听林浣叫简黎黎哥，请问这是你们之间专属的爱称吗？”

林浣想了想：“不算吧，简黎的助理以前也是这么叫他的。”

简黎面无表情地反驳：“算。”

怎么回事？一开播就抬杠？说好的秀恩爱呢？林浣不解地看着自家老公，简黎慢条斯理地解释：“以前我的助理的确这么叫我。但自从林浣叫了第一次，我就不许别人再叫我黎哥了。”

林浣恍然大悟：“难怪呢！我说陈柯后来怎么都叫你老板，改口还改得那么不顺畅。”

简黎：“笨蛋。”

主持人被塞了第一口狗粮，直觉今晚可能逃不过被这两人闪瞎眼的结局。

第二题。

主持人：“据CP粉分析，你们之前似乎因为林浣父亲的事件分过手，请问是谁挽回的？”

林浣：“我吧。”

简黎挑眉：“你？”

“难道不是？”

简黎气笑了：“整整一年，我每天二十四小时开机，早中晚各拨一次你的号码，无一例外都是不在服务区。我不敢搬家，甚至不敢出门，就怕你回来找不到我。我每周点三次芝士焗虾，想看看有没有哪家做出来的味道和你一样。每个月还去两次你的老家，就想碰碰运气看能不能遇上你。现在，你再把这个问题回答一次。”

林浣哽了哽，求生欲特别强地改了口：“是你，光辉伟岸的黎哥不计前嫌地挽回了我们的感情！”

简黎很吃林浣的吹捧，满意地眯起了眼睛。

主持人捂住心窝子，这两人，看似在吵架，实际上还是在狠狠撒狗粮，这波甜蜜暴击来得有点凶狠。

进入第三题。

主持人问："网上传，你们是双向暗恋，请问，你们是从什么时候开始喜欢对方的呢？"

林浣略羞涩地回答："十七岁那年，第一次看见他，我就喜欢得不得了。"

"那简黎呢？"

简黎不动声色地看了看主持人，思绪忽然飘得很远。

在遇见林浣以前，命中注定这回事，简黎是不信的。后来再回想，感情开始的地方，似乎也不全是千篇一律的美好与心动。他们的遇见，似乎已经预示了过程里的波澜。

那一年，简黎十九岁，人气如日中天。他性格冷傲，不喜欢趋炎附势，也不喜欢扎堆结群，总是不带任何表情，让人难以靠近。对于陌生人，他更是连正眼都懒得瞧。林浣闯进他的生活，是一个意外，一开始，也像一场笑话。

林浣二十一岁才正式签入嘉宝公司，算是进入娱乐圈比较晚的女艺人。她的经纪人胖哥手底下还有几个不温不火的小透明，对林浣并不是特别上心。把她带到公司后，胖哥也为她争取到了一个电影里十八线配角的试镜机会，演一名受到侵犯的女高中生。

林浣初来乍到，胖哥时常不在身边，她也不太懂公司规矩，瞅着走廊尽头的练习室敞亮，她就鸠占鹊巢，天天躲在里面练演技，对着镜子又哭又吼，活像傻子。简黎对她的第一印象，就是公司干了什么丧尽天良的事把这姑娘逼疯了，跑来他的练习室里跺脚。

时至今日，林浣依然不晓得，她在简黎的心中，初始形象是这样的。要让她知道了，她非得吐血三升。

简黎是个怕麻烦的人，更不喜欢和女人过多接触，是以每次他去了练习室，看见林浣在里面，他都懒得踏进半步。林浣演起戏来不顾形象，面部表情既狰狞又丑陋。简黎鲜少见到这种风格的女艺人，时间一长，他竟有了点兴趣，想看看林浣能丑化自己到什么地步。

过了十天半个月，林浣赶去外地试镜。简黎回到公司时，看着空无一人的练习室，头一回产生了不适应的感觉。

这怪异的情绪一闪而逝，简黎当时并没多心。

随后，林浣的试镜并不顺利，她从导演不耐烦的神情中，知道自己被选中的可能性微乎其微。胖哥劝她另寻他路，她却不肯放弃，执意还要试一试。那时，胖哥就问她："你当真想争取这个角色？不管付出任何代价？"

林浣语气坚定："是，我必须争取到这个角色。"

胖哥想了想，点了点头。

林浣没料到，胖哥真能想出一个损招，并且事前没和她透露半点风声。

那天，简黎提早回了公司，不知出于什么心态，想去练习室看看那只丑小鸭。还没走近，他就听见里面发出了声嘶力竭的呼救。简黎眼皮一跳，快步走近。只见胖哥守在练习室门口，一看简黎出现，脸上登时青白交加。简黎透过半透明的磨砂玻璃，看见练习室的地上有两个交叠的人影，底下的人身材娇小，被死死地压制着，正竭尽全力地挣扎。她的嗓音由于过度的惊吓已经变了调，高亢得几乎震耳欲聋，那绝望的哭喊声，令人心尖儿都在颤抖。

简黎当场就冷了脸，质问胖哥："你们在做什么？"

胖哥尴尬地打哈哈："对不起，占了你的练习室。这是公司新签的艺人，不太懂事，回头我就告诉她不准再来这里。我们只用一会儿，马上就走。"

"我是问，你们在对她做什么？"

胖哥愣了愣，旋即长叹一口气，神色也凝重起来："不久前，我替这丫头争取了一个角色，有被侵犯的经历，可她始终找不准人物感觉，导演不打算用她。她对这角色是志在必得，我也是没办法，才想了这么个招帮她。只是做戏而已，点到为止。"

"你告诉她了吗？"

"没有……"

简黎完全无法理解胖哥的脑回路，忍着揍他一拳的冲动，气冲冲地推开了练习室的门。胖哥急忙给自己找来的群众演员吹了声口哨，让他停下动作。那牛高马大的男人慌张地松开林浣，林浣躺在地上，目光呆滞地望着天花板。过了好一会儿，她才颤巍巍地坐起身，头发凌乱，衣衫不整。她抽噎着把头埋在双膝间，无助又可怜。

胖哥也是于心不忍，急急给林浣解释了前因后果，男人也一个劲儿地给林浣道歉。简黎在边上看着这场闹剧，他还以为，林浣会重重扇经纪人一个耳光，然后甩手走人。毕竟，没有哪个女艺人能心平气和地面对这样的处境。

然而，他低估了林浣。

林浣哭了几分钟，瑟缩地抬起头，对着胖哥和那假装侵犯她的男人说了句谢谢。

简黎怔在原地，包括那群众演员，看着林浣的目光，都不由得充满了敬佩。胖哥拍拍林浣的肩，率先离开了练习室。林浣依旧坐在地上，刻意压低的哭声回荡在空旷的室内。

过了许久，那男人禁不住好奇地问：“小姑娘，你这是何必呀，非得进娱乐圈遭这个罪。”

林浣断断续续地说：“我……我有一个很喜欢的人……”

男人丈二和尚摸不着头脑。

林浣又说：“他就在这里，所以，我得留下……哪怕拼了命，我也要留在娱乐圈，哪怕遭遇了狂风暴雨，我也会坚定自己的信念，我想……站到他的身边。”

男人沉默半晌，蹲下身，微笑着说：“你的梦想，一定会实现。”

没过多久，男人也离开了，简黎还在边上默默注视着林浣。林浣自始至终都埋着头，不曾发现，她离自己的梦想原来这么近。她的哭声没有停止，像要将满腹的委屈都发泄出来。简黎这个年纪，并不擅长安慰别人。他看了看自己手上的一罐速溶咖啡，走上前，悄无声息地递给了林浣。林浣以为是自己的经纪人，说了声谢谢，接过咖啡，继续专心致志地哭。

有那么一刹，简黎碰到了她软乎乎的手指。

有那么一刹，简黎的心口有种异动。

有那么一刹，他心里生出荒谬的念头……

他想，如果这个女人喜欢的是自己，那该多好。那他一定会……尽己所能，保护好她。

简黎缓缓回过神，看着直播间里的女主持和林浣正目不转睛地等着他的答案。他面无表情地干咳了一声，保持常年的高冷风格，淡淡道：“这个问题，无可奉告。”

主持人：“……”

林浣：“……”

林浣：“你怎么这样啊！我都说了自己喜欢你的过程了，你却从来没有告诉过我，你究竟是什么时候开始喜欢我的。”

简黎的回话稳中带皮：“自己想。”

“……”

林浣恨不得咬他一口。

主持人见现场气氛略显微妙，赶紧用下一道题岔开了。

作为结尾的重头戏，主持人先是问了林浣喜欢简黎哪些方面。关于这点，林浣自然是如数家珍，夸起自家老公，万字小长文不成问题，要不是女主持中途插话，她能说上三天三夜。当女主持问出简黎同样的问题，林浣掐着简黎的胳膊小声警告：“注意言辞啊，我都把你吹捧上天了，你也得给我点面子。”

简黎笑得如沐春风：“好。”

主持人重复：“所以，简黎到底喜欢林浣哪些方面呢？是她的性格与内涵吗？”

“不是。”简黎意简言赅，“我就是单纯地馋她的身子。”

主持人：“……”

林浣：“……”

林浣没忍住，扑哧一声笑了出来，紧接着就在简黎脸上吧唧了一口。没人比她更清楚，简黎为什么这么回答。自从他们在一起，一直有黑粉说林浣的颜值配不上简黎，求林浣撒泡尿照照自己。简黎这一句馋她的身子，相当于一条涂满 520 的透明胶，全方位无死角地封住了黑粉的嘴巴。

在保护她这件事上，简黎从来不遗余力，并且不会有任何疏漏。

林浣的心里暖融融的，简黎厚着脸皮问：“我这心里话，你还满意吗？”

“满意！”

“那就该亲对地方，这里。”简黎指着自己的嘴。

林浣大大方方地搂住他的脖子，于众目睽睽之下，上演了激情一吻。今夜的狗粮，塞得万千观众直呼过瘾。

从这以后，简黎高冷的人设成了历史，取而代之的，是彻头彻尾的宠妻狂魔。